REBECCA YARROS

MÁS FUERTE QUE EL PELIGRO

Traducción de Cristina Macía

Montena

El papel utilizado para la impresión de este libro ha sido fabricado a partir de madera procedente de bosques y plantaciones gestionadas con los más altos estándares ambientales, garantizando una explotación de los recursos sostenible con el medio ambiente y beneficiosa para las personas.

Más fuerte que el peligro

Título original en inglés: *Full Measures*

Primera edición: marzo, 2025

Publicado originalmente en Estados Unidos por Entangled Publishing, LLC.

D. R. © 2014, Rebecca Yarros

D. R. © 2025, Penguin Rancom House Grupo Editorial, S. A. U.
Travessera de Gràcia, 47-49. 08021 Barcelona

D. R. © 2025, derechos de edición mundiales en lengua castellana:
Penguin Random House Grupo Editorial, S. A. de C. V.
Blvd. Miguel de Cervantes Saavedra núm. 301, 1er piso,
colonia Granada, alcaldía Miguel Hidalgo, C. P. 11520,
Ciudad de México

penguinlibros.com

D. R. © 2025, Cristina Macía Orio, por la traducción
Traducido con licencia de Alliance Rights Agency y Sandra Bruna Agencia Literaria, S. L.

Penguin Random House Grupo Editorial apoya la protección del *copyright*.
El *copyright* estimula la creatividad, defiende la diversidad en el ámbito de las ideas y el conocimiento, promueve la libre expresión y favorece una cultura viva. Gracias por comprar una edición autorizada de este libro y por respetar las leyes del Derecho de Autor y *copyright*. Al hacerlo está respaldando a los autores y permitiendo que PRHGE continúe publicando libros para todos los lectores.

Tenga en cuenta que ninguna parte de este libro puede usarse ni reproducirse, de ninguna manera, con el propósito de entrenar tecnologías o sistemas de inteligencia artificial ni de minería de datos.
Si necesita fotocopiar o escanear algún fragmento de esta obra diríjase a CeMPro
(Centro Mexicano de Protección y Fomento de los Derechos de Autor, https://cempro.org.mx).

ISBN: 978-607-385-627-0

Impreso en México – *Printed in Mexico*

*Para Jason, mi amor por ti ha sido
y siempre será más fuerte que el peligro*

Capítulo uno

¿Quién demonios podía estar golpeando la puerta a las 7:05 de la mañana?

Sonaron tres toquecitos en la de mi dormitorio, ecos de los más fuertes en la entrada, abajo. Mamá se los iba a comer vivos por interrumpir su rutina matinal.

—¡Ya voy! —grité, y repasé la lista de reproducción del iPod antes de pulsar el botón de sincronizar.

La música hacía que correr fuera más soportable. Un poco más soportable. Correr era el horror, pero ya había calculado cuántos kilómetros tenía que hacer para compensar los dulces navideños que iba a devorar durante el resto de las vacaciones en casa. Afuera, el termómetro marcaba diez grados bajo cero, y las esculturas de hielo están ya muy vistas, así que Colorado en Navidad iba a ser terreno exclusivo de la caminadora. Viva.

Los rizos entre rubios y rojizos de Gus asomaron por la ranura de la puerta. Llevaba mis lentes de química de bachillerato sobre la frente. Le daban un aspecto de científico loco a su carita frustrada de niño de siete años.

—¿Qué pasa, peque? —pregunté.

—¿Puedes abrir la puerta, Ember? —me suplicó.

Bajé la música de la computadora.

—¿La puerta?

Asintió, con lo que casi se le cayeron los lentes. Apreté los labios para contener la sonrisa que siempre me salía cuando no quería echarme a reír.

—Tengo que ir al hockey, y mamá no quiere abrir la puerta, y me vienen a recoger —dijo.

Puse cara seria y consulté el reloj.

—Okey, Gus, pero es que son las siete, y no tienes hockey hasta después de comer. A mamá nunca se le olvidan los entrenamientos.

De alguien tenía que haber sacado yo mi personalidad tipo A.

Gus soltó un bufido exasperado.

—¿Y si llegan antes, qué?

—¿Seis horas?

—¡Pues sí!

Me miró con los ojos muy abiertos, como para declararme la hermana más estúpida de la historia.

—Okey, peque.

Cedí, como siempre. Su manera de llorar el año anterior cuando me fui a la universidad le daba barra libre en mi alma para siempre. Gus era la única persona del mundo por la que no me importaba salirme de lo programado.

Eché un último vistazo al Skype antes de cerrar la compu con la esperanza de que papá se hubiera conectado. Llevaba fuera tres meses, dos semanas y seis días. No es que llevara la cuenta, claro.

—Llamará hoy —le prometí a Gus, que se me había abrazado—. Ya verás cómo sí. Es una regla que tienen. Están obligados a llamar por el cumpleaños de sus hijos.

Me obligué a sonreír y apreté su cuerpecito flaco contra el mío. Me daba igual cumplir los veinte, solo quería que llamara. Abajo, llamaron de nuevo.

—¡Mamá! —grité—. ¡La puerta!

Agarré del escritorio una liga para el pelo y la sujeté entre los dientes mientras me recogía la larga melena en una coleta antes de salir a correr.

—Ya te lo dije —murmuró pegado a mí—. No va a abrir. Quiere que me pierda el hockey, y me dejarán al último para siempre. ¡No quiero que el entrenador Walker crea que soy un mierda!

—No digas «mierda». —Le di un beso en el pelo. Olía a su champú naranja con etiqueta de Spiderman y a rayos de sol—. Vamos a ver.

Alzó los brazos en señal de victoria y corrió por delante de mí para bajar por la escalera de atrás, la más cercana a mi cuarto. Cruzó la cocina patinando con los calcetines y yo saqué una botella de agua del refrigerador al pasar. Volvieron a llamar a la puerta, y mamá siguió sin responder. Seguro que había salido con April a hacer algún mandado, aunque las siete de la mañana no eran horas para mi hermana pequeña.

Atravesé el comedor al tiempo que desenroscaba el tapón de la botella y crucé la sala de estar para llegar al vestíbulo. Tras la puerta se distinguían dos sombras a punto de llamar de nuevo con los nudillos.

—¡Un momento! —exclamé, y salté sobre el destructor estelar imperial de Lego que Gus había dejado tirado en el suelo. Pisar una pieza de Lego es una clase de infierno que solo comprenden aquellos que tienen hermanos pequeños.

—No abras.

El susurro estrangulado de mamá me llegó desde la escalera principal, a tan solo un par de metros de la puerta.

—¿Mamá? —Llegué hasta los peldaños y la vi hecha un ovillo, meciéndose adelante y atrás, con los dedos enredados entre los mechones caoba oscuro, del mismo tono que mi pelo. Allí pasaba algo—. Mamá, ¿quién es?

—No, no, no, no, no —balbuceó sin levantar la cabeza de entre las rodillas.

Retrocedí un paso, arqueé las cejas y miré a Gus. Se encogió con cara de «ya te lo había dicho».

—¿Dónde está April? —le pregunté.

—Durmiendo.

Claro. A los diecisiete años, April no hacía más que dormir, salir a escondidas de casa y volver a dormir de nuevo.

—Ya.

Otros tres golpes sonaron en la puerta. Fueron rápidos, eficaces, y los acompañó una voz masculina que sonaba amable.

—¿Señora Howard? —La puerta distorsionaba el sonido, pero vi a través del panel central de cristal que se había inclinado hacia delante—. Por favor, señora.

Mamá alzó la cabeza y me miró a los ojos. Los suyos estaban vacíos, muertos, como si les hubieran robado la vida. Tenía la boca abierta, floja. Aquella no era mi madre perfecta nivel Stepford.

—Pero ¿qué pasa? —preguntó April con un bostezo enorme.

Iba en piyama, y se dejó caer sentada en el primer peldaño del piso superior. Tenía el pelo rojo alborotado, enredado.

Sacudí la cabeza y me giré hacia la puerta. Sentí el pestillo caliente en la mano. En la escuela, de pequeños, nos enseñaban que durante un incendio nunca hay que abrir una puerta que esté caliente. «¿Por qué me vino eso a la mente?». Miré a mamá y tomé una decisión. Hice caso omiso de la mirada suplicante y abrí en cámara lenta.

Dos oficiales del Ejército con uniforme formal ocupaban el porche. Llevaban el gorro en las manos. El corazón me dio un vuelco. «No. No. No».

Las lágrimas me quemaron los ojos, me abrasaron la nariz incluso antes de que los hombres pudieran decir una palabra. La botella de agua se me resbaló de la mano, se abrió contra el umbral de la puerta y les salpicó los zapatos lustrosos. El más joven de los dos soldados empezó a hablar y alcé un dedo, lo mandé callar antes de cerrar la puerta con cuidado.

Se me escapó el aliento en un sollozo quedo y apoyé la frente contra la madera cálida. Le había abierto la puerta a un incendio que iba a arrasar a mi familia. Respiré hondo como pude, sonreí y volteé a ver a Gus.

—Oye, peque. —Acaricié su cabecita hermosa e inocente. No podía detener lo que se nos venía encima, pero le podía ahorrar esta parte—. Tengo el iPhone en la mesita de noche. —«En la habitación más alejada de la puerta principal»—. ¿Por qué no subes a mi cuarto y juegas un rato Angry Birds? No es lo del hockey, son cosas de mayores, ¿okey? Puedes jugar hasta que suba a buscarte.

Se le iluminaron los ojos y me obligué a sonreír aún más. ¿Cuánto tiempo tendría que pasar hasta que volviera a tener aquella mirada?

—¡Genial! —gritó, y subió por la escalera. Pasó de largo junto a April—. ¿Viste? ¡Ember sí me deja jugar con su teléfono! —se burló sin dejar de correr hacia mi cuarto.

—¿Qué pasa? —insistió April.

No le hice caso y me giré hacia mamá. Me arrodillé en el peldaño justo por debajo de ella, le acaricié el pelo y se lo eché atrás.

—Hay que dejarlos entrar, mamá. Las tres estamos aquí.

Le dediqué una sonrisa distorsionada. Se me habían llenado los ojos de lágrimas.

No respondió. Tardé un minuto entero en darme cuenta de que no iba a responder. Sencillamente, no estaba allí. April bajó y se sentó junto a mamá. Abrí la puerta de nuevo y estuve a punto de derrumbarme ante la compasión que rebosaban los ojos del soldado joven. Fue el de más edad el que habló.

—¿June Howard?

Negué con la cabeza.

—Ember... December Howard. Mi mamá... —Me atraganté, pero señalé atrás—. Mi mamá es June.

Me situé junto a ella y metí la mano entre los barrotes del barandal para ponérsela en la espalda.

Tal vez estaba herido. Herido, nada más. Cuando alguien estaba herido grave también iban a su casa. Eso, herido. A algo así podíamos hacerle frente.

Los soldados asintieron.

—Soy el capitán Vincent y él es el teniente Morgan. ¿Podemos pasar?

Asentí. Llevaba en el hombro la misma insignia que mi padre. Entraron y los zapatos mojados hicieron un ruido húmedo en el vestíbulo. Cerraron la puerta a su espalda.

—¿June Howard, esposa del teniente coronel Justin Howard? —preguntó.

Mi madre asintió con gesto débil, pero siguió con los ojos clavados en la alfombra mientras el capitán Vincent ponía fin a mi mundo.

—El secretario del Ejército me pidió que le exprese nuestro más profundo dolor por la muerte de su marido, Justin, caído en acción en Kandahar, Afganistán, a primera hora de esta mañana, diecinueve de diciembre. Perdió la vida por arma de fuego en un ataque Verde sobre Azul, enemigos infiltrados en el hospital, que todavía se encuentra bajo investigación. El secretario quiere transmitirles sus condolencias a usted y a su familia por esta trágica pérdida.

Me tuve que agarrar del barandal para no caerme. Cerré los ojos mientras las lágrimas me corrían por la cara. Conocía el reglamento. Era hija del Ejército, tenía veinte años, y sabía que tenían que notificarnos la noticia en un plazo máximo tras identificarlo. Horas. Hacía unas pocas horas había estado vivo. No conseguí respirar, no fui capaz de meter aire en los pulmones, en un mundo donde ya no estaba mi padre. No era posible. Todo se derrumbó bajo mis pies y un dolor como no había sentido jamás me estalló en cada célula del cuerpo, me salió como un sollozo que no pude contener. El grito de April rasgó el aire, me atravesó. Dios, cómo dolía aquello.

—¿Podemos hacer algo por usted, señora? —preguntó el teniente joven—. Asistencia a las Bajas no tardará en llegar, pero hasta entonces…

Bajas. Mi padre había caído. Muerto. Verde sobre Azul. Le había disparado alguien con uniforme afgano. Mi padre era médico, ¡médico! ¿Quién demonios mata a un médico? Tenía que ser un error. ¿Acaso mi padre llevaba armas?

—¿Señora?

¿Por qué no respondía mamá?

Siguió en silencio, con los ojos clavados en el dibujo de la alfombra que cubría las escaleras. Se negaba a responder.

Era incapaz de responder.

Algo se movió dentro de mí. El peso de la responsabilidad se me asentó en los hombros, aparté a un lado el dolor para permitirme respirar. Tenía que ser una adulta porque nadie más estaba en condiciones.

—Yo me encargaré de ella hasta que llegue Asistencia a las Bajas —conseguí decir con voz temblorosa por encima de los alaridos de April.

—¿Está segura? —preguntó el capitán Vincent, con la preocupación dibujada en la cara.

Asentí.

—Tenemos una carpeta, por si... —Me metí los nudillos en la boca y me los mordí con todas mis fuerzas para contener el grito que se me intentaba escapar. Reuní fuerzas, respiré hondo. ¿Por qué demonios me costaba tanto respirar?—. Por si sucedía... esto.

Mi padre era un firme defensor de que a las personas bien preparadas no les pasaba nada malo. Qué poco le habría gustado saber que se equivocaba.

El capitán asintió. Sacó un impreso y me pidió que confirmara que la información, anotada con la caligrafía de papá, era correcta. Nuestra dirección, nuestro número de teléfono. Nuestros nombres y fechas de nacimiento. El teniente se sobresaltó.

—Feliz cumpleaños, December —susurró.

El capitán Vincent le lanzó una mirada asesina.

—Lamentamos mucho su pérdida. Asistencia a las Bajas llegará antes de una hora y el equipo de atención está preparado, si les parece bien.

Asentí. Conocía el procedimiento y sabía lo que necesitaba mi madre.

La puerta se cerró tras ellos cuando salieron de las ruinas de nuestro mundo.

Durante una hora, mamá siguió sentada en la escalera mientras April sollozaba contra mi hombro. Aquello no era real. No podía ser real. No conseguía abrazarla con la suficiente fuerza para hacerla parar. Llegó el equipo de asistencia más o menos cuando el llanto de April empezó a sosegarse. Las hice pasar. Las tres mujeres del grupo de la unidad de papá entraron armadas con ojos compasivos y programas de comidas, y se encargaron de todas las tareas que aún estaban por hacer. Limpiaron la mesa del desayuno, recogieron la ropa limpia, barrieron los cereales que a Gus se le habían caído antes en el suelo de la cocina. Yo sabía que estaban allí para ayudar, para hacerlo todo más fácil hasta que llegara la abuela…, pero no pude evitar la sensación de que nos habían invadido, de que se habían puesto al mando como si fuéramos incapaces de cuidarnos nosotras mismas.

¿A quién quería engañar? Mi madre seguía hecha un ovillo en la escalera. No podíamos cuidarnos nosotras mismas. Una mujer del equipo le llevó a Gus algo de comer y me aseguró que seguía absorto con Angry Birds. Yo no podía decírselo. No era capaz.

El oficial de Asistencia a las Bajas llamó a la puerta una hora más tarde y yo abrí. April llevó a mamá al sofá y le ayudó a sentarse, la rodeó de cojines para mantenerla erguida. Los ojos de mi madre pasaron de la alfombra a la pantalla en negro del televisor. Se negó a mirar a nadie. Yo no sabía bien si estaba entendiendo lo que pasaba. Tampoco estaba segura de entenderlo yo, pero no podía permitirme el lujo de quedarme catatónica.

—Soy el capitán Adam Wilson —se presentó. Llevaba el uniforme azul, igual que los oficiales de la notificación, pero él parecía más cómodo en el papel que le había tocado. Lo mismo me habría pasado a mí. Casi llenaba el sofá de dos plazas situado frente a mi madre. Arrastró con delicadeza la mesita por la alfombra para ponérsela delante—. ¿Quiere que alguien tome notas? —Miró a mamá—. Para más tarde.

—Yo me encargo —dijo una mujer del equipo, ya con el bolígrafo y la libreta en la mano.

El capitán Wilson sacó los papeles que llevaba en el maletín de piel y se colocó bien la corbata.

—Hay otro hijo, ¿es correcto? —Pasó los papeles hasta dar con un impreso—. August Howard.

—Gus. Está arriba —respondí. Me senté junto a mamá, en el sofá, más cerca del capitán Wilson. Agarré con fuerza la carpeta negra que había agarrado del estudio de mamá. Estaba al fondo de todo, en el archivero, como mi padre me había explicado antes de marcharse—. Aún no se lo hemos dicho.

—¿Quiere que me encargue yo? —preguntó el capitán Wilson con delicadeza.

Lo sopesé unos momentos. Mamá no estaba en condiciones de hablarlo con él, y seguramente el capitán Wilson había recibido entrenamiento para dar aquella clase de noticias. Pero no podía permitirlo, no podía dejar que un desconocido trastocara el universo de mi hermanito.

—No. Yo me encargaré.

April empezó a llorar de nuevo, pero mamá siguió sentada, inmóvil, ausente. No estaba con nosotros.

—Quiero darle todo el tiempo que sea posible antes de que no haya más remedio. Su mundo aún es normal. No sabe que nada volverá a ser lo mismo. —Me tragué el sollozo—. Solo tiene siete años y todo lo que conoce acaba de terminarse, así que prefiero darle unos minutos más.

«Antes de destrozarlo». La cara se me congestionó y volvieron las lágrimas. Así iba a ser durante un tiempo, de modo que debía empezar a dominar la técnica de controlarlas.

El capitán Wilson carraspeó para aclararse la garganta y asintió.

—Lo comprendo.

Nos explicó cuál iba a ser su papel, que nos iba a guiar durante el proceso de la muerte de papá. Nos ayudaría con el papeleo, la ceremonia, las cosas que ni nos imaginábamos que se nos venían encima. En cierto modo, era nuestro controlador, el colchón entre nuestro dolor y el Ejército de Estados Unidos. Le estaba agradecida, y en la misma medida detestaba su mera existencia.

Iba a estar con nosotros hasta que le dijéramos que ya no lo necesitábamos.

Nada más terminar la explicación, empezó la andanada de preguntas. April se fue a su cuarto diciendo que tenía que acostarse. No me cabía la menor duda de que todo iba a hacerse público en Facebook en cuestión de minutos. April nunca había sido de las que sufren en silencio.

Empezaron las preguntas y abrí la carpeta negra. La caligrafía de papá aparecía por todas las páginas del testamento, la póliza del seguro de vida y sus últimas voluntades, todo el papeleo organizado para este preciso momento. ¿Sabíamos dónde quería ser enterrado? ¿Qué ataúd prefería? ¿Queríamos que alguien se quedara con nosotros? ¿Era correcto el número de cuenta para la transferencia del seguro de vida? ¿Deseábamos volar a Dover para recibir sus restos mientras el Ejército lo preparaba para el entierro?

Dover. Era la versión de cruzar el río Estigia al estilo del Ejército.

Mamá permaneció en silencio, con los ojos clavados en la televisión apagada, mientras que yo buscaba las respuestas a las preguntas. No hubo pregunta que la sacara del estupor, y tampoco lo lograron los apretones en la mano ni llamarla por su nombre. Y yo la necesitaba a mi lado, con desesperación. Empezaba a ser dolorosamente obvio que me había quedado sola.

—¿Hay alguien a quien podamos llamar para que ayude a su madre a tomar estas decisiones?

Apretó los labios y lanzó una mirada discreta en dirección a ella. No sabía a cuántas viudas conmocionadas había visto a lo largo de su carrera, pero para mí era la primera.

La abuela vivía a un día de viaje. Era la madre de papá, así que sabía que el Ejército se lo había notificado, igual que a nosotros. No me cabía duda de que ya estaba en camino, pero, hasta que llegara, no había nadie más a quien recurrir. Los padres de mamá habían muerto. Nunca había estado muy unida a su hermano, y no vi motivo para traerlo a nuestra vida en aquel momento.

—Solo yo —respondí—. Yo me encargaré de tomar las decisiones hasta que ella pueda.

—¿Ember? —La vocecita de Gus me llegó desde la escalera—. ¿Qué pasa?

Le solté la mano a mi madre y se la volví a dejar sobre el regazo. Tampoco es que se diera cuenta de que se la había tenido agarrada. Respiré hondo, más hondo que en toda mi vida, y luego fui a donde estaba mi hermanito. Me senté a su lado en la escalera y repetí lo que sabíamos, pero en términos de niño de siete años. No es que supiéramos gran cosa. Solo una de la que estábamos seguros.

—Papá no va a volver a casa, Gus.

Los ojos azules se le llenaron de lágrimas y le empezó a temblar el labio inferior.

—¿Lo mataron los malos?

—Sí, cariño.

Lo abracé y lo mecí como cuando era un bebé, el pequeño milagro de nuestros padres. Le aparté el pelo de la frente y le di un beso.

—Pero es tu cumpleaños.

Sus lágrimas cálidas me empaparon la camiseta de correr y se enfriaron mientras lo abrazaba con todas mis fuerzas. Habría dado lo que fuera con tal de borrar su dolor, por borrar lo que le había tenido que decir. Pero no podía interponerme entre papá y la bala.

Gus siguió llorando mientras el capitán Wilson, sentado, observaba con paciencia a mi madre y su falta de reacciones. Me pregunté cuánto tardarían en pronunciarse palabras como «medicamento» o «psicólogo». Mi madre era la persona más fuerte del mundo, pero siempre se había alzado sobre los cimientos de mi padre.

Cuando los sollozos cesaron, le pregunté a Gus qué quería, si podía hacer algo para que se sintiera mejor.

—Quiero que tengas pastel y helado. —Alzó la cabeza, que tenía apoyada en mi pecho, y me apretó la mano—. Quiero que sea tu cumpleaños.

El pánico me invadió. Se me aceleró el corazón y se me llenaron los ojos de lágrimas. Algo cruel y terrible me desgarró las entrañas exigiendo que lo dejara salir, que reconociera su existencia, que sintiera su presencia. Esbocé algo más parecido a una mueca que a una sonrisa y asentí con entusiasmo al tiempo que tomaba entre mis manos la carita de Gus. Miré al capitán Wilson.

—¿Podemos descansar diez minutos?

El capitán asintió despacio, como si se diera cuenta de que la única persona estable en una casa de mujeres dolientes y niños estaba a punto de derrumbarse.

—¿Quiere que haga algo?

—¿Le importa llamar para ver cómo está mi abuela? Perdió a su marido en Vietnam...

Fue todo lo que pude decir, cada vez más cerca del grito inevitable que se me estaba acumulando dentro.

—Por supuesto.

Besé a Gus en la frente, agarré las llaves y salí por la puerta antes de que me faltaran las fuerzas para seguir allí. Me senté tras el volante de mi Volkswagen Jetta, el regalo de graduación de mis padres. Papá quería que tuviera un coche seguro para volver los fines de semana de la Universidad de Colorado, en Boulder. Lástima que él no estuviera igual de protegido en Afganistán.

Metí la llave en el encendido, arranqué y salí en reversa demasiado deprisa por el camino. Bajé por la colina tomando las curvas sin la menor consideración hacia la seguridad, por primera vez desde que había sacado la licencia. Justo delante de la tienda de comestibles, el semáforo se puso en rojo y solo entonces me di cuenta de que estaba tan helada que sentía un cosquilleo en los dedos. Según el indicador del coche, en el exterior había ocho grados bajo cero, y yo seguía vestida para correr en la caminadora. No me había puesto el abrigo. Estacioné el Jetta y entré en la tienda, dando gracias por el entumecimiento que sentía en los brazos y en el corazón.

Fui hacia la panadería y me crucé de brazos. Pastel. Gus quería pastel, y pastel iba a tener. Chocolate. Vainilla. Fresa. Nata montada. Crema de mantequilla. Demasiado donde elegir. ¡Yo solo quería un maldito pastel! ¿Para qué ponían tantas variedades? ¿A quién le importaban? Agarré el primero que vi, fui a la sección de helados con el piloto automático puesto y agarré un tarro grande del que tenía chispas de chocolate.

Ya estaba a medio camino de la caja cuando me di de bruces con una familia. La típica: padre, madre, niño, niña. Se estaban riendo mientras discutían sobre qué película alquilar para aquella noche, y ganó la niña, que pedía *Santa Cláusula* ¿Cómo podían tener un día tan normal, una conversación tan normal? ¿No sabían que el mundo se había terminado?

—¿Sabes que te escriben el nombre que quieras en el pastel?

La voz masculina me arrancó del hilo de mis pensamientos, alcé la vista y me encontré ante unos ojos castaños que me recordaban a alguien, bajo una visera de la Universidad de Colorado muy usada. Lo conocía, pero no sabía de dónde. Me resultaba de lo más familiar. Claro que me habría fijado en un chico tan guapo como aquel, pero en una universidad con cuarenta mil estudiantes siempre había alguno que te resultaba conocido, unos cuantos a los que conocías por el nombre, unos pocos de los que recordabas cómo se habían conocido. Con aquella cara y aquel cuerpo, debería de acordarme del chico, aun en mi estado de conmoción.

Y allí estaba, esperando a que respondiera algo.

—Ah, sí, el pastel.

Tenía todas las ideas borrosas y traté de aferrarme con desesperación a lo que me quedaba de ellas. Asentí y mascullé un gracias al tiempo que volvía a la sección de pastelería. Por suerte, los pies me funcionaban solos.

La gruesa mujer que estaba tras el mostrador extendió la mano para agarrar el pastel cuando se lo di.

—¿Puede poner «feliz cumpleaños»?

—Claro, guapa. ¿De quién es el día especial?

¿Día especial? Era un día infernal. Allí, de pie ante el mostrador de la tienda de comestibles, con un pastel que me importaba un rábano, supe a ciencia cierta que era el peor momento de mi vida. Tal vez debería de haberme reconfortado saberlo, tener esa seguridad de que las cosas solo podían ir a mejor. Pero ¿y si no era el peor? ¿Y si el mañana me estaba esperando a la vuelta de la esquina para echarme encima nuevas simas de dolor?

—¿Señorita? —Miré a la mujer de la pastelería—. ¿Qué nombre pongo en el pastel?

—December.

—¿December? ¿Diciembre? Sí, estamos en diciembre, pero ¿qué nombre pongo en el pastel?

La mezcla de pánico y pesar se me empezó a acumular por dentro y amenazó con cerrarme la garganta.

—Es mi nombre. Me llamo December.

La mujer se echó a reír.

—Pero, mujer, estas son las Tortugas Ninja Mutantes. ¡Es un pastel de niño!

Algo se me quebró por dentro. La presa saltó por los aires, el río se desbordó y todas las demás metáforas a la vez.

—¡No me importa de qué sea el pastel!

—Pero ¿no le gustaría más…?

Fue demasiado.

—No, no me gustaría más. ¿Sabe lo que me gustaría? Me gustaría volver a la cama y que no hubiera pasado nada de todo esto. No estar de pie en medio de una tienda, comprando un pastel cualquiera para que mi hermanito pueda hacer como que nuestro padre no murió. Así que no, ¡no me importa si el pastel es de las Tortugas Ninja o de Barbie o del maldito Bob Esponja!

A la mujer le empezaron a temblar los labios y se le llenaron los ojos de lágrimas.

—Feliz… cumpleaños…, December… —murmuró mientras movía la manga pastelera sobre el pastel verde y azul para escribir mi nombre.

Me la entregó con manos temblorosas, le hice un gesto de agradecimiento y lo agarré.

Me di la vuelta y me encontré con el chico de la universidad, que estaba a punto de agarrar un paquete de panqués de arándanos, pero se había quedado paralizado, mirándome con los ojos muy abiertos por la conmoción.

Era comprensible. Yo también estaba sorprendida y alarmada por mi estallido, y horrorizada por haber saltado en medio de la tienda.

Las lágrimas me corrieron por la cara sin que me diera cuenta cuando esperé mi turno para la caja. La chica leyó el código de barras del pastel y el helado.

—Son treinta y dos con diecinueve —me dijo.

Me llevé la mano al bolsillo trasero donde normalmente llevo la cartera, pero solo encontré la licra de los pantalones de correr.

—Mierda —susurré, y cerré los ojos, derrotada. Sin abrigo. Sin cartera. Bravo por la planificación.

—Déjame a mí.

El chico de los ojos castaños puso un billete de cincuenta en la cinta, ante la cajera. Ni me había dado cuenta de que estaba detrás de mí.

Volteé a verlo y me sorprendió lo alto que era. Yo le llegaba por las clavículas. Aquel movimiento repentino hizo que me tambaleara, y él me sostuvo, agarrándome de los brazos con delicadeza.

—Gracias.

Me pasé el dorso de la mano por las mejillas para enjugarme las lágrimas lo mejor que pude y le tendí el cambio. Su cara me resultaba muy conocida... ¿De dónde?

—¿Me necesitas? —preguntó con mucho tacto mientras la cajera le cobraba la botella de agua vitaminada.

—¿Qué?

No tenía ni idea de lo que estaba diciendo. Él se sonrojó.

—¿Necesitas que te lleve esto? Parece que pesa —precisó, muy despacio, como si él tampoco pudiera creer lo que estaba diciendo.

—Es un pastel.

Sin duda se llevaría el premio al chico más bueno que había visto en mi vida.

—Claro. —Agarró su bolsa y sacudió la cabeza como si tratara de despejarse—. Al menos deja que te lleve a casa.

Vaya día había elegido para coquetearme.

—No te conozco, así que no me parece correcto.

Se le dibujó una sonrisa en la cara.

—Eres December Howard. Yo soy Josh Walker. Terminé tres años antes que tú.

Josh Walker. Carajo. La preparatoria. Los recuerdos se me atropellaron, pero no podía tratarse del mismo Josh Walker. No, el de la preparatoria había sido un motociclista tatuado y siempre rodeado de porristas, no este chico bien afeitado, cien por ciento americano.

—Josh Walker. Claro. Tenía una foto tuya pegada en la puerta de mi casillero, de cuando ganaron el campeonato estatal. —Mierda. ¿De verdad lo había dicho en voz alta? Arqueó las cejas, sorprendido, y añadí mentalmente: «O puede que aún la tenga»—. Si no recuerdo mal, tenías la cabeza tan metida en el casco de hockey que no veías a nadie de los cursos inferiores.

—Pero yo sí lo había visto a él, claro, igual que todas las chicas de la escuela. Entrecerré los ojos para examinar aquel rostro de ángulos bien definidos, que los años habían vuelto más firme e increíblemente atractivo—. Y tenías el pelo más largo.

Su sonrisa arrolladora se abrió paso entre las nieblas de mi mente y me distrajo del dolor por un bendito momento. ¿Cómo podía tener los dientes tan perfectos un jugador de hockey?

—Así que sí me conoces. —Me tendió el pastel y la sonrisa se le borró para dar paso a una expresión de... ¿pena? ¿Compasión?—. Siento lo de tu papá, Ember. Por favor, deja que te lleve a casa. No estás en condiciones de conducir.

Negué con la cabeza y aparté la vista. Por un momento casi se me había olvidado. La culpa me invadió. Había dejado que una cara bonita me distrajera de... de todo, y todo volvió como una oleada que me arrasó por dentro. ¿Cómo podía siquiera pensar en él? Tenía novio, tenía un padre muerto, lo que no tenía era tiempo para aquello. Muerto. Cerré los ojos para cortarle el paso al dolor.

—¿Ember?

—Tengo que hacerlo. Tengo que saber si soy capaz.

Le di las gracias por pagar y salí de vuelta a la realidad.

Me senté en la piel helada de mi coche y me quedé en silencio, aturdida, durante un momento. ¿Cómo era posible que algo tan sencillo como volver a ver a Josh Walker sanara un trocito de mi alma, cuando el resto estaba tan destrozado? El frío del asiento se me coló a través de la ropa deportiva y expulsó cualquier pensamiento cálido sobre el chico. En el asiento de al lado, el pastel se burló de mí con sus ridículas tortugas felices practicando artes marciales. A Gus le iba a gustar. Si es que algo podía gustarle. Dios, ¿qué iba a hacer sin papá? ¿Qué íbamos a hacer mi mamá, mi hermana y yo? El pánico se me acumuló en el pecho, me llegó a la garganta antes de estallar en un grito que no parecía mío. ¿Cómo iba a cuidar de mamá sin papá? ¿Cómo iba a hacer nada si lo único que quería era acurrucarme y negarlo todo?

Perdí todo rastro de compostura y sollocé contra el volante durante cinco minutos exactos. Luego me incorporé, me sequé las lágrimas y dejé de llorar. No podía permitirme volver a llorar ni derrumbarme. Tenía que ocuparme de mi familia.

Capítulo dos

No fue mi primer funeral militar, pero cuando asistí al primero era una niña, y la muerte de alguien a quien mis padres habían conocido hacía tiempo no me llegó a afectar. El funeral de mi padre me hizo pedazos poco a poco con cada lágrima que me negué a derramar. Cada vez que alguien me abrazaba o me decía cuánto lo sentía se cerraba otra parte de mí, como si hubiera llegado al límite en el umbral de dolor.

Riley, mi exquisito y perfecto novio desde hacía tres años, dejó a su familia de vacaciones en Breckenridge para estar conmigo. Pero no sé si se puede decir que estuvo conmigo. Más bien había estado con su teléfono celular desde hacía días, no a mi lado. Tampoco lo podía culpar. No era precisamente un placer estar conmigo. Desde que nos había llegado la notificación la semana anterior, la Navidad había pasado como un susurro, y el Año Nuevo se nos echaba encima, y mamá aún no había reaccionado a... a nada. Por suerte, llegó la abuela, toda acero del sur y pelo de plata, para ahuyentar a los lobos, y nadie había amenazado con medicar a mamá. Todavía.

La capilla de la base se llenó enseguida. Personas a las que reconocí e innumerables soldados que permanecieron de pie, siempre hablando en susurros. Pedimos que la ceremonia fuera también el memorial de la unidad. Creo que no habríamos soportado pasar por aquello dos veces. April se sentó rodeada de un grupo de amigos que la reconfortaron mientras lloraba, y no pude evitar sentir una punzada de celos. Ella podía permitirse el lujo de derrumbarse, cosa que a mí me estaba negada.

—Ay, Ember. —Sam, mi mejor amiga de la preparatoria, me abrazó en la parte de atrás de la capilla, donde estaba esperando a Gus. Me dejé caer un poco encima de ella como si quisiera que llevara parte del peso—. Qué mierda.

Sam siempre sabía qué decir en cada ocasión.

—Me alegro de que hayas venido —dije con sinceridad por primera vez aquel día.

—¿Dónde está Riley? —Unas arrugas se le formaron en la perfecta piel café con leche de su frente cuando frunció el ceño.

Fingí una sonrisa.

—No sé, pero dijo que iba a venir.

Frunció aún más el ceño y noté un destello en sus ojos color avellana. Luego, suspiró.

—¿Y Kayla? Sigue siendo tu compañera de cuarto, ¿no?

—Está en Boston, con sus padres, pero en unos días tomará un avión para venir a Boulder.

Contuve el aliento, a la espera de alguna de las típicas réplicas mordaces de Sam. Kayla y Sam no se llevaban bien desde que Sam y yo nos distanciamos el año anterior. Yo me había ido a Boulder y empecé a compartir habitación con Kayla, mientras que Sam se quedó en Colorado Springs. La seguía queriendo mucho, pero era difícil mantener la amistad llevando vidas tan alejadas.

—Claro. —Empezó a sonar la música de órgano y Sam me apretó las manos—. Me tengo que sentar. Oye, Ember, estoy para lo que quieras.

—Ya lo sé.

Me sonrió sin ganas y fue a sentarse con su madre, que había sido buena amiga de mi padre. Es lo que hay cuando pasas varios años y dos destinos militares con otra persona.

—¿Ember?

Me di la vuelta. Era la señora Rose, cuyo marido había muerto en el mismo ataque que papá. Parecía muy compuesta, con un sencillo vestido negro y zapatos de tacón a juego. Llevaba el pelo bien peinado y el maquillaje, perfecto. Sus dos hijitos, Carson y Lewis, también iban inmaculados con sus trajecitos negros.

—Hola, señora Rose. Me alegro de que haya venido —respondí en nombre de mi familia—. ¿Cómo está?

Rozó con las manos los hombros de los chicos como para asegurarse de que seguían allí.

—Vamos saliendo adelante. ¿Y tu mamá?

Me ruboricé.

—La está pasando mal.

La señora Rose asintió.

—Cada uno hace el duelo a su manera. —Sonrió a los niños—. Vamos a sentarnos.

Bajaron por el pasillo y una emoción negra se apoderó de mí, e hizo que me subiera la temperatura. ¿Cómo podía estar bien? ¿Cómo estaba tan perfecta y compuesta, cuando mi madre se había desmoronado? Era todo tan injusto… Quería que mi madre se sobrepusiera, igual que la señora Rose.

Mi celular zumbó para indicar que había llegado un mensaje.

Riley: De camino. Llego tarde.

Ember: Nos vemos pronto.

Me volví a guardar el iPhone en el bolso justo cuando Gus salía del baño. El traje hacía que pareciera mayor, otro ladrón que le robaba la infancia. Se tocó la corbata, que se le había soltado en el baño. Gus solo tenía dos corbatas, y mi padre se las había dejado con el nudo hecho antes de partir. Los nudos subían y bajaban cuando se las ponía y quitaba por la cabeza para ir a la iglesia, pero tenía buen cuidado de no desatarlos. Las chicas de la casa no sabíamos hacer el nudo de la corbata. Nunca habíamos aprendido.

—Fue sin querer.

Se le llenaron los ojos de lágrimas y eso provocó que también se me saltaran a mí. Me obligué a sonreír. Cada vez me resultaba más fácil.

—Tranquilo, peque.

Le sequé las lágrimas con delicadeza y me concentré en el problema de la corbata. Una oleada de dolor me arrasó por dentro. Aquello era misión de papá. Él tenía que enseñar a Gus a hacerse el nudo de la corbata, a conducir un coche, a ligar con una chica. ¿Cómo iba a crecer sin su ejemplo? Mi padre nunca me llevaría del brazo al altar, nunca cargaría en brazos a mi primer hijo, ni al segundo, claro. Pero lo había tenido veinte años, me había dado tiempo a convertirme casi en una mujer adulta. Tenía a papá grabado en cada fibra de mi ser. No era justo que su hijo solo lo hubiera disfrutado siete años.

Manipulé la corbata, pero no sabía cómo hacer el nudo. Un par de manos grandes se interpusieron entre nosotros y alcé la vista. La conmoción casi me hizo caer de sentón al ver a Josh Walker acuclillado junto a mí. Tenía una sonrisa triste en la cara.

—Hola, Gus. ¿Me permites?

—Hola, entrenador Walker. Claro.

¿Entrenador? Ah, claro, Gus me había mencionado el nombre, pero no sumé dos y dos. El Josh Walker que yo recordaba no se habría molestado en entrenar a nadie, y menos a un grupo de niños hiperactivos. ¿Cómo había cambiado tanto en cuatro años?

Gus me dedicó una sonrisa preciosa y me faltó poco para abrazar a Josh por haberla inspirado.

—Él es mi entrenador de hockey, Ember.

—Ya nos conocemos, Gus.

Le alboroté el pelo y me levanté muy despacio para no caerme de los tacones.

—Fui a la preparatoria con tu hermana, muchachote.

Josh le ató la corbata con movimientos rápidos y diestros, y el nudo quedó como si lo hubiera hecho mi padre. Me invadió la gratitud. Josh le había arreglado el día a Gus.

Nos sentamos cuando entró el capellán. Gus ocupó un lugar junto a mí, y luego estaban mamá, la abuela y April. Uno a uno, los intervinientes fueron subiendo para desgranar sus mejores recuerdos de papá. Había salvado muchas vidas, se había entregado a los que lo necesitaban, era una inspiración para todos. Para mí. Bueno, su muerte no, no me inspiraba. Lo habían matado por nada, mientras ayudaba a otros. ¿Qué sentido tenía eso? ¿Dónde estaba la justicia? Se me escapó una risa histérica y la abuela pasó el brazo por detrás de mamá para ponérmela en el hombro. Como si fuera a descubrir el sentido de la vida y la muerte allí sentada. Qué tontería. Nadie entendía las guerras. Era gracioso pensar que iba a descubrir la respuesta solo porque había perdido a un ser querido. Mi profesor de Psicología habría tenido mucho que decir.

A mitad de la ceremonia, una mano familiar me apretó el hombro, esta vez por detrás. Riley había llegado por fin. En lugar de sentirme reconfortada, me molestó y me enojó. Decía quererme, pero era obvio que no estaba muy arriba en su lista de prioridades aquel día, de todos los malditos días. Pero seguro que tenía una excusa perfecta, como un gato que no podía bajar de un árbol o un desconocido con una llanta ponchada en la carretera.

Un oficial se puso ante el atril y empezó a pasar lista a la manera tradicional. «Ay, Dios. Allá vamos». Fue diciendo los nombres de los soldados presentes, que, uno a uno, se pusieron de pie para anunciar su presencia. A mi alrededor, hombres y mujeres vestidos de azul se fueron levantando como muñecos de resorte, todos vivos, sanos, salvos. Pensé que estaba preparada para escuchar lo que venía a continuación. Nuestro consejero nos lo había explicado muchas veces, con detalle. Iban a decir el nombre de mi padre, pero él no respondería.

Ese era el tema.

—¿Teniente coronel Howard?

La voz del oficial retumbó en la iglesia silenciosa. Cada músculo de mi cuerpo se me puso en tensión y apreté los dientes.

—¿Teniente coronel Justin Howard?

El grito agudo de April rasgó el silencio y las lágrimas me abrasaron las mejillas. No fui capaz ni de llevarme las manos a la cara para enjugármelas. «Por Dios, deja de decir su nombre, por favor». Pero no lo hizo.

—¿Teniente coronel Justin A. Howard?

Una vez más. Solo tenía que soportarlo una vez más.

—¿Por qué no paran de llamar a papá? —preguntó Gus.

«Para demostrar que se ha ido para siempre».

No le pude responder. Tenía las cuerdas vocales paralizadas por el miedo a lo que pudiera salir cuando hablara. Lo atraje hacia mí.

—¿Teniente coronel Justin August Howard?

Sé que dijo algo más, pero no lo oí. Reviví un recuerdo, papá arrodillado ante un Gus de cuatro años para que le pusiera la insignia del rango de teniente coronel en el hombro. Todos nos habíamos sentido tan felices, tan orgullosos... Tal vez deberíamos estar igual de orgullosos de saber que había dado la vida por algo más grande que él mismo. Pero lo que nadie entendía era que, a mis ojos, no había nada más grande que mi padre. Nada valía tanto como su vida.

Las gaitas sonaron para desgranar el «Amazing Grace». A mi lado, mi madre habló por fin: susurró el nombre de mi padre en una súplica desgarrada.

—¿Justin?

Me clavé los dientes en el labio inferior para no gritar, apreté hasta que el dolor pudo hacer frente a la pena que me estaba devorando por dentro.

Cuando terminó la ceremonia casi me dieron ganas de felicitarme por haber sobrevivido, pero aún me quedaba el entierro. Bajamos por el pasillo detrás del capellán y salimos por la puerta principal, donde esperaba una limusina. Mi abuela metió en el coche a mi madre. April la siguió con Brett, su novio. Yo esperé fuera con Gus porque sabía que Riley querría venir con nosotros.

Bajó por los peldaños, impecable, con el traje que sin duda le había elegido su madre. Llevaba el pelo rubio peinado con raya a un lado y sus ojos azules destacaban en contraste con el traje oscuro. Casi se me escapó otra carcajada histérica. Riley era un muñeco Ken a tamaño real. Me rodeó con aquellos brazos que tan bien conocía, con el olor de la colonia que llevaba usando desde nuestro último año de preparatoria. Iba a besarme y, de pronto, abrió mucho los ojos.

—Oye, nena... —empezó a decir, pero retrocedió, como si algo le asqueara.

Vi a Josh a mi lado, apartándose de Gus tras abrazarlo. Sacó un pañuelo desechable y me lo pasó por debajo del labio. El pañuelo quedó rojo, manchado de la sangre que me habían hecho brotar mis propios dientes. Me dedicó una sonrisa y retrocedió al instante, como si se diera cuenta de que se había propasado. Guau. Me pasé la lengua por el labio y sentí la herida.

Riley puso los ojos en blanco, y en ese momento cayó en la cuenta de quién era.

—¡Josh Walker! —Le tendió la mano y Josh se la estrechó—. Cuánto tiempo, amigo. Ahora entrenas a mi hermano pequeño y a Gus, ¿verdad?

Josh asintió.

—Rory es un chico estupendo. Luego nos vemos, Gus.

Gus le agarró la mano y tiró de él.

—¿Puede venir con nosotros el entrenador Walker? ¡Por favor!

Riley se me adelantó en la respuesta.

—La limusina solo es para la familia, Gus.

Mi hermanito esbozó una sonrisa de suficiencia.

—Pues tú no eres familia. Además, si April y Ember pueden ir con alguien, yo, también.

La lógica de Gus era implacable.

—Ven con nosotros, si quieres —le dije a Josh sin mirarlo a los ojos.

Aquellos veinte minutos que duró el viaje en limusina fueron los más tensos que jamás había pasado en un coche. A mi izquierda, Riley iba actualizando su estado en Facebook. ¿Qué podía estar tecleando? ¿«Camino de enterrar al padre de mi chica»? No manejaba bien la presión, y no lo tomé en cuenta. Era un aspecto de su personalidad que comprendía y trataba de complementar lo mejor posible. Era parte del plan, y por eso nos iba tan bien juntos. Yo llenaba los huecos.

—Vaya por Dios —susurró.

—¿Qué pasa? —pregunté.

Sacudió la cabeza mientras leía algo en el teléfono.

—Adelantaron una semana la cena de la universidad.

No me molesté en responder. Tampoco me había pedido mi opinión.

La abuela estaba sentada, guardando la compostura estoicamente, con el pelo blanco recogido y un único collar de inmaculadas perlas que le quedaba de lo más apropiado. Siempre había tenido ese aire de dignidad, pero el modo en que estaba reaccionando tras la muerte de su hijo era digno de admiración. Tenía entre las manos una foto enmarcada de papá cuando estaba haciendo la instrucción, y se la había puesto sobre las rodillas.

—¿En qué piensas? —me preguntó Josh, que iba a mi derecha.

Él también había sacado el teléfono. Se lo había dado a Gus, que estaba concentrado en destruir cerditos en la versión *Star Wars* de Angry Birds.

Hice un gesto con la barbilla para señalar a mi abuela.

—Mi abuelo murió en Vietnam. —Sacudí la cabeza—. Ya ha sufrido mucho. Esto no es justo.

Se quedó en silencio un minuto, como si estuviera eligiendo las palabras con sumo cuidado.

—Por duro que le resulte, puede que ella sea la única en condiciones de ayudar a tu madre. Sabe por lo que está pasando.

Vi a mi abuela tomarle la mano a mi madre, acariciarle la piel con el pulgar. Josh estaba en lo cierto. Si alguien podía apartarla del borde del precipicio, tenía que ser la abuela. Las dos eran mujeres testarudas, fuertes, competentes.

—Tarde o temprano saldrá adelante.

—Igual que tú.

Me apretó la mano con delicadeza y luego apartó la suya a toda prisa con cuidado de no rozarme la rodilla por debajo del dobladillo de la falda.

Riley volvió a guardarse el teléfono en el bolsillo cuando llegamos al cementerio. Salimos del coche y cruzamos el terreno helado hacia la parcela que había elegido mi padre. En su momento me pareció que eso de escoger el lugar donde te enterrarán era muy morboso. Ahora estaba agradecida. Era una decisión más que no tenía que tomar, y sabía que él estaría contento. Fuimos hasta nuestras sillas en la primera fila, ante el ataúd de mi padre, y la gente fue pasando por delante de nosotros. Nos estrecharon la mano. Se inclinaron para abrazarnos. Lamentaron nuestra pérdida. No se podían imaginar nuestro dolor. Querían saber si necesitábamos algo. Dije «gracias» tantas veces que la palabra perdió el sentido. Egoístamente, solo quería que dejaran de tocarme.

Riley ocupó el asiento junto al mío y no me quitó la mano del hombro, me tuvo bien afianzada, como llevaba años haciendo. Era un recordatorio de que esto terminaría, de que las cosas volverían a la normalidad, de que nuestros padres no iban a cambiar. Aunque quedaba por ver cómo sería para mí la «nueva normalidad».

—¿Puedes decirles que paren de abrazarme? —preguntó Gus al tiempo que me tomaba la mano.

Le di un beso en la frente.

—Claro, peque.

Me situé delante de él hasta que al final todos ocuparon sus asientos. El capellán volvió a hablar de deber y sacrificio, y me contuve para no levantarme y dar una patada en el suelo, porque ya no era una adolescente malhumorada. ¿Qué sabía aquella gente del deber? El deber de mi padre estaba en su casa, con nosotros. Ahora alguien tendría que ocupar su lugar, decidir qué íbamos a hacer. No era justo.

La bandera estadounidense envolvió el ataúd plateado de papá. Quería verlo, comprobar con mis propios ojos que estaba muerto, pero los restos llegaron a Dover con una nota: «No se recomienda mostrar a la familia». Cuando encontré a solas al capitán Wilson y le pude plantear la pregunta, me esquivó como pudo, pero al final tuvo que responder. Mi padre había recibido disparos en la cabeza, el pecho y la pierna. El hijo de puta se había encargado de que no le quedara nada de cara.

Una parte de mí, pequeña, infantil, se preguntaba si de verdad estaba allí o si había sido una confusión peliculera. Tal vez en el ataúd había algún otro pobre desgraciado, y mi padre estaba en algún lugar, herido, incapaz de decir su nombre. Pero yo no era Gus. Sabía la verdad: estábamos enterrando a mi padre.

La bandera pasó del ataúd a las manos de la guardia de honor. La doblaron con movimientos precisos, al estilo militar. Esa bandera lo había acompañado desde el hospital de Afganistán donde se certificó su muerte hasta Dover, donde prepararon el cadáver y le pusieron el uniforme, y luego hasta aquí, en Colorado, donde lo íbamos a enterrar.

Las armas rompieron el silencio e hicieron que me saltara el corazón. La guardia de honor disparó tres salvas. Cada una me paralizó, me hizo morir un poquito más. Tres salvas. Tres balas para mi padre. Era todo casi poético. Gus empezó a llorar con unos sollozos espantosos, desgarradores. Le puse la mano en el hombro mientras la guardia de honor doblaba la última esquina de la bandera para formar un triángulo. Josh se inclinó hacia delante, levantó a Gus por encima de la silla, se lo sentó en el regazo y lo meció como si fuera un bebé. Le hice una seña de gratitud. Tomé la mano de April por encima de la silla vacía. Me agarró con fuerza, con los dedos helados. Se nos habían olvidado los guantes.

Un coronel hincó una rodilla en tierra ante mamá con la bandera doblada en las manos. Ella alzó la cabeza y levantó la barbilla con una chispa del espíritu que sabía que tenía.

—En nombre del presidente de Estados Unidos y de una nación agradecida —dijo con respeto, al tiempo que le ponía la bandera en las manos temblorosas.

Mi madre se la estrechó contra el pecho y enterró la cara en el tejido como si quisiera oler a papá. Luego empezó a emitir un quejido lastimero, grave, horrible, como si le hubieran arrancado el alma.

Resistí hasta que el corneta empezó a tocar «Taps». *Day is done, gone the sun...* La había escuchado tantas veces en todas las bases militares por las que habíamos pasado... Tenía algo familiar, purificador, como si la propia canción dijera que esta ceremonia espantosa había terminado. Que ya nunca volveríamos a estar tan mal. *God is nigh.*

Al lado de mi madre, la abuela se estremecía de dolor. Ahora ya lo había dado todo por la patria. Rodeó con un brazo los hombros de mamá y la estrechó contra el suyo. Las dos habían perdido a la persona que más amaban.

Todos se fueron yendo del cementerio y mi familia se metió en la limusina, pero yo no podía irme. Todavía no. La guardia de honor entregó una pila de banderas dobladas a Riley, una para la abuela, otra para April, otra para Gus y la última para mí. Como si nos hiciera falta un recuerdo. La guerra era una mierda. Te quitaba todo lo que amabas y a cambio te daba una bandera doblada, y te decía que el honor de su sacrificio era una justa compensación. Pues no, no lo era.

Uno de los cinco cambios de destino de papá tuvo lugar poco después de que naciera Gus. Lo vi preparar el equipaje en mitad de la noche, mientras Gus lloraba y mamá lo mecía para que se durmiera. Aunque yo ya tenía trece años, no me importó sentarme en el regazo de papá. Me acarició el cuerpo larguirucho y me dio un beso en la frente, un beso de esos que solo dan los padres.

—Vas a tener que ocuparte de mamá en mi ausencia —me dijo—. Ten paciencia con ella. Esto va a ser difícil, y necesito que seas la señora de la casa. ¿Lo harás? ¿Por mí? ¿Cuidarás de tu mamá, de April y de Gus?

Le dije que sí, claro. Habría hecho lo que fuera por complacer a mi padre, igual que él por mí, estaba segura. Cualquier cosa, menos no marcharse.

Empezaron a bajar el ataúd en la tierra helada y corrí hacia la tumba.

—¡Un momento!

Los trabajadores del cementerio se detuvieron. Papá quedó suspendido a pocos centímetros de la superficie. Me tambaleé hacia delante, se me enredaron los tacones en lo que quedaba de hierba. Caí de rodillas ante el metal frío que marcaba el comienzo de la tumba de mi padre. Puse una mano sobre la superficie helada del ataúd y me llevé la otra a la boca para ahogar un grito.

—Te quiero. —El susurro me desgarró—. Te extraño, no sé qué hacer sin ti —sollocé. Respiré como pude el aire cargado de escarcha—. Pero no te preocupes por ellos, por la abuela, por mamá, por April, por Gus. Yo los cuidaré. Te lo prometo.

Los brazos familiares de Riley me rodearon, me levantaron del suelo y me ayudaron a ponerme en pie. Les hice un gesto a los trabajadores del cementerio. Volvieron a bajar a mi padre a la tierra. Hondo, muy hondo.

—Te lo prometo.

Capítulo tres

—Ember.

Gus me sacudió el hombro antes de que sonara el despertador, programado para las siete de la mañana. Dormir era genial. Cuando dormía, todo era normal, y esto era la pesadilla. Luego, cuando sonaba el despertador, tenía que hacer frente a la «nueva normalidad».

—¿Mmm? —murmuré al tiempo que me apartaba el pelo de la cara y trataba de abrir los ojos pese a la falta de sueño.

—Tengo hambre.

Gus se me acercó más y apoyó la cabeza en la almohada, a pocos centímetros de la mía. No se había lavado los dientes.

—Tú siempre tienes hambre. —Lo atraje hacia mí y palpé tela de mezclilla en lugar de la suave piyama que me esperaba—. ¿Ya te vestiste?

—Hoy tengo escuela. El autobús pasa en media hora, a las siete tres cero.

Eso me despertó de golpe. Salté de la cama, me recogí el pelo en una coleta y conseguí sonreír.

—Pues a comer algo, peque.

—Se terminó.

Salió corriendo delante de mí, por las escaleras de la parte de atrás, hacia la cocina.

—¿Qué?

Las amplias ventanas de la cocina dejaban entrar la luz de la mañana. Sentí las baldosas frías bajo los pies descalzos. «Café. Qué bien me vendría un café». Encendí la cafetera de cápsulas, que empezó a sisear mientras yo abría la despensa. «Sí, yo también habría querido seguir durmiendo». Gus estaba en lo cierto: se habían terminado los cereales, la avena, los panecillos.

Se había terminado todo.

¿Cuándo? Saqué las últimas rebanadas de pan que quedaban y, de camino al refrigerador, miré el calendario. 5 de enero. «Primer día de escuela», decía, escrito con la letra de mi madre, y nada más. Una semana antes del cuadrado con el siguiente mensaje ominoso: «Ember vuelve a la uni».

Tragué saliva para aliviar el nudo de pánico y, en lugar de pensar en mis fechas, abrí la puerta del refrigerador para sacar huevos y leche. Estaba casi vacío. ¿Cuándo había dejado de llegar la comida? Nos habían estado trayendo tanta y con tanta frecuencia, que en ningún momento se me ocurrió ir a comprar.

Le dije a Gus que fuera a llamar a April. Salió corriendo, encantado de volver a su rutina. Un plato de huevos revueltos y un pan tostado más tarde, saqué cinco dólares del tarro del dinero, se los di a Gus para el almuerzo y fuimos hacia la puerta. En la parada, todos los padres se movían a mi alrededor como si pisaran huevos. Ahora éramos los niños sin padre, pero el resto de los chicos trató a Gus igual que siempre, igual que antes de que todo cambiara. No era Gus sin papá, era Gus, solo Gus. Excelente.

Le di un beso en la frente y regresé al calor de la casa. April se había instalado delante de la tele, todavía en piyama.

—¿Qué haces? —le pregunté—. Ya tendrías que estar en la escuela.

—Buscando a ver qué ponen. —No tenía la menor intención de moverse.

—Es día de clase —dije, incrédula.

Iba a tener que correr o no llegaría a la primera clase. Sabía por experiencia que se tarda diecisiete minutos en llegar a la escuela desde nuestra casa.

—No voy a ir.

Le quité el control remoto y lo dejé en la mesita auxiliar que estaba un poco más lejos. Si quería recuperarlo, al menos tendría que mover el trasero.

—Claro que vas a ir.

—No eres mi madre. —¿De verdad me había atacado con su lógica adolescente? Puede que fuera mi castigo por cómo me había portado con mamá—. Además, hoy solo es media jornada. No va nadie.

—Yo soy tu abuela, y vas a ir a clase ahora mismo.

Las manos de la abuela introdujeron el último mechón de pelo blanco en el recogido mientras salía de la habitación, ya vestida y con el collar de perlas rodeando su cuello. Mi abuela era una firme defensora de que hay que tener clase hasta para dormir. April iba a replicarle, pero a la abuela le bastó con arquear una ceja para cortar en seco las protestas.

—Se murió tu papá, no tú. Ve a vestirte, agarra la mochila y a clase.

April no se molestó en oponer resistencia. Las dos sabíamos que no serviría de nada. Se vistió a toda prisa y pasó volando por la cocina, no sin antes sacar otro billete de cinco del tarro del dinero mientras yo me echaba más crema de la debida en la taza de café.

—Que tengas un buen día, cielo —canturreé.

Me enseñó el dedo corazón a modo de respuesta y subrayó el gesto con un portazo.

La abuela agarró la crema para endulzar ella también el café.

—Se nos acabó la comida, abuela.

—¿Y qué vas a hacer al respecto?

Bebió un sorbo y se fue a ver las noticias. Lo había dejado muy claro: yo tenía edad suficiente para hacerme cargo de aquello.

Cinco minutos y unas cien respiraciones profundas más tarde, subí al cuarto de mi madre y entreabrí apenas la puerta.

—¿Mamá? —la llamé en voz baja para no sobresaltarla.

Aunque lo cierto era que nada la sobresaltaba. Había empezado a hablar, pero solo daba respuestas escuetas cuando se dirigían a ella. Nunca empezaba una conversación ni trataba de relacionarse con nadie. No hacía más que dormir. Yo la entendía, si tenía sueños como los míos, en los que papá me decía que todo iba a salir bien. «Yo también querría estar dormida».

Me acuclillé junto a la cama. Mi madre tenía un aspecto espantoso. Quizá esta vez podría convencerla de que se bañara y se peinara.

—¿Mamá? —Le toqué la muñeca.

Dormía boca arriba, como una niña. Abrió los ojos castaños durante un segundo, menos de un segundo, y vi el instante en que se le empañaron al entender que todo seguía igual, que papá se había ido, que esto era la vida normal.

—Mamá, hoy tengo que ir a hacer el súper. No hay comida en casa. Los niños se fueron a la escuela. —Vi que procesaba lo que le había dicho, pero no respondió—. Creo que Gus tiene hockey esta semana, pero no sé cuándo. En el calendario de enero faltan cosas.

Por lo general, los calendarios de mi madre eran meticulosos, con todas las citas anotadas.

Tuve que intentarlo de nuevo. Necesitaba una respuesta.

—Mamá, no sé si utilizar tu tarjeta de débito o el dinero que hay en casa, pero hoy tengo que ir al súper. ¿Quieres que traiga algo para ti?

—Solo quiero dormir —murmuró.

Cerró los ojos nada más decirlo. Me clavé las uñas en las palmas de las manos al apretar los puños. Me habría gustado dejar escapar un grito desgarrador, pero habría sido una niñería por mi parte. Tan infantil como esa envidia abrasadora que me hervía en el estómago. Yo también quería ausentarme así, como ella.

Agarré el bolso que tenía colgado en el recibidor y vacié el contenido en la barra de la cocina. La cartera, los lentes oscuros, las llaves, la enorme libreta negra a la que llamaba «el Cerebro». Abrí el Cerebro por la página de enero y vi que el entrenamiento de hockey de Gus volvía a empezar esa misma tarde. El resto de las fechas del calendario era irrelevante, porque yo no iba a estar. April tendría que espabilarse, y pronto.

Una semana más. Una semana más en aquella casa llena de dolor y podría volver a la universidad. Kayla ya había regresado a Boulder tras visitar a sus padres en Massachusetts. Empezarían de nuevo las fiestas, los combinados, las clases. No tendría que pensar en si April se había preparado para ir a clase, o si mi madre había comido. Podría estar con Riley.

No es que lo hubiera visto mucho. Siempre se estaba disculpando, pero yo sabía que no estaba preparado para la incomodidad de aquel hogar, aunque hacía ya tres años que formaba parte de la familia. Quería que todo volviera a la normalidad, como en Boulder. Yo también. Lo malo era que la normalidad ya no existía para mí. Pero Riley no había estado mucho a mi lado las dos últimas semanas, así que no lo sabía.

Y tampoco estaba segura de que en Boulder pudiera recuperar la normalidad.

—Llévate la tarjeta de débito —me indicó mi abuela. Había estado tan inmersa en mis pensamientos que no la oí acercarse—. Sabes mejor que yo lo que se come en casa, así que ve tú a la tienda.

Me bañé, me vestí, me sequé el pelo y agarré las llaves y la cartera de mamá de camino a la puerta.

—Oye, December —dijo mi abuela—. Llama a tu novio y sal esta noche. Es una orden.

—Claro —asentí, distraída.

La tienda de comestibles estaba casi vacía. Puse una bolsa de manzanas rojas en el carrito y fui por los duraznos que tanto le gustaban a April. Luego agarré la crema para el café favorita de mamá y las galletas por las que se moría Gus. Producto a producto, fui llenando el carro hasta que me hizo falta todo el cuerpo para moverlo, y no quedó espacio para la leche.

Iba a tener que bastar con aquello, porque no cabía una cosa más. El teléfono vibró en mi bolsillo.

> **Kayla:** ¡Qué ganas de verte la semana que viene!

Yo sentía lo mismo. En diez minutos podía hacerme olvidar todo lo que iba mal. Era magnética, vivaracha y mi mejor amiga en Boulder.

> **Ember:** ¡No sabes la falta que me haces, amiga! Dime si tienes tiempo de bajar a Springs antes de que empiecen las clases. Si no, allí te veo.

> **Kayla:** ¡Okey! ¡Besis!

> **Ember:** ¡Besis!

«Besis» era lo que decía Kayla.

Pagué las compras y sonreí al recordar cuando Josh pagó el pastel. Me habría gustado verlo de nuevo, pero Riley se habría vuelto loco. Sabía que yo había estado loquita por Josh cuando empecé la preparatoria. Como todas las chicas, vamos. Josh era lo prohibido, era intocable y peligroso, sobre todo si eran ciertos los rumores de las carreras ilegales en las calles. Se comentaba que lo habían echado de la escuela anterior por esas carreras con gente poco recomendable, y entre eso y el harén de chicas que iban tras él bastaba para cimentar la leyenda de Josh Walker. Por lo demás, no hacía falta que Riley se preocupara: Josh ni siquiera me había mirado. Nunca.

En cambio, sí miraba a otras muchas chicas. Siempre iba con una chica del brazo, y siempre las iba cambiando. Cuando le interesaba alguna de la preparatoria, solo era por un motivo.

Y, aunque yo no estuviera con Riley, había cero posibilidades de que me dejara enredar por alguien como Josh. Además, yo siempre iba a estar con Riley.

Metí las compras en la cajuela y fui al Starbucks por una carga de energía.

El barista me tomó el pedido por la ventanilla. Abrí el quemacocos del coche y dejé que el calorcillo me acariciara el rostro. El aire de enero era gélido, pero el sol en la cara era una sensación deliciosa.

Era la primera vez que me sentía bien desde..., bueno, desde la notificación.

Una sonrisa me iluminó el rostro en cuanto me llegó el olor del moka con caramelo salado, que impregnó el coche durante el camino de vuelta. Tal vez la abuela tuviera razón: tenía que salir de casa y recordarme a mí misma que la vida seguía esperándome.

Me llevó una docena de viajes, pero por fin tuve todas las bolsas en la cocina, con el contenido derramándose sobre la barra. Oí que se abría la puerta medio segundo antes de que Gus entrara como un huracán, provocando una cacofonía de pasos apresurados.

—¡Genial! —exclamó, y agarró una caja de galletas de fruta seca de la barra—. ¡Cosas ricas!

Le alboroté el pelo y le quité la mochila, asombrada de que ya fueran las tres.

—¿Tienes tarea?

De pronto se le borró la sonrisa.

—Sí. —Hizo una mueca como si se hubiera metido algo amargo en la boca—. ¿Tengo que hacerla?

—Claro. Te queda una hora para el hockey, así que vamos.

Le serví un vaso de jugo de naranja y lo dejé en la barra antes de ponerme a guardar las compras.

Dos muecas y tres puntas de lápiz rotas más tarde, Gus terminó la tarea y yo terminé de preparar un sándwich.

—Oye, si ya acabaste, súbele esto a mamá.

—¡Tengo que irme!

Agarró el plato y salió corriendo escaleras arriba. Gus tenía dos velocidades: dormido o a toda máquina.

Abrí una botella de agua y me felicité por unas compras tan bien hechas.

La puerta se cerró de golpe y se oyó el sonido rápido de unos tacones por el suelo. April desfiló por la cocina y soltó la mochila, el bolso, las llaves y el teléfono sobre la isla que yo acababa de despejar. Me mordí el labio para no gritarle que lo recogiera todo. Por cierto, ¿el bolso era nuevo?

—Mira a quién me encontré fuera —anunció al tiempo que arqueaba unas cejas perfectas.

Me quitó la botella de agua fría de la mano y subió las escaleras.

Josh Walker entró en la cocina y se apoyó en la barra. Iba vestido con jeans, una sudadera de la Universidad de Colorado y una visera negra al revés. Carajo, estaba para chuparse los dedos. ¿Cómo no me había dado cuenta de lo bueno que estaba las dos últimas veces que lo había visto? ¿Y qué estaba haciendo en mi cocina?

—¡Hola, Ember! —me saludó sonriente.

—Josh. —No sabía si podría decir algo sin lanzarme sobre él, pero lo intenté—. ¿Qué tal? —le pregunté, situándome al otro lado de la isla por su propio bien.

—Nada, vine a buscar a Gus para el entrenamiento.

Su sonrisa era una mezcla letal de encanto infantil y sexo en estado puro. «¿Sexo? ¿Y tú qué sabes de eso? ¿Qué demonios te pasa? ¡Tienes novio!».

—Mmm..., eres muy amable.

—Pensé que tu mamá no estaría en condiciones, y Gus está loco por volver a jugar.

Tanta comprensión me ablandó todavía más. Una cosa era que lo encontrara muy atractivo y otra descubrir que me gustaba como persona, no solo como chico guapo. Me pasé un minuto mirándolo sin decir nada. Hasta que por fin arqueó las cejas.

—Bueno, ¿qué hay para cenar? —preguntó, mientras señalaba el montón de bolsas que había acumuladas.

—Pues... —Repasé mentalmente los productos que había comprado. ¿Qué iba a hacer? ¿Pollo? No había traído. ¿Fajitas? No había carne. Dejé escapar un suspiro de exasperación y sonreí—. Galletas.

Se echó a reír.

—¡Hice las compras, te lo juro! —Yo también me reí, llevándome las manos a la cabeza—. Compré todo lo que le gusta a todo el mundo, pero nada de lo que necesitamos. —Me estaba riendo con tantas ganas que casi no podía hablar—. Tenemos crema, pero no hay café, y hay tortillas de maíz, pero no hay queso.

La risa de Josh se mezcló con la mía. Me apartó la mano de la cara y me la apretó con afecto.

—Me alegro de verte sonreír, Ember.

Las terminaciones nerviosas de la piel hicieron corto circuito en cuanto me tocó.

Se me borró la sonrisa de golpe. «¿Es demasiado pronto? ¿Está bien que me ría?». Gus volvió justo a tiempo del garaje con una maleta deportiva más grande que él.

—¿Listo, entrenador?

—Claro, muchachote —respondió Josh, al tiempo que apartaba su mano de la mía. Me dedicó una sonrisa que hizo que me olvidara hasta de mi nombre—. Hasta luego, Ember. —Menos mal que me lo recordó.

Asentí e hice lo posible por no parecer demasiado cautivada.

—No te olvides del cinturón de seguridad, ¿okey, Gus?

Josh no se burló ni se mostró condescendiente, sino que se limitó a asentir una sola vez.

—¿Entendido, Gus? Abróchate el cinturón.

La puerta se cerró tras ellos. Saqué el celular para mantener los pies en el suelo, y recordarme a mí misma que no debía permitirme albergar pensamientos pecaminosos por Josh Walker.

> **Ember:** Hola, ¿qué haces esta noche?

> **Riley:** Poca cosa. Extrañarte.

Una presión familiar se instaló en mi pecho.

> **Ember:** ¿Quieres que salgamos esta noche? Creo que estoy lista para volver a la civilización.

Pasaron unos minutos antes de que un zumbido anunciara la respuesta.

> **Riley:** Uy, si lo hubiera sabido no habría venido a Breck…

> **Ember:** ¿Volviste a Breckenridge?

> **Riley:** Estoy con un grupo de amigos, vamos a hacer una fiesta.

No supe qué responder, así que agarré otra botella de agua. Unos pocos tragos más tarde, el teléfono zumbó de nuevo.

> **Riley:** Hay fiesta. Lo siento, nena, si no, bajaría. Pero no puedo dejar a estos bestias en la casita.

Riley estaba en una fiesta de la fraternidad. En una maldita fiesta de la fraternidad.

> **Ember:** Okey, no te preocupes.

> **Riley:** ¡Te quiero!

Sacudí la cabeza y no respondí. Le mandé un mensaje a Sam, pero estaba en Denver, se había ido a pasar la noche con su madre.

Una maldita fiesta de la fraternidad. Agarré el estropajo que tenía más a la mano y arremetí contra la suciedad de toda la cocina. No estaba a mi lado. ¿No se suponía que éramos la pareja perfecta? Todo tenía que ser puro y blanco sobre el papel para su «futura carrera política». ¿Y dónde estaba esta noche don Perfecto? La barra recibió un lavado agresivo y luego les tocó el turno a los clósets, antes de pasar al suelo, el refrigerador y hasta las repisas de la despensa. No hubo superficie que se salvara de mi ira.

Terminé casi tres horas más tarde, con la frente perlada de sudor; tiré el estropajo y los guantes al fregadero con más ímpetu del necesario. Pero no me sentía mejor.

—Huele a limones.

Gus hizo una mueca. Atravesó el suelo recién fregado de la cocina para llevar el equipo de hockey al cuarto de la lavadora. Mamá lo tenía bien educado.

—A limones y a pizza. —Josh se echó a reír y depositó tres cajas grandes de pizza en la isla de la cocina—. Lo de las galletas suena de maravilla, pero me parece que les faltan algunos grupos de alimentos.

Resoplé para apartarme un mechón de pelo de la cara. La sonrisa de Josh era contagiosa.

—¿Y la pizza los tiene?

Extendió la mano, me colocó el mechón castaño detrás de la oreja, y al hacerlo me rozó el cuello con los dedos sin querer. O eso me dije.

—La pizza es la excepción a todas las reglas.

No retrocedió. Se quedó a unos centímetros de mí. Todo mi cuerpo era consciente de aquella proximidad.

—Claro, claro.

Nos quedamos allí, mirándonos en medio de un silencio electrizante. Pero no había incomodidad. No me sentía presionada para llenar el vacío con palabras, para salir con alguna frase ingeniosa, pero parecía que el aire estaba chisporroteando.

—¡Hola, señor Walker! —La abuela le dio una palmadita en la espalda al entrar en la cocina—. Mi nieta necesita salir de casa, y su novio no hace nada al respecto. —Juraría que la oí mascullar entre dientes un «como de costumbre»—. ¿Le importaría sacarla de aquí?

La sangre se me agolpó en las mejillas para dejar bien claro el nivel de vergüenza que sentía. Era como si mi abuela se hubiera dado cuenta de lo atractivo que me parecía. ¿O era de esperar?

—¿Perdón?

Josh inclinó la cabeza a un lado y me lanzó una mirada extraña.

—Se está convirtiendo en una ermitaña, señor Walker. De un momento a otro empezarán a venir gatos a la puerta. Por favor, hágale un bien a la humanidad y sáquela por ahí.

Josh hizo una mueca.

—¿Dónde está Riley?

Vergüenza multiplicada por dos.

—En Breckenridge, organizó una fiesta con los de su fraternidad.

Vaya, ¿se me había escapado un poco de amargura en el tono de voz?

—Ajá —se limitó a decir la abuela.

Josh asintió.

—Claro.

Una miríada de emociones que no supe identificar asomaron a su rostro, y cambiaron el paisaje de mil maneras diminutas, instantáneas, importantes.

—¿Quieres que te lleve allí?

Sentí una oleada de emoción. «¡Oooh! ¡Sorpresa, Riley!». Por desgracia, el sentido común y la realidad se abrieron paso.

—No puedo ir tan lejos.

La abuela suspiró.

—Tonterías. Estará lista en una hora, con la maleta para pasar la noche fuera, Josh. No quiero verte hasta mañana. Llévate la llave de la casita de tus padres.

La casita era el regalo que le hizo mi papá a mi mamá cuando cumplió los cuarenta y cinco. Su gran despilfarro para demostrarle que se retiraría allí, que no habría más mudanzas.

Las náuseas me atenazaron el estómago ante la perspectiva de hacer algo divertido, como si eso fuera traicionar a papá. No lo había llorado lo suficiente. No iba de negro. No había derramado el número requerido de lágrimas.

—No quiero ir. No estoy preparada.

—Tampoco lo estaba tu hermana esta mañana. ¿O creías que a ti te lo iba a poner más fácil?

Arqueó las cejas para zanjar la conversación, dio media vuelta y salió de la cocina.

Bueno, eso lo dejaba todo resuelto. La abuela había hablado. Nos íbamos de fiesta.

Capítulo cuatro

Dos horas más tarde íbamos por las montañas en el jeep Wrangler de Josh. Insistió en conducir él, pero me dejó controlar la radio, y por la cara que puso cuando elegí música country, se llevó el castigo que se merecía.

—Me alegro de que ya no tengas la moto. Habría sido un horror en la nieve.

Se le dibujó una sonrisa en la cara.

—¿Qué te hace pensar que ya no la tengo?

—Las motos son peligrosas.

—Son divertidas.

Cambió de carril para adelantar al Subaru con matrícula de Texas que iba por delante de nosotros. Contuve una protesta por su forma de acelerar. Estaba nevando, pero él ni se inmutó. Levantó un poco el pie del acelerador cuando volvimos a nuestro carril.

—¿Era verdad? —le pregunté, y lo miré de reojo—. Lo de las carreras ilegales, en preparatoria.

Le noté un tic en un músculo de la barbilla.

—Cuando vinimos a vivir a Arizona dejé atrás muchas cosas. Es lo bueno que tiene una mudanza. Empiezas de nuevo, y lo que hacías antes ya no te define. O esa es la idea.

No lo sabía. Nos habíamos mudado tantas veces que había perdido la cuenta. El teléfono de Josh vibró en el soporte de la consola, entre nosotros, y una mirada discreta me reveló el nombre: Heather. Sí, las cosas no habían cambiado en el tema de las chicas y Josh. Buen recordatorio.

—Te buscan.

Se le dibujó un atisbo de sonrisa en los labios.

—Ya, es de las que no vale la pena perseguir.

No trató de leer el mensaje ni me pidió que lo hiciera. Lo ignoró por completo. Se me escapó un suspiro exasperado.

—¿Y por qué haces esto?

—¿Sacar por ahí a una chica guapa un viernes por la noche?

Apretó las manos sobre el volante. Sabía muy bien a qué me refería.

—Conducir dos horas para llevarme a ver a mi novio.

Es que, dicho así..., ¿por qué demonios lo estaba haciendo?

—Porque es lo que necesitas.

No apartó los ojos de la carretera, así que no se dio cuenta de que estaba estudiando su perfil en medio de un silencio atónito. Los ángulos de su rostro eran más griegos, menos cien por ciento americanos de lo que me habían parecido, pero qué boca... Sacudí la cabeza para ahuyentar unos pensamientos que no debería albergar, y menos con un mensaje de texto de Heather de por medio.

—¿Y tú por qué estás con Riley?

Eso sí que me sacó de la contemplación de Josh. Riley. Eso.

—Porque sí. —Nada más decirlo, me di cuenta de lo idiota que sonaba—. Perdona, no quería decir eso.

—¿Estás a la defensiva?

Me concentré en la carretera iluminada solo por los faros del coche. La nieve lo suavizaba todo a nuestro alrededor, nos aislaba.

—No, quiero decir que tenemos un plan y nos atenemos a él. Llevamos juntos tres años y nos faltan dos para la graduación. Luego Riley quiere especializarse en Derecho y meterse en política. Pero antes quiere casarse.

—Hay mucho Riley en ese plan.

Un ardiente sentimiento de frustración me subió por la garganta como ácido. Apreté los puños sobre el regazo. ¿Quién era Josh Walker para cuestionar nuestro plan?

—También hay mucho de mí. —Vaya, eso sí que había sonado a la defensiva—. Yo soy la que quiere casarse, porque no vamos a poder aguantar mucho más sin...

Me interrumpí de golpe. El calor me escocía en las mejillas. El coche estaba a oscuras, así que no lo notó, no pudo ver que estaba tan roja como su jeep.

—¿Qué?

No respondí.

Me miró de reojo con las cejas arqueadas, sorprendido.

—¿En serio? ¿Quieres decir que en tres años no han tenido relaciones sexuales?

—¡Mira a la carretera! —le repliqué. Tuvo que esforzarse en contener la risa y se concentró en conducir. Yo flexioné las manos, abrí los puños, los cerré, los volví a abrir—. No puedo creer que te lo haya contado. ¡No se lo digas a nadie!

—¿Eres de las que esperan hasta el matrimonio? —No había asomo de burla en su voz—. Oye, por mí, genial. Es solo que para un chico tres años son mucho tiempo.

Sacudí la cabeza. Ya había hablado más de la cuenta, así que no pasaba nada por contarle el resto. No era como si nos fuéramos a ver en el campus ni nada parecido.

—Riley quiere esperar al matrimonio. Dice que es por mí. Ya sabes, limpia y perfecta. Me ha dicho que valdrá la pena esperar, que para él es importante. Es un horror, pero todo será impecable... tal como lo hemos planeado. Está chapado a la antigua.

—¿Tú no quieres esperar?

Aquello era ir demasiado lejos, así que mi respuesta fue negar con la cabeza.

Me lanzó una mirada rápida.

—Riley debe de ser un maldito santo.

No me gustó lo bien que me hizo sentir aquello. Los piropos que yo quería oír eran los de Riley, ¿no? Y había tenido buen cuidado a la hora de elegir lo que me ponía aquella noche. Porque yo también tenía un plan. Estaba harta de esperar. ¿Y de qué servía esperar, cuando no sabías qué podía pasar mañana?

Llevaba unos pantalones ajustados metidos por dentro de las botas negras y una camiseta de encaje debajo de un suéter escotado gris que sabía que a Riley le gustaba. Me había recogido el pelo de cualquier manera, pero había sido más cuidadosa con el maquillaje. Tenía que hacer que se cayera de bruces.

Pero el que casi se cayó de bruces fue Josh cuando me abrió la puerta. Vi el brillo inconfundible del hambre en aquellos ojos castaños, y eso me encendió una llamita por dentro, en una zona cuya existencia casi se me había olvidado. Se había fijado en mí, me había deseado. Y si no iba con cuidado, esa llamita me abrasaría entera.

Carraspeé para aclararme la garganta con la esperanza de rebajar la tensión y cambiar de tema.

—¿Te gusta ser entrenador?

—Ha sido lo mejor de estos dos últimos años. Esos niños son una maravilla. —Se le escapó una sonrisa inconsciente.

Aquello no encajaba.

—¿Cómo es posible que fueras el entrenador de Gus el año pasado, cuando estabas en la Universidad de Colorado? —A más de dos horas de distancia.

—Estoy en la Universidad de Colorado Springs, no en la de Boulder. Después de mudarme, me tomé mi tiempo.

—¿No tenías una beca de hockey para Boulder? —Me lanzó una mirada, sorprendido—. En la preparatoria me enteré de los chismes sobre el famoso Josh Walker. ¿Qué hacías en Springs?

Apretó los labios.

—Hay cosas que no salen bien.

Entendido. Tema delicado.

Saqué el teléfono para ver si Kayla había respondido el mensaje que le mandé antes de salir de Springs. Habría dado lo que fuera por verla esa noche. Nada. Qué mierda. Me habría venido muy bien tener al lado a mi mejor amiga.

Llegamos a Breckenridge y atravesamos el pintoresco centro de la ciudad sin atropellar a ningún peatón borracho. La Navidad atraía a los esquiadores a las pistas, y más tarde a los cerveceros hacia los bares. Por lo general, los que no estaban acostumbrados a las alturas eran los primeros en lamentarlo al día siguiente.

Atravesamos las calles y seguimos las instrucciones del GPS para llegar a la casita de Riley.

—Es en esta ca… —Me interrumpí en seco al doblar la esquina y encontrarnos con un verdadero estacionamiento a ambos lados del asfalto—. No puede ser, no es posible que toda esta gente esté con Riley.

Pasamos de largo de la casa sin encontrar estacionamiento, y quedó muy claro que todos estaban con Riley, sí. La terraza que rodeaba la casa estaba abarrotada, y reconocí a unos cuantos de sus hermanos de fraternidad.

—Agárrate —me advirtió, y subió el jeep a una roca plana para estacionarlo allí.

—Qué manera de lucirte —exclamé sin poder aguantarme la risa.

Salió del coche y me abrió la puerta antes de que me diera tiempo a desabrocharme el cinturón. Bajé la vista y vi que me tendía los brazos. Se había estacionado en un ángulo que hacía que necesitara ayuda para bajar.

Saqué las piernas, me sostuvo por las caderas y consiguió bajarme sin que resultara sugerente, pero el contacto con su cuerpo hizo que se me cortara la respiración. A su lado, tan cerca, solo le llegaba a las clavículas, por debajo de la camisa azul abotonada. Saltó de la piedra con agilidad y me tendió las manos para ayudarme.

Esbocé una sonrisa y salté a sus brazos. Me salió una exclamación, y a él se le escapó la risa, que sonó hermosa, limpia, abierta.

—No dejes que Riley baje la guardia, ¿eh, Ember?

Me llevó en brazos por la nieve.

—La verdad es que las bromas no son lo suyo.

Sacudió la cabeza y me depositó en la acera nevada.

—Pues él se lo pierde.

La nieve caía como un velo blanco. Josh me quitó un copo del pelo.

Le agarré la mano para llevarlo hacia la puerta principal. No debería querer tocarlo, pero quería hacerlo. Se la apreté, la solté, y me dije que no me había gustado. «Mentirosa».

—Ven, te presentaré a... —Una chica muy borracha bajó los escalones tambaleándose, y sus amigas la tuvieron que sujetar—. A quien conozca —concluí la frase.

La Dave Matthews Band retumbaba en la casa. Los vecinos más cercanos estaban a cierta distancia, pero me extrañaba que no protestaran. Pasamos entre la gente que abarrotaba la escalera que conducía a la terraza.

Dentro, la casa estaba igual de llena que la terraza, como si trataran de batir el récord del mayor número de estudiantes universitarios en una sola habitación. Me dirigí hacia el primer grupo que reconocí, un hermano de la fraternidad de Riley y su novia, que tenía una habitación en el mismo piso que yo.

—¡Ey, Charlotte! —la saludé cuando corrió a abrazarme.

—¡Ember! —La cerveza salpicó desde su vaso desechable, pero la esquivé con agilidad para que no me manchara la ropa. Me estrechó con fuerza antes de retroceder un paso—. Oye, siento lo de tu papá.

—Eso, Ember —farfulló Scott desde el sofá con los ojos entrecerrados—. Qué estupidez.

—Gracias —respondí a toda prisa para zanjar el tema. Esa noche estaba escapando del dolor. No podía permitir que me robara otro pedazo. Necesitaba descansar unas horas de él—. Él es Josh.

Josh se adelantó, le estrechó la mano a Scott y sonrió a Charlotte, que lo estaba desnudando con los ojos. La comprendía. Era el efecto que provocaba Josh en las chicas, o al menos así era en la preparatoria. Y por lo visto las cosas no habían cambiado.

—¡Josh Walker! —Una chica cuyos pechos estaban a punto de escapársele por el escote de la camisa lo saludó con la mano, sobresaliendo entre un grupo de gente.

—Tendría que haberme imaginado que conocerías a alguna chica de aquí —le susurré.

Sonrió de oreja a oreja.

—A más de una, a más de una. ¿Me disculpas un momento, Ember?

—Claro. Voy a buscar a Riley.

Lo observé atravesar la habitación y envolver a la rubia en un abrazo de oso. Me molestó sentir una inoportuna punzada de celos agriándome la boca.

—Josh, ¿eh? —comentó Charlotte con aprobación, en pleno modo puntuación de chicos.

—Es amigo mío, de la prepa —respondí.

—Ñam, ñam. —Sonrió. Le habría dado una bofetada—. ¿Sabe Kayla que viniste?

—No, le mandé un mensaje para ver qué hacía esta noche, pero vine a darle una sorpresa a Riley.

—No lo habrá recibido, porque a mediodía se metió con el teléfono en el jacuzzi. Se le jodió.

—¿Llevan aquí desde mediodía? —pregunté. Justo en ese momento, una forma grande y conocida se apretó contra mí y una mano me agarró por la cintura—. Hola, Drew.

Le apestaba el aliento.

—Riley está arriba. Dijo que necesitaba un poco de calma.

Asentí y traté de apartarme de Drew, pero me siguió.

—¿Qué tal el viaje?

—Largo, Drew...

Josh se interpuso con elegancia entre nosotros e hizo que Drew me soltara la cintura y me pudiera escabullir.

—¿Estás bien? —me preguntó mientras subíamos por la escalera.

—Drew es un poco mano larga, pero no pasa nada.

Había más gente en la galería desde donde se divisaba la estancia. ¿Es que estaba allí toda la fraternidad?

—Ember... —susurraron uno tras otro, mirándome en plan «qué mierda de vida».

Sonreí todo lo que pude. No iba a pensar en eso, no quería, pero mirara a donde mirara los que me conocían me dedicaban gestos compasivos. Yo podía tratar de no pensar en papá, pero no podía controlar al resto de la gente.

—¿Quién es tu amiguita? —le pregunté.

—¿Mi ami...? Ah, ¿Whitney? Nada, salí con ella un par de veces.

«Salí con ella. Me acosté con ella. Lo habitual».

—¡Eeeh! ¡Ember! —Greg, otro hermano de la fraternidad, nos detuvo—. Oye, ¿Riley sabía que ibas a venir?

—No, quería darle una sorpresa.

—Espera, lo buscaré...

Se movió a un lado para bloquearme el paso, impidiéndome entrar en la habitación donde había dormido tantos fines de semana durante los últimos años. Qué cosa más rara.

—No hace falta, Greg.

Lo hice a un lado y abrí la puerta del cuarto de Riley.

—¡Ay! ¡Perdón!

Me eché a reír de la sorpresa. Había una pareja en la cama de Riley y, por la forma en que se movía la chica, que estaba arriba, no había duda de lo que estaban haciendo. Ella tenía la cabeza echada hacia atrás y la melena de color negro azabache le caía formando ondas sobre la espalda.

Estaban tan absortos que no me oyeron. Cerré la puerta con cuidado, entre risas.

—Ay. Dios.

Me volví y apoyé la cabeza contra la puerta mientras me reía sin control, y me gustó. Me gustó soltarme, encontrar algo divertido. Pero en cuanto se me pasó, reparé en los rostros conmocionados de Josh y Greg.

—¿Qué pasa?

Greg se puso muy rojo, creando un marcado contraste con su pelo rubio.

—Lo siento mucho, Ember.

—De buena gana mataría a ese cerdo —masculló Josh en voz baja, arrastrando las palabras.

Tenía los ojos tan oscurecidos que parecían más negros que castaños, con un brillo feroz.

—¿Qué? ¿Por qué? ¿Qué más da...?

Todo encajó de repente. Aquella cabellera morena solo la tenía una chica que yo conociera. Mi compañera de cuarto.

—Kayla. —Kayla estaba en la cama de Riley. Con...—. No —susurré, negué con la cabeza.

Me di la vuelta y abrí la puerta a toda prisa. Esta vez no me molesté en ser discreta. Kayla aún estaba encima, seguía moviéndose, hasta que oyó el golpe de la puerta contra la pared.

—¡Qué mierda...!

Se dio la vuelta, y todos los que estábamos en la puerta tuvimos ocasión de verle los pechos, dos tallas más grandes que los míos. Miré más allá, para ver lo que no quería ver.

Riley estaba debajo de ella. Dentro de ella.

Me quedé sin aliento, se me cortó la respiración, y Josh tuvo que sujetarme cuando retrocedí tambaleante, desesperada por salir de allí. Un dolor lacerante me desgarró, me rompió lo que quedaba de mi corazón, me desangró. Ahogué un grito que pugnaba por escapar de mi garganta para que todos supieran lo que sentía.

—¿Ember?

Riley salió de la cama y lo vi desnudo por primera vez desde que empezó nuestra relación. Extendí el brazo con la palma abierta, como si quisiera detenerlo. No. Aquello no era verdad.

—¡Ember! —gritó Kayla al tiempo que se envolvía en las sábanas de algodón egipcio que yo le había regalado a Riley el verano pasado.

La conmoción dio paso a una rabia hirviente que se me acumuló en el rostro, rojo de furia y desencajado ante semejante traición.

—Ah, ¿recuerdan mi nombre? —dije, procurando que mi voz sonara lo más serena posible mientras trataban de vestirse a toda prisa—. Me alegro. Porque, a partir de ahora, yo me olvido de ustedes dos.

Cerré la puerta de golpe, retrocedí y respiré hondo. Cerré los ojos y conté. Cinco. Cuatro. Tres. Dos. Uno.

Se acabó.

Abrí los ojos de nuevo y asentí. Se había terminado. No iba a llorar ni a derrumbarme. No iba a ser la que lloró y se derrumbó.

—¿Te importa si nos vamos? —me preguntó Josh—. Antes de que mate a ese imbécil.

Me giré hacia él y sonreí.

—Sí, por favor. Si no te importa.

Entrecerró los ojos para mirarme a la cara, como si esperara ver alguna grieta en la fachada. No la iba a ver. Me tomó de la mano y bajamos, y esta vez la gente se fue apartando a nuestro paso.

Greg se interpuso en el camino.

—Oye, Ember, siento mucho...

Josh lo empujó contra la pared con la mano derecha, con un movimiento fluido, sin tan siquiera detenerse. Lo seguí con la barbilla alta, concentrada en su camisa. La llevaba remangada y por fuera del pantalón. Greg no se molestó en añadir nada más.

Miré hacia la galería, desde donde los hermanos de la fraternidad de Riley nos miraban a su vez. Rezumaban compasión. ¿Acaso todos lo sabían? ¿Tan estúpida había sido? La música llenó la casa a través de los altavoces cuando empezó a sonar «#41». Se me rompió el corazón al oír mi canción favorita de Dave Matthews.

Pero Dave siempre daba en el clavo. *I will go this way, and find my own way out* (Iré por allí, encontraré mi manera de salir).

Charlotte corrió hacia mí al verme llegar.

—Ay, Dios, Ember.

Su compasión solo sirvió para echar más leña al fuego que ya ardía en mi pecho.

—¿Cuánto hace? —le pregunté. Tuvo la cara dura de mirarme con una expresión de desconcierto que me dieron ganas de estrangularla—. ¿Cuánto hace que se acuestan juntos?

Alcé la voz a niveles bochornosos antes de lograr contenerme.

Parpadeó repetidamente y abrió mucho los ojos.

—No lo sé. ¿Poco más de un año? Desde aquel día de Acción de Gracias que te fuiste de viaje con tus papás.

—¿Y todos lo sabían?

Se apresuró a negar con la cabeza.

—No, no, solo unos pocos. Procuraban ser discretos.

«¿Discretos en una fiesta de aquellas dimensiones? Sí, claro».

Josh me apretó la mano un poco más y me miró, sin necesidad de formular la pregunta.

—Sí. —Sentí un escalofrío—. Nos vamos.

Atravesamos la multitud, que se apartaba a nuestro paso. También ayudaba su constitución, claro. Lo seguí hasta que el aire helado de la noche me golpeó las mejillas, que aún seguían ardiendo. Los copos de nieve tendrían que haber chisporroteado al rozarme. Cruzó conmigo la barrera de los asistentes a la fiesta que estaban fumando fuera mientras me llevaba con delicadeza. Cuando llegamos a la roca plana se giró, arqueó las cejas y me dijo:

—¿Me permites?

No quedaba ni rastro de la actitud pícara que había exhibido cuando llegamos. De pronto, sus modales eran corteses y contenidos, cautelosos.

—Por favor, sácame de aquí —le susurré, a punto de desmoronarme.

Apenas me quedaba algo de compostura, pero antes muerta que dejar que los mirones me vieran llorar, y mucho menos estallar en sollozos histéricos, que era lo que ellos querrían. Josh me alzó en brazos y escondí la cara en su cuello, aspirando el sutil aroma de su colonia, que olía a sándalo y a seguridad. Se inclinó para abrir la puerta y me depositó en el asiento. Aún estaba caliente. Mi vida había saltado en pedazos en menos de lo que tarda en helarse un parabrisas.

Riley salió corriendo de la casa en jeans, con el suéter que yo le había regalado las pasadas Navidades. Saltó la valla para esquivar a la gente. Ojalá fuera descalzo y se le helaran los pies al pisar el pavimento.

—¡Ember! —gritó, mientras echaba a correr por la acera.

Josh soltó una maldición. Introdujo medio cuerpo por mi lado del coche para poner la llave y prender la calefacción.

—No quiero que pases frío.

Me acarició la mejilla, me abrochó el cinturón de seguridad y cerró la puerta. Bajé la ventanilla porque estaba segura de que Riley querría hablar.

Josh no entró en el coche, no se puso tras el volante, sino que se apoyó en el jeep con gesto indiferente, con los brazos cruzados sobre el pecho. Las nubes de vaho de su respiración eran el único indicador de la temperatura exterior.

Riley se detuvo a pocos pasos de él, jadeando por el esfuerzo. Sí, parar a media embestida para vestirte a toda prisa y perseguir fuera de casa a la que de repente es tu ex, debe de requerir cierta energía.

—Josh, amigo, deja que hable con Ember.

—No soy su guardián, «amigo». Ella hace lo que quiere.

No se movió, pero todo su cuerpo irradiaba una tensión contenida. Me concentré en la vena que le latía en el cuello y me negué a mirar a Riley.

—¡Ember, por favor, deja que te lo explique!

Dio un paso hacia Josh, que solo tuvo que inclinar la cabeza a un lado para hacer que retrocediera. A juzgar por la reacción del temerario Riley, no quise ni saber qué cara tenía.

—No creo que me puedas decir gran cosa, Riley. —Ni me molesté en mirarlo. Ya le había visto bien la cara cuando tenía los rasgos deformados por la lujuria—. Ya he visto todo lo que tenía que ver.

—Llevabas toda la semana mostrándote muy distante. —Vaya excusa más estúpida—. Necesitaba un poco de afecto, Kayla estaba ahí, y una cosa llevó a la otra. ¡No significó nada!

Aparté la vista de la nuca de Josh y por fin miré a Riley a los ojos. «No pienso llorar. No pienso desmoronarme».

—¿Un año, Riley...? —Se me rompió la voz y no pude seguir hablando. Tenía un nudo del tamaño de una montaña en la garganta—. ¡Terminamos! —conseguí decir. Me mordí el labio inferior. Necesitaba sentir dolor.

—¿Cómo sabes que...? —Sacudió la cabeza y volvió a su diatriba—. ¡Me hacía falta alguien, Ember! ¡Necesitaba que alguien se ocupara de mí! ¿Dónde estabas tú? ¡Tan metida en tu drama familiar que ni te paraste a pensar lo que pasaba en mi vida!

—Vámonos, Josh.

—¡No te llevarás a mi novia a ninguna parte! —gritó Riley.

—No creo que sea tu novia —dijo Josh sin perder la calma.

Riley le lanzó un puñetazo, pero solo impactó en la mano que Josh alzó para bloquearlo.

Josh, en cambio, no falló. Su puño se estrelló contra la boca de Riley, emitiendo un crujido que sonó repulsivo y a la vez gratificante. Riley salió despedido hacia atrás y cayó sobre la nieve. Hizo ademán de levantarse, pero Josh, cerniéndose sobre él, negó con la cabeza.

—No te levantes.

Riley manchó de sangre la inmaculada manga de su jersey cuando se limpió la boca.

—¿Por qué? ¿Tienes miedo de que te dé una paliza?

Josh esbozó una sonrisa torcida.

—Qué va. Tengo miedo de acabar en la cárcel por destrozarte esa cara bonita. —¿Palideció Riley? Desde donde yo estaba me pareció que sí—. Como dijo December, terminamos.

Una chispa de satisfacción se abrió paso entre la ola de lágrimas. Gracias a Dios, Josh estaba allí.

Capítulo cinco

La rabia me ahogó durante todo el viaje, y la dejé hervir en silencio hasta que llegamos a la casita de mis padres. El viaje duró unos quince minutos, y la zona era bonita, aunque no tanto como la de la casa de Riley, a las afueras de Breckenridge. Nuestra casa estaba más aislada y tenía la ventaja de que Riley no estaría allí.

¿Cómo pudieron hacerme esto Kayla y él? ¿Cómo pude no darme cuenta de lo que sucedía ante mis narices? Se habían acostado, muchas veces, cuando a mí ni siquiera me metía mano.

Sentí una oleada de náuseas cuando el coche se detuvo en el camino, ante la casa. Se me revolvió el estómago y, cuando la boca se me llenó de saliva, supe lo que iba a suceder.

—¡Déjame salir! —grité mientras forcejeaba con la puerta, sin percatarme de que el seguro no estaba puesto.

Josh rodeó el jeep a toda prisa, abrió y me bajó con un rápido movimiento.

La nieve me llegaba casi a las rodillas, pero conseguí alejarme unos pasos antes de vomitar todo lo que tenía en el estómago. Una arcada tras otra, solté la cena, la bilis y la única cosa estable que creía que me quedaba en el mundo. Tuve el suficiente sentido común para retroceder un metro antes de dejarme caer de rodillas entre sollozos.

Grité hasta que me quedé ronca mientras la nieve fundida me empapaba los pantalones y me llegaba a las piernas, como un gélido recordatorio de que aquello no era un sueño. Los sueños se habían acabado. Se habían congelado y habían saltado en mil pedazos en el momento en que abrí aquella maldita puerta. El fin de todos los planes. Ya no quedaba nada seguro. Ni Riley, ni papá, ni siquiera mamá.

—¿Qué más quieres? —grité a quien me estuviera escuchando—. ¡Ya no me queda nada! ¿Acabaste de una vez?

Me hundí en la nieve y me tapé la cara con los dedos helados, debatiéndome entre sollozos devastadores.

Un cálido abrigo me envolvió, y el olor que desprendía me dijo que era de Josh. Me alzó en brazos con facilidad y me condujo hacia la casa.

—No —logré decir. Se detuvo—. Tengo que caminar.

Durante un momento tensó los brazos, como si no fuera a soltarme, pero al final me depositó en el suelo con delicadeza.

—Voy por las maletas.

Sus pisadas se alejaron aplastando la nieve.

Fui poniendo un pie delante del otro para poder recorrer los tres últimos metros que quedaban hasta la puerta. La nieve era densa, la superficie estaba dura, pero agradecí aquella dificultad, porque me recordó que seguía viva, que aún estaba allí.

Necesitaba sentirlo, el dolor, el frío, la tensión en los músculos. Lo necesitaba tanto como respirar.

Saqué las llaves y abrí la puerta. Cuando pulsé el interruptor de la luz, la casa cobró vida con todo el esplendor de la tienda de decoración favorita de mi madre. Lo primero con que te encontrabas era un vestíbulo donde aún estaban nuestros esquís, tal como los habíamos dejado tras el viaje de Acción de Gracias. Atravesé la sala de estar y subí el termostato a un nivel respetable. La caldera entró en acción en la esquina cuando el gas propano dio vida a las llamas. Por suerte, el piloto no se había apagado. Menos mal, ¿no?

La casita contaba con una cocina, un comedor, una sala de estar, un baño y tres dormitorios pequeños. Pasé los dedos con afecto por la ampliación enmarcada de una foto de la familia entera en la pista de esquí, el año anterior. Acaricié la sonrisa de papá y me cosquillearon los dedos al recuperar las sensaciones, oí su risa como si lo hubiera tenido al lado. Mi madre tenía los ojos brillantes, enamorados. Ahora no era más que la cáscara vacía de la persona que aparecía en aquella imagen.

—¿En qué piensas? —me preguntó Josh al tiempo que soltaba las bolsas sobre la alfombra de la sala de estar.

No me molesté en intentar sonreír.

—Este lugar era mi refugio, la promesa que mi papá le hizo a mi mamá de que algún día ya no estaría en el Ejército.

Josh agarró una foto de Gus y papá, los dos sonrientes y llenos de chocolate tras un intento fallido de hacer brownies.

—Está bien que lo tengas. Es otro lugar donde sentir su presencia.

Negué con la cabeza.

—Esto no era lo que había planeado. Todo ha salido mal. Todo se desmorona a mi alrededor. —Me enjugué una lágrima. ¿Es que no se me iban a terminar nunca?—. ¿Por qué no trabajaría en un banco o de electricista?

Dejó el marco sobre la mesita. Sus ojos tenían una intensidad extraña.

—El mundo lo necesitaba, Ember. Salvó muchas vidas.

—Sí, todas menos la suya.

El silencio de la casa me provocó un dolor que rayaba en lo agónico. Aquí siempre había habido risas, bullicio, en este lugar las reglas de mamá se relajaban, y papá no tenía otras prioridades. Aquí era donde cerraban con llave la puerta de su dormitorio los domingos por la mañana y donde aprendimos a hacernos el desayuno. Este era nuestro refugio. Era. ¿Por qué últimamente todo estaba en pasado?

Josh me distrajo con mucha habilidad.

—Cuéntame algo de él que te haga sonreír.

—¿Como qué?

Se encogió de hombros.

—Cualquier cosa que te gustara.

Había diez mil cosas de mi padre que me gustaban. ¿Cómo iba a elegir solo una? Pero, si tenía que hacerlo…

—Los diarios.

—¿Los diarios?

Sonreí al recordar todas las ocasiones en que lo había visto tecleando ante la computadora.

—Escribía en su diario todos los días. Bueno, tecleaba. Decía que era demasiado vago para hacerlo a mano. A mí me parece que era porque su letra no la entendía ni él. Era atroz. —El recuerdo me hizo reír—. Lo guardaba todo en la computadora. Me decía que escribir le aclaraba las ideas, lo dejaba listo para enfrentarse al siguiente obstáculo. Que era su gran superpoder: la habilidad para superarlo todo con tan solo reconocer su existencia.

Yo quería contar con esa habilidad. Quería esa paz que siempre envolvía a mi padre.

Pero me di cuenta de que, sobre todo, quería leer esos diarios, en especial los de los últimos meses. Quería conocer sus pensamientos, sus temores, qué tenía su trabajo para que valiera la pena morir por él.

Parpadeé lentamente, como si con ello fuera a borrar del pizarrón todo lo que había pasado en las últimas semanas, a dejarla limpia.

—Bueno, ya que tenemos toda la noche... —Fui a la cocina y me subí con facilidad a la barrra para llegar al gabinete que había encima del refrigerador. Saqué una botella que contenía un líquido transparente, envuelta con una cinta verde—. ¿Tequila?

En el rostro de Josh se dibujó una sonrisa que estuvo a punto de hacerme soltar mi valiosa carga. Era un arma letal. Se pasó los dedos por el pelo y entonces vi la sangre.

—¿Estás bien? —Dejé la botella en la barra y le sujeté la mano magullada.

Se encogió de hombros.

—Tengo los nudillos hinchados, pero la sangre no es mía.

Lo llevé hasta el fregadero de estilo rústico y le lavé la mano para eliminar la sangre de Riley. Los hilos rojos se perdieron por el desagüe.

—¿Te pongo hielo?

—No, en serio, no pasa nada.

Examiné la hinchazón y le pasé los dedos por la piel. ¿Qué sensaciones podrían procurarle aquellas manos a mi cuerpo? Alcé la vista hacia él y me empapé del espectáculo de sus ojos oscureciéndose al sentir mi contacto. No dejó de mirarme a la cara cuando me humedecí los labios, que se me habían resecado de pronto, hasta que por fin le solté la mano.

La inconsciencia me llamaba, y yo estaba deseando responder.

—Pues entonces saca los limones que llevo en el bolso, porque necesito emborracharme.

—Como ordene la señora —bromeó al tiempo que sacaba las pequeñas joyas verdes.

Tres shots más tarde, el tequila empezó a surtir efecto y me invadió un calorcito. Tiré otro trozo de limón a la basura y me senté descalza en la barra, vestida con el pantalón seco de la piyama. Hacía rato que me había quitado los jeans empapados.

Josh se inclinó sobre la barra. Estaba frente a mí, bebiendo al mismo ritmo que yo.

—¿Te sientes mejor?

Eché la mano hacia atrás, abrí la alacena sin mirar y saqué una bolsa de papas fritas. De crema agria y cebolla, las favoritas de papá.

—A estas alturas no creo que pueda sentirme peor. —Abrí la bolsa y me metí un puñado en la boca antes de pasársela—. Estoy harta de hablar de mí. Distráeme.

Entrecerró los ojos.

—¿Cómo?

«Bésame. Hazme olvidar».

—Dime qué fue de Josh, el sinvergüenza de la preparatoria. Recuerdo que llevabas el pelo largo…

—El hockey.

—Y aquella moto negra…

—Guardada, en un lugar seguro.

—¿Por qué? ¿Otras diversiones ilegales de las que prefieres no hablar?

—Eso fue hace seis años, December. Además, ¿a ti te gustaría ir en moto en mitad del invierno de Colorado?

—Tienes razón. —Arrugó la bolsa de papas y la dejó detrás de él en la barra. Cada uno de sus movimientos me fascinaba—. Estás muy distinto.

Flexionó las manos y los nudillos se le pusieron blancos.

—¿En qué sentido?

Cerré los ojos y me dejé llevar por los recuerdos de una niña de quince años.

—Eras popular, buen atleta, con aquella pinta de chico malo, me vale todo, ya sabes. Pero, siento decírtelo, también eras un poco cretino.

El tequila me debía de estar soltando la lengua. Josh estuvo a punto de escupir el trago que tenía en la boca. Se echó a reír.

—Me alegro de saberlo.

—A ver, por lo general eras el chico guapo, claro. —Abrí los ojos para observarlo mejor y me perdí en los suyos. Los tenía muy oscuros, casi inescrutables—. Pero durante la temporada de hockey eras mucho más. Eras un dios. No había chica que no quisiera ser tuya, y tú... las dejabas. Cambiabas de chica más deprisa que de palo de hockey. Lo dicho, eras un cretino.

Se humedeció el labio inferior con la punta de la lengua para hacerse con una gota de tequila y con toda mi atención.

—¿Y ahora? ¿Cuál es el veredicto?

No era capaz de apartar los ojos de sus labios. Los míos me empezaron a cosquillear, y me pregunté por qué aquellas chicas siempre querían volver con él.

—El jurado aún está deliberando.

Conmigo se había portado muy bien, de maravilla, pero no podía olvidar la larga lista de chicas a las que había dejado hechas polvo.

—Me parece justo. —Se frotó la frente con las manos—. Me cambié a esa prepa en segundo año, y fue difícil.

Asentí. Conocía muy bien la sensación. La preparatoria de clase alta no había recibido con los brazos abiertos a la hija del militar en mi primer año. Pero dos cursos más tarde, cuando el superpopular Riley se interesó por mí y empezamos a salir, todo cambió. El maldito Riley.

—El hockey me ayudó a integrarme, pero siempre hubo rumores sobre por qué me había cambiado de escuela. Tiene gracia, cualquier mierda que hagas de niño te persigue para siempre, ¿verdad?

—Depende. ¿Te sigues tirando a cualquier cosa que lleve falda? —«¿Igual que Riley?».

Se puso una mano en el pecho.

—Esta noche vas con todo, ¿eh?

—La verdad duele. —Sobre todo últimamente.

Movió las cejas y me señaló la ropa.

—Oye, puedo hacer una excepción por una chica con unos pantalones de piyama de Daisy.

Me habría gustado soltar una carcajada, pero solo me salió una sonrisa. Tal vez había perdido la capacidad de reír.

—¿Shot?

Me miró con cara de duda.

—¿Estás segura?

Hice un análisis rápido. No estaba mareada ni con náuseas, al contrario, me embargaba una agradable sensación de entumecimiento, así que por el cuarto. Lengüetazo, golpe, trago. El tequila bajó cálido y dulce por mi garganta para encenderme las entrañas. Ojalá me abrasara el corazón y me dejara incapaz de sentir nada.

—Yo también me acuerdo de ti, para que lo sepas. Eras muy linda. —Su vaso de tequila sonó al chocar contra la barra—. Tenías el pelo más rizado y un poco revuelto, como si fueras indómita, imparable. Eras muy callada y nunca alzabas la vista cuando nos cruzábamos en el pasillo, pero yo te veía, sabía quién eras. Tenías algo, un fuego que te hacía intocable.

Bajé la vista y me miré los pies descalzos.

—Ese fuego ya se apagó.

Se puso entre mis rodillas y su calor traspasó la franela de mis pantalones de piyama. Me agarró por la barbilla con delicadeza para que lo mirara a los ojos y se me disparó el corazón. La intensidad de su mirada era arrebatadora y a la vez daba miedo.

—El fuego que llevas dentro no se puede apagar. En cuanto respires hondo, cuando salgas de todo esto, volverá como un incendio. Eso es lo que resulta tan hermoso en ti.

—Pues a Riley no le parecía. Le pedí mil veces que me tocara y me dijo que para qué empezar lo que no iba a terminar. Pero quien no quería era él. Por lo visto no le parecía atractiva. —De no ser por la bebida jamás habría dicho aquello. Me escocían los ojos y se me escapó una lágrima. Josh me la enjugó con el pulgar—. ¿Qué tengo de malo?

Sacudió la cabeza despacio y me sostuvo la cara. Me pasó el pulgar por el labio inferior y se me aceleró la respiración.

—Nada. Absolutamente nada.

—Entonces ¿por qué se acostó con ella cuando a mí no quiso ni tocarme? —Resultaba patética, hasta yo me di cuenta al decirlo, pero se me escapó.

—Porque es un imbécil. —Riley rara vez había dicho una grosería delante de mí, pero en boca de Josh fue casi una caricia, lo más sensual que había oído jamás, y me arrancó la autocompasión de golpe. Me miró los labios, y los entreabrí de forma involuntaria—. Eres la chica más sexy que he visto jamás. Y siempre lo has sido.

Y, entonces, me besó. No hubo una pausa, no tuvo que tomar una decisión ni amagar el movimiento. Se adelantó y su boca consumió la mía. Sabía a tequila y a limón, y a algo más dulce, más oscuro. Su lengua me aleteó en los labios y la dejé entrar, le supliqué que entrara. Me llenó la boca, me acarició los puntos más sensibles, y se retiró solo un instante para volver de nuevo a la carga.

No pude contener un gemido cuando inclinó la boca para tener un mejor acceso. Arqueé la espalda y me acerqué más a él, para que mis pechos le llegaran al torso, y dejó escapar un sonido que parecía más un rugido. Me hizo sentir embriagada, poderosa, y supe que haría lo que fuera con tal de escuchar de nuevo aquel rumor.

Bajé de la barra y le puse las manos en la espalda, en el cuello. Los músculos que noté bajo la piel se movieron, ondulantes. La sensación de presionar a Josh con las yemas de los dedos casi me mareó. Le devolví el beso con todas mis fuerzas, lo necesitaba, necesitaba que estuviera tan cerca de mí como fuera humanamente posible. Necesitaba aquello, sentir algo, y bien lo valía. Aunque solo fuera por una noche.

Me soltó la cara, deslizó las manos por mi espalda, me sujetó el trasero, me atrajo contra su vientre duro. Quería ver aquellos abdominales para comprobar si a la vista resultaban tan increíbles como al tacto. Aparté la boca el tiempo justo para sacarle la camisa por la cabeza. Contuvo el aliento con los labios entreabiertos y me miró, miró mi cuerpo. Me deseaba. ¡A mí!

Le dediqué una sonrisa intencionadamente seductora y devoré con los ojos cada línea de su físico. Y, Dios bendito, qué físico. En el hombro derecho lucía unos tatuajes tribales con símbolos extraños que descendían por uno de los costados de su esculpido pecho. Repasé el dibujo con los dedos. Tenía la piel suave, pero, debajo, los músculos eran deliciosamente duros. Su vientre iba más allá del símil de la tabla de lavar ropa, con unos músculos exquisitamente tallados que guiaban la vista hacia el bulto en los pantalones. Así debía de ser un hombre, y en aquel momento era mío, mío.

Lo agarré por la cintura de los jeans y lo atraje hacia mí.

—Eres... —No daba con las palabras. Me costaba respirar—. Eres increíble.

Una sonrisa pausada, sensual, le iluminó la cara, y una oleada de deseo puro me invadió el vientre. Nunca había sentido nada tan intenso en mi vida.

—Ember —susurró pegado a mis labios, con los dedos en mi pelo, ocupados en soltarme las horquillas.

Se sumergió en mi boca.

Sí, sí, sí. Le rodeé la cintura con las piernas y entrelacé los tobillos a su espalda. Alternó los besos, unas veces largos y profundos, y otras, apenas unos roces y mordisquitos en el labio inferior. Me estaba volviendo loca. Me dolían los dedos de tantas ganas que tenía de tocarlo, así que lo hice: deslicé los dedos por entre su pelo corto, bajé por su ancha espalda, recorrí las curvas y hondonadas de su columna. Tenía la piel suave, cálida, y me moría por probar su sabor.

Me aparté de él y le giré la cabeza a un lado sin demasiados miramientos. Se le escapó una risa cargada de excitación, y eso me hizo saber que no le había molestado. La barra nos situaba casi a la misma altura, así que atraje su cuello hacia mí y le pasé la lengua por la piel palpitante. Sabía a pecado y a paraíso, todo en uno. Dejó escapar una larga exhalación y me dio dos segundos enteros para devorarle el cuello antes de volver a tomar el control.

Me agarró del pelo y lo jaló hacia atrás de mi cabeza para dejarme el cuello al alcance de la delicada caricia de sus dientes. Carajo. Aquello era demasiado. Me lamió, me devoró, me provocó descargas eléctricas por toda la columna, hizo que se me erizara el vello de todo el cuerpo antes de que los escalofríos que me llegaban a la entrepierna se convirtieran en algo mucho más ardiente. Me agarré a la cintura de sus jeans para anclarme a él, temiendo derretirme sobre la barra.

Jaló las mangas de mi sudadera mientras yo forcejeaba con la prenda, impaciente por quitármela. Quería sus manos sobre mi piel. Necesitaba más de lo que fuera que me estaba proporcionando aquel contacto. Me besó el cuello, los hombros, bajó hasta el codo y me lamió el hueco. Nunca se me había ocurrido que fuera una zona erógena, pero... sí, por favor.

Me puso las manos en las rodillas y reanudó el ataque ascendente, hasta llegar a la parte superior de los muslos. Todo mi cuerpo se tensó por dentro a la espera de un contacto... que no llegó. Sujetó la cintura de encaje de la camiseta y retrocedió un paso para sopesar mi reacción. Alcé los brazos por encima de la cabeza. Mi respuesta fue «sí, claro que sí». Me la quitó despacio, se detuvo cuando el encaje me cubrió los ojos, me agarró ambas manos y las sujetó con una de las suyas contra los gabinetes de la cocina. Me quedé sin aliento un segundo antes de sentir de nuevo su boca sobre la mía. Dios, qué bien besaba. Estaba al mando, yo no tenía el menor control. Solo podía aceptar lo que me diera.

Y me lo dio todo. Me dejó sin respiración con aquellos besos hasta que empecé a gemir y me arqueé contra él para buscar un mayor contacto. La posición en que me hallaba me impedía ver, pero cada roce era más intenso; cada suspiro, más audible. Por fin me quitó la prenda y la dejó en la barra, junto a la sudadera.

Respiré profundamente. Por suerte, él se encontraba en el mismo estado que yo. Le sujeté la cabeza y atraje su boca hacia la mía, su cuerpo contra el mío. Lo quería todo. Lo quería ya.

Me desabrochó el sostén con una mano mientras me sostenía la cara con la otra, y la espera previa al contacto de sus manos fue una tortura. Introdujo las palmas bajo el sostén, me envolvió los pechos con ellas, mientras yo sacudía los hombros para que se me bajaran los tirantes. Por fin.

El sostén fue a reunirse con la camiseta y me golpeé la cabeza contra el gabinete que tenía detrás cuando me dejé llevar por lo que Josh me estaba haciendo con sus manos. Volvió a rozarme el cuello con los dientes, me lo llenó de besos, llegó hasta el pecho y, una vez allí, me lamió con lengua experta, mientras yo empezaba a desmoronarme. No pude controlar los gemidos, como tampoco podía impedir lo que mi cuerpo estaba pidiendo a gritos, me perdí en un cúmulo de sensaciones, sin soltar en ningún momento su cabeza.

Se incorporó, me besó la boca una vez, dos, antes de apoyar su frente en la mía. Los dos tratamos de recobrar el aliento.

—Dios, Ember —exclamó Josh.

Y yo murmuré lo único en lo que era capaz de pensar.

—Más.

Alzó la cabeza y me miró como si me pudiera ver el alma.

—Esto no es lo que quieres.

Vi cómo se le oscurecían los ojos de nuevo mientras yo recorría la suave piel de su pecho con las uñas, siguiendo las marcas de los músculos.

—Sí lo es. Por favor, no pares.

¿De verdad era mía aquella voz jadeante, suplicante?

Cerró los ojos y apretó los dientes. Estaba tratando de mantener el control. Me acarició la cintura y me estrechó contra su cuerpo, pero de pronto se apartó y se agarró a la barra. ¡No, yo no quería que parara! No ahora que me sentía tan bien, tan viva.

—Por favor, Josh —le supliqué.

—No sabes lo que me estás pidiendo. —Agachó la cabeza, como si rezara.

—Soy virgen, no imbécil. —Virgen. ¿Cuántas chicas con novio formal en su segundo año de universidad seguían siendo vírgenes? Cambié de postura en la barra. Me palpitaban las entrañas—. Josh, por favor... —Dejó escapar el aliento que había estado reteniendo, y se le tensaron todos los músculos del torso. No había palabra que se me ocurriera para describir su asombroso atractivo que no fuera para mayores de edad. Quería aquella piel encima de mí, en torno a mí, dentro de mí—. Por favor, tócame.

Dejó escapar un gruñido salvaje, carnal, y atacó. Me devoró la boca y me robó el alma. Me deseaba. Lo sentí entre los muslos cuando me levantó de la barra. Le rodeé la cintura con las piernas y me agarré a su cuello, y él me sujetó por el trasero y echó a andar hacia el pasillo. La fuerza de sus brazos era lo más sexy del mundo. Como me siguiera calentando de ese modo, acabaría abriéndome paso a zarpazos hasta sus pantalones antes de que encontrara una cama.

—¿Cuál es tu cuarto?

—El segundo de la izquierda.

Volví a besarlo y esta vez le metí la lengua en la boca. Gimió y me estrechó con más fuerza, me succionó la lengua. Carajo. Estaba ardiendo.

Noté algo blando en la espalda. Ah, la cama. Sí, eso. Se dejó caer sobre mí con todo su peso, y aquella me pareció la presión más exquisita que había sentido jamás. Arqueé el cuello cuando me empezó a besar los pechos mientras me acariciaba todo el cuerpo, prendiendo a su paso incendios tan descomunales que pensé que me iba a abrasar.

Me agarré a la colcha, apreté los puños, retorcí la ropa mientras sacudía la cabeza y movía las caderas como si tuvieran voluntad propia. Quería…, no, necesitaba que me tocara.

—Josh…

—Lo sé.

Casi grité de alivio cuando me bajó los pantalones de la piyama. Alcé las caderas y me los quité con movimientos torpes, pero no me importó. Cualquier cosa con tal de librarme de ellos. Me acarició las piernas, detrás de las rodillas y la parte superior de los muslos.

Acercó su cuerpo al mío y nos restregamos el uno contra el otro de un modo deliciosamente placentero. Nuestras bocas se unieron en un beso brutal cuando hizo descender su mano hasta mi cintura y por fin, ¡por fin!, la introdujo en mis pantaletas. Alcé las caderas para ir a su encuentro en una súplica silenciosa, y Josh gimió en mi boca. Deslizó los dedos por mi sexo y los hundió donde yo sabía que estaba muy húmeda, totalmente mojada.

—Carajo, Ember.

Un sonido incomprensible se me escapó cuando me acarició el clítoris. Saltaban chispas por todo mi cuerpo. Me agarré a él, y clavé los dedos en la tersa piel de sus hombros, distorsionando el tatuaje de su omóplato derecho. Qué bueno era sentirlo entre mis manos, cuánto lo necesitaba.

Me acarició una y otra vez, hasta que se me llenó la boca de lo mucho que lo deseaba. Susurré su nombre, me besó con ternura y deslizó un dedo dentro de mí. Levanté las caderas, quería más, necesitaba más.

—Josh.

Comprendió la súplica que acababa de balbucir, e introdujo otro dedo, abriéndome aún más.

—Eres perfecta. Perfecta.

El placer se extendió por todo mi cuerpo, grave y profundo, y fue creciendo hasta que se me tensaron todos los músculos y se me agarrotaron los muslos. Entraba y salía de mí, acariciando mi cuerpo como si tocara un instrumento. Sabía con precisión cuándo dar más y cuándo contenerse.

Apoyó la cabeza junto a la mía y oí su respiración jadeante mientras los temblores empezaban a sacudirme. Le apreté la piel con los dedos. Necesitaba algo, lo que fuera. No podía sobrevivir más a aquella tensión creciente.

—Josh, por favor…

Me besó en la mejilla y me presionó el clítoris con el pulgar al tiempo que me pellizcaba un pezón con la otra mano. Y al fin estallé.

La tensión acumulada hizo explosión, y todo voló por los aires, menos él. No dejó de acariciarme durante todo el orgasmo hasta traerme de vuelta con delicadeza. Sabía exactamente dónde tocar para apaciguar mis jadeos.

Tardé un minuto entero en recuperar los sentidos.

—Dios mío, Josh. Madre mía. —Giré la cabeza para besarlo. Los dos estábamos jadeando—. Nunca había... Fue... No sé...

Sus labios me ofrecieron la sonrisa más sexy que había visto en mi vida, y la clara luz de la luna que entraba en la habitación hizo que sus ojos parecieran más oscuros, más misteriosos.

—Sí —contestó con una única palabra, que contenía la respuesta a todas las preguntas que rondaban por mi mente.

Me incliné hacia él para bajarle el cierre del pantalón. El bulto de su entrepierna estaba en un ángulo que resultaba incómodo. Pero él me detuvo, me agarró la mano y me dio un beso en la palma. Sentí un escalofrío.

—Ember.

¿No? Seguro que no me estaba diciendo que no. Acababa de provocarme el primer orgasmo de mi vida, así que ahora no podía decirme que no.

—¿Qué pasa?

Con la otra mano empecé a acariciar las líneas de sus firmes abdominales, pero también la retuvo.

—Esta noche no lo vamos a hacer.

Si no fuera por la determinación que leí en su rostro, habría tratado de convencerlo. Pero sentí una oleada de humillación.

—¿No me deseas? —logré preguntarle, abatida.

No era posible. Aquello no me estaba pasando a mí.

Me besó las yemas de los dedos y movió las caderas para que no cupiera duda de que tenía una erección.

—Te aseguro que te deseo. En este momento te deseo más que respirar.

—Entonces ¿qué pasa?

Le pasé la pierna desnuda por encima de las caderas y se le escapó un siseo.

—Carajo, no me lo pongas más duro —refunfuñó.

Se me escapó una risita.

—Pues ese era el plan.

Dejó escapar un suspiro y se zafó de mí, presionando el pecho contra mi espalda, con cuidado de mantener las caderas a distancia.

—Lo deseo. Te deseo, Ember. Pero esta noche tiene que estar consagrada a ti, no a nosotros. Lo necesitabas, y fue maravilloso dártelo, pero no vamos a ir más allá. —Hizo presión con las caderas contra mi trasero y se me escapó un gemido. Lo quería dentro—. Lo haremos cuando solo sea cosa nuestra, no de nadie más.

«¿Nuestra?». ¿Había un «nosotros»? No podía ni pensar en ello. Ya no me cabía nada más en la cabeza.

Estaba tan agotada que se me empezaban a cerrar los ojos. De repente entendía a qué se referían las chicas cuando afirmaban que después de un orgasmo se duerme mejor. Bueno, eso decía Kayla. Aunque, sinceramente, dudaba mucho de que Riley tuviera un ápice de la destreza que había exhibido Josh conmigo.

Josh nos tapó a ambos con las mantas. Utilicé la poca energía que me quedaba para deslizar una mano por su espalda, bajo los pantalones, y tocar aquel culo tan atractivo.

La carcajada que se le escapó casi me vuelve a lanzar por el precipicio de la necesidad. Me retiró la mano con delicadeza, la tomó entre las suyas y me estrechó entre sus brazos.

—Deja de intentar aprovecharte de mi virtud —me dijo con la respiración ya acompasada.

Y me quedé dormida con una sonrisa en el rostro.

Capítulo seis

El tocino chisporroteó en el sartén y la grasa me saltó al brazo y me quemó.

—Mierda.

Me limpié el brazo y le di la vuelta a otro trozo de tocino antes de quemarme de nuevo. El reloj de la pared indicaba que eran las diez de la mañana, pero el de mi estómago marcaba las «dame de comer o te mato». En aquel momento era la típica persona hambrienta y con resaca. Nada que dos paracetamoles y un vaso de agua no pudieran resolver en cuanto hicieran efecto, pero me habría gustado no tener que suplicarle a Dios que surtieran efecto ya. Carajo, cómo me dolía la cabeza.

Saqué dos platos del gabinete y puse en ellos el tocino antes de empezar a freír los huevos. Un característico sonido rítmico me indicó que Josh había terminado con el soplador de nieve y ahora estaba apartando el resto con la pala. Al ver que estaba sola al despertarme, pensé que el chico se habría dado a la fuga porque la noche anterior había intentado tirármelo.

La noche anterior. De eso hablaban sin parar cuando se tocaba el tema del sexo. Ahora lo entendía. Siempre había querido tener relaciones sexuales, no era ninguna puritana, pero Riley me había asegurado que ya tendríamos de sobra cuando nos casáramos. ¿Por qué no reservarlas para entonces? Nuestros primeros años de matrimonio serían sensuales, perfectos. Pensándolo bien, besar a Riley había sido divertido, se le daba bien, pero besar a Josh era como si me incendiara y me abrasara hasta consumirme. No había comparación.

Mierda. Estaba quemando los huevos. Los serví en los platos justo en el momento en que el pan tostado saltaba. Un poco de mantequilla y listo. Como si lo hubiera llamado, Josh abrió la puerta principal y la cerró a toda prisa.

Evité mirarlo a los ojos mientras se quitaba las botas en el tapete de la entrada y colgaba la chamarra de un clavo. Saqué el azúcar y la crema en polvo de la alacena mientras se terminaba de hacer el café. Había tenido suerte de que quedaran huevos, porque mamá había subido con Gus y April hacía un par de semanas.

—¿Café? —pregunté sin mirarlo, y me puse de puntitas, pero aun así no alcanzaba las tazas.

—Perfecto, gracias —dijo. Se acercó por detrás y las bajó. Me incliné para guardar las distancias y llevé los platos a la mesa haciendo malabares con los cubiertos. Nunca había tenido una «mañana siguiente», así que supuse que aquel sentimiento desagradable, embarazoso, tenía que ver con ello. ¿Le habría gustado algo más? ¿Le habría gustado algo menos?

Pasé junto a él con la cabeza gacha y me concentré en el dibujo del suelo de madera hasta que llegué a donde Josh ya había servido el café. Azúcar, sí. Crema, más. Me gustaba ponerle un poquito de café a mi crema con azúcar.

—Ember. —Estaba detrás de mí. La cucharita golpeó contra la barra cuando se me cayó sin querer. Respiré hondo—. Date la vuelta —me ordenó con delicadeza.

La noche anterior había hecho cosas de chica mayor y ahora tenía que portarme como una chica mayor. Me di la vuelta y me recreé en lo bien que le quedaba la sudadera en torno a las caderas. Dio un paso adelante, se pegó a mí, y mi traicionera mitad inferior se fundió de inmediato con él.

Me levantó la cara con delicadeza para mirarme a los ojos, igual que la noche anterior. Estaba perdida. El sol entraba por la ventana y le arrancaba destellos dorados de los ojos en un marcado contraste con el gorro negro azabache.

—Buenos días —susurró.

Le dediqué una sonrisa nerviosa. Creo que a lo sumo le enseñé los dientes.

—Hola.

Me escudriñó los ojos durante un largo y tenso instante, como buscando respuestas que yo no le supiera dar.

—Sí —susurró, como si respondiera a su propia pregunta.

Se apoderó de mi boca con un beso abrasador mientras me sostenía la cabeza entre las manos y movía la lengua al mismo ritmo que los dedos dentro de mí la noche anterior. En dos segundos me quedé inerte, muerta. Se apartó con una sonrisa y me dio otro beso más delicado. Y otro. Y otro.

—Esto no tiene por qué ser incómodo, a menos que permitas que lo sea. —Su forma de arquear las cejas y su sonrisa casi me derritieron—. Y no voy a tolerar que sea incómodo. Te deseo demasiado para eso.

Aparté la vista. El día después de descubrir que mi novio, mierda, mi ex, se acostaba con mi compañera de cuarto, no era el mejor día para empezar una nueva relación.

—Josh...

—Nada de excusas. Quiero estar contigo, pero tú no estás preparada para mí. No estás preparada para nada. —Me recogió un mechón que se me había escapado del chongo que me había hecho a toda prisa.

Sacudí la cabeza y me aparté de él.

—No sé qué me pasó anoche. Es que necesitaba... necesitaba...

—Sentirte viva.

Alcé la cabeza de repente. Le había dado en el clavo.

—Sí, eso es, y te... te utilicé.

La culpa me engulló mientras la verdad que contenían aquellas palabras se abría camino por entre la neblina de mis pensamientos. Se echó a reír.

—Ay, vamos. ¿De verdad creías que no lo sabía?

—N-n-no. —Este no era el fin de semana que me había imaginado.

Se apoyó en la otra barra y de inmediato eché en falta su calor.

—Tú necesitabas sentirte viva. Tu papá murió, lo entiendo. Es una reacción muy habitual, de verdad. —Se pasó las manos por la cara, como si se estuviera despertando—. Y con lo de Riley de anoche, no me sorprendió que también necesitaras sentirte deseada.

—Así que me dejaste... —Entrecerré los ojos—. ¿Por qué?

—Porque lo necesitabas. Estás tan ocupada haciéndote cargo de todos los demás que no te das cuenta de que necesitas que alguien se ocupe de ti. Solo tienes que decirme lo que necesitas y estaré a tu lado.

Me quedé sin palabras. Sin saber cómo, el sinvergüenza oficial se había transformado en aquel... aquel hombre, y el chico por el que me había derretido durante el primer año de preparatoria se me estaba ofreciendo. Traté de buscar una réplica, algo que me salvara de la sinceridad brutal de sus palabras, pero no se me ocurrió nada.

—Ni siquiera sé qué necesito.

—No pasa nada. A mí no me importa. Y cuando deje de importarte a ti podrás hacer frente a lo que te ha caído encima. No hay prisa.

Hacía unas semanas nunca se me habría ocurrido que Josh Walker fuera la persona que iba a cuidar de mí. Eso era cosa de papá, de Riley. Agaché la cabeza y me concentré en el desayuno. El silencio era agradable, pero estaba cargado de todo lo que no habíamos dicho, una combinación desacostumbrada para mí.

—Vanderbilt, ¿eh? —Se fijó en el logo de la universidad de mi sudadera favorita, tan vieja ya.

—Sí. —Me remangué hasta los codos.

—En el vestíbulo hay una foto tuya con una camisa de Vanderbilt, y también la lleva puesta tu papá.

El tono de su voz dejó la respuesta en mis manos. Sabía que sentía curiosidad, pero no quería entrometerse.

—Es donde se graduó mi papá, y siempre he soñado con ir allí. Era una especie de juego que teníamos, no sé, supongo que porque nací allí mientras él terminaba Medicina. Creo que mi primera piyama de bebé también fue de Vanderbilt.

Alcé la vista del plato y lo miré a los ojos. Aún me parecía surrealista que Josh Walker estuviera en mi casa, desayunando conmigo. Y más surrealista aún que me hubiera besado. Que me hubiera tocado.

—¿Y por qué no fuiste?

Me tragué la amargura que siempre acompañaba a esa pregunta, sobre todo cuando me la había planteado mi padre.

—A Riley lo admitieron en la Universidad de Colorado, que era a donde quería ir.

—¿Y a ti no te admitieron en Vanderbilt?

Se me acercó un poco más, inclinándose sobre el plato vacío.

Volví a concentrarme en los huevos menguantes.

—No mandé la solicitud. Riley pensaba que una relación a larga distancia no podría funcionar.

—¿Y tú?

Me encogí de hombros.

—Por lo visto lo que no funcionó fue una relación en la misma universidad.

—Entonces ¿tú crees que pueden funcionar las relaciones a distancia?

Agarré el plato vacío y me levanté.

—¿A qué viene tanta pregunta, Josh?

Alzó la vista y cuando me miró a través de las pestañas casi se me olvidó lo que le había preguntado.

—Solo quiero entenderte. ¿Crees que esa clase de relaciones funcionan?

—Creo que si dos personas se quieren, se quieren de verdad, lo sacan adelante, claro. —Fui a la cocina y habría jurado que lo oí suspirar—. Pero después de ver lo que ha sufrido mi madre una y otra vez, sé que no es lo que elegiría para mí.

Me siguió hasta el fregadero y me quitó el plato con delicadeza.

—Lo entiendo. No me imagino pasándome la vida esperando.

Me quedé mirando cómo lavaba los platos con movimientos metódicos. Yo me encargué de secarlos y ponerlos en el gabinete para la próxima vez que viniéramos a meternos mano.

—Lo que me molesta no es la espera. Ya no. Es no saber si volverá a casa. No quiero vivir así. No puedo poner en suspenso el resto de mi vida, como ella hizo. Toda su vida estuvo centrada en él, ¿y qué le queda ahora? Está destrozada. —Me giré hacia Josh y vi que se había apoyado en la barra. Estábamos más o menos en la misma posición que la noche anterior, cuando me besó. Cerré los ojos, incapaz de dejar de ver aquella imagen—. Perdona la perorata.

Se acercó un paso y eliminó todo espacio entre nosotros.

—Ya te lo dije. No tienes que pedir perdón. Si lo que necesitas es hablar, escucharé.

Me rodeó con sus brazos para impedirme escapar, en caso de que hubiera querido hacerlo. Eché la cabeza hacia atrás para mirarlo.

—No me debes nada. —Se me subieron los colores—. Siento lo de anoche...

—Ni se te ocurra terminar esa frase —me interrumpió con tanta convicción que hubiera sido imposible discutírselo—. No te disculpes conmigo por hacer algo que yo deseaba tanto que casi sentía tu sabor antes de que saliéramos de tu casa. —Alzó la mano y me rozó la mejilla con el dorso de los dedos, provocándome escalofríos por todo el cuerpo. Me miró los labios y volvió a lucir aquella sonrisa que mandaba señales de activación directamente a mis muslos—. Ah, y una cosa más, December. —Sus labios rozaron los míos y cada fibra de mi ser reaccionó—. Utilízame siempre que quieras. No te detengas.

Capítulo siete

Era lunes por la mañana, y que me partiera un rayo si no hacía hot cakes. Siempre desayunábamos hot cakes los domingos por la mañana, aunque hasta ahora se me había olvidado. Se nos había olvidado a todos. Habían transcurrido tres semanas desde la muerte de papá y se nos habían pasado por alto muchas cosas. Era necesario recuperar algunas para…, bueno, para lo que fuera aquella nueva normalidad. Me puse la sudadera de Vanderbilt encima de la camiseta y bajé a la cocina a preparar el desayuno antes de que April y Gus se levantaran para ir a la escuela. Antes había ido a ver a mamá, pero no parecía más viva que cuando me fui el viernes.

El ejemplar de papá de *The Joy of Cooking* tenía una esquina doblada en la página de los hot cakes. La página estaba sucia de gotas de huevo y leche. Siempre nos dejaba ayudar, por mucho que hiciéramos un desastre. Acaricié con los dedos los trocitos secos de papel como si pudiera regresar a aquellos momentos.

Saqué del refrigerador los huevos y la mantequilla, y fui a lavarme las manos. Puaj. El fregadero estaba lleno de platos del día anterior. Iba a tener que lavarlos luego, cuando los chicos se fueran a clase. Me remangué, y el número de teléfono de Josh, escrito en mi antebrazo con marcador indeleble, quedó a la vista.

Lo sacó de la guantera y me lo apuntó con toda delicadeza. Le pregunté por qué, si ya tenía su número en el calendario de hockey de Gus, y me dedicó una de sus sonrisas arrasadoras.

—Gus tiene mi número porque soy su entrenador. Ahora tú también lo tienes porque soy tu «loquesea».

—¿Mi «loquesea»?

El beso delicado que depositó en mis labios me hizo inclinarme hacia él en busca de más.

—Lo que sea que necesites —susurró contra mi boca. Me abrió la puerta y me llevó la bolsa hasta la entrada de la casa—. No se borra con facilidad —añadió—. Yo tampoco.

Me sonrojé al recordarlo y froté alrededor de la marca, sin querer lavarla. Llamé a gritos a Gus y a April para despertarlos. Mierda, me estaba portando como mamá. Agarré la espátula, nerviosa. Pues claro que sonaba como mamá. Había ocupado su papel matinal.

Gus bajó como un huracán por la escalera, con su sudadera favorita, una vieja de *Star Wars,* y le puse el desayuno en la mesa.

—¡Ember! ¡Eres genial! —No tardó ni quince segundos en estar cubierto de miel.

April llegó con el peinado perfecto y soltó un bufido.

—Sí, hombre, como que me voy a atiborrar de carbohidratos a primera hora de la mañana.

Me mordí la lengua, para lo cual tuve que echar mano de todas mis energías. Pasó a mi lado junto a la isla de la cocina. Llevaba puestos unos jeans ajustados y un suéter. Había perdido peso, demasiado para su complexión menuda. Sí, ser todo piel y huesos estaba de moda, pero lo que a aquella niña le hacía falta era una buena hamburguesa con queso.

—Cómete los carbohidratos ahora y así tendrás todo el día para quemarlos —le sugerí. Me sacó la lengua y me fijé en las botas de montar nuevas, espectaculares—. ¿Por Navidad?

Se encogió de hombros, sacó el jugo de naranja del refrigerador y se sirvió un vaso. Agarré la lonchera para el almuerzo de Gus, con dibujos de Obi-Wan, y la rellené tratando de recordar todo lo que solía hacer mamá.

—¿Llevas la carpeta y la tarea? —Asintió con la boca llena—. Genial. Termina y lávate la cara, mira cómo te pusiste, estás lleno de azúcar.

Hice como que le iba a dar un mordisco en la mejilla, y me recompensó con una cascada de risas. Nos hacían falta más risas.

Mientras April y él terminaban de prepararse, traté de recordar lo que hacía mamá los lunes. Era el día de «organizarlo todo», eso lo sabía. Saqué «el Cerebro» de la estantería y miré el calendario. Gus tenía hockey, así que iba a ver a Josh.

Controlé las mariposas del estómago y miré la parte de atrás, donde tenía las listas. Y así era. Gracias a Dios que mamá era tan predecible y organizada. Los lunes tocaba súper, recados, preparación de la semana y facturas. Facturas.

Agarré la pila de cartas que llevaban semanas sin abrirse. Ocupaban todo el escritorio de la cocina y la pila estaba a punto de derrumbarse. Aquello iba a ser un fastidio. Pero no había otro remedio.

Lo clasifiqué por revistas, catálogos, publicidad y facturas, más las docenas de cartas personales que no habían dejado de llegar. Lo más urgente eran las facturas. Si las sumaba y organizaba, tal vez mamá me las podría firmar. Abrí la primera, el estado de cuenta de una tarjeta de crédito, y lo estudié. ¡Cinco mil dólares! No sabía que mis padres estaban tan endeudados con su tarjeta.

Un momento. Todos los gastos eran de las dos últimas semanas. De... ¿White House Black Market? ¿Nordstrom's? ¿American Eagle? Restaurantes, habitaciones de hotel, un gasto tras otro. Todos después de la muerte de papá.

—¡El autobús! —gritó Gus.

Le di un beso en cada mejilla, y en ese momento llegó April con..., sí, una mochila Kate Spade nueva a la espalda.

—Yo lo acompaño al autobús —se ofreció.

—Llegó el estado de cuenta de la tarjeta. —No levanté la voz porque en aquel momento oí bajar a la abuela por las escaleras.

—¿Y? —Arqueó las cejas y abrió mucho los ojos.

—April, te has gastado más de cinco mil dólares. Imagina cómo se va a poner mamá.

—Mamá no se va a dar cuenta de nada.

Tuvo la cara dura de dar por zanjada la conversación.

—¡No puedes hacer esto, April! ¡No está bien!

Maldita sea, ¿cuándo me había vuelto tan moralista y tan regañona?

Me miró con los ojos entrecerrados y el ceño fruncido.

—Nada está bien. Papá murió, mamá es un vegetal y yo me siento mejor haciendo compras. ¿Qué más da? Dinero no falta.

—Lo robaste.

Soltó un bufido.

—Lo que tú digas.

—¡No es lo que yo diga! —le grité a la puerta que acababa de cerrar de golpe al salir.

—¡Hasta luego, Ember! —Gus se me abrazó a la cintura y corrió hacia la puerta al tiempo que se calaba la gorra hasta las orejas.

Agarré el almohadón del banco del vestíbulo que me quedaba más cerca y me lo pegué a la cara para ahogar los gritos. Todo era una mierda.

—¿Un café, cariño? —preguntó la abuela mientras daba unas palmaditas al sofá, junto a ella.

Asentí, agarré la taza que me ofrecía y me dejé caer entre los cojines. Ella sabría qué hacer al respecto.

—¿Hasta cuándo te vas a quedar, abuela?

Hizo una pausa para reflexionar.

—Debo irme a mi casa. Yo también tengo una vida.

Casi se me cayó la taza. No podía irse. La casa se venía abajo. Mamá no estaba preparada. Yo no estaba preparada.

—Yo ya no sé qué debo hacer ni qué vida debo llevar.

Me rodeó los hombros delicadamente y me atrajo hacia ella.

—Por su misma naturaleza, el dolor está diseñado para sorbernos la vida, porque lo que queremos es ir a reunirnos con nuestros muertos. Es normal que resulte difícil saber qué hacer a continuación, pero ese «a continuación» es la diferencia entre estar vivos y estar muertos —dijo con su acento sureño.

—Gracias, abuela.

¿Qué había querido decir con eso?

Se echó a reír.

—Ay, December..., haces lo que puedes con tu vida. Lo que está en tu poder. Ni más ni menos.

Haz lo que puedas. Sí, claro.

Las tareas del hogar me llevaron toda la mañana. Lavé los platos, pasé la aspiradora, hice la lista del súper y lavé la ropa y el equipo de hockey. Luego, me senté a la mesa con la abuela para clasificar las facturas mientras ella redactaba elocuentes notas de agradecimiento por los innumerables recipientes de comida que nos habían estado alimentando.

Por lo visto, el duelo conlleva una cantidad asombrosa de trabajo; cada vez que me miraba la muñeca, el teléfono de Josh me devolvía la mirada. Me moría por verlo, pero también sabía que no estaba preparada para lo que eso quería decir.

En aquel momento mis sentimientos eran un caos, y si no sabía qué hacer conmigo misma, no digamos ya con una relación de distracción. Porque era eso. ¿O no? Mi instinto me decía que no. En mi mente, Josh y Riley eran dos acontecimientos bien diferenciados, pero demasiado relacionados entre sí.

A eso de las tres de la tarde, sonó el timbre de la puerta. Me tragué la bilis al recordar que papá ya estaba muerto; no había nada que temer de aquella puerta. Abrí y ante mí apareció la madre de Riley, y deseé haberle hecho caso a mi instinto.

—¡Ember! —Me abrazó con un brazo. En el otro llevaba un recipiente de lasaña—. Venía a ver si June quería un poco de compañía. No me ha permitido verla desde el funeral.

La abuela intervino antes de que le pudiera responder que no.

—No está muy bien, Gwen, pero seguro que tú le puedes poner remedio. ¿Por qué no subes? —Le recibió la comida—. Y gracias por pensar en nosotros.

La señora Barton se quitó el sombrero, los guantes y la chamarra, y lo colgó todo en el vestíbulo como había hecho infinitas veces desde que se hizo amiga de mi madre. Su sonrisa amable y su saludo desenfadado me dijeron a las claras que Riley no le había contado nada.

—A ver si la puedo ayudar a bañarse. Ah, Riley viene ahora, está hablando por teléfono.

Carajo. Puta mierda.

Los perspicaces ojos de la abuela detectaron mi pánico.

—¿Por qué no pones esto en el refrigerador, Ember? —me dijo.

Asentí y me batí en retirada. ¿Qué demonios podía querer Riley? Estaba segura de que lo habíamos dejado todo claro en Breckenridge. Puse la lasaña en una repisa del refrigerador y, al cerrar la puerta, oí su voz ronca, cargada de remordimientos.

—Hola, Ember.

—Riley...

Me di la vuelta y me apoyé contra el granito de la isla.

Estaba perfecto, como siempre, con el pelo rubio revuelto por el viento y un chaleco azul a juego con sus ojos. Aquellos ojos traidores, mentirosos.

—Tenemos que hablar.

—Pues a mí me parece que no.

Vino hacia mí, y yo me moví a la derecha para que la isla se interpusiera entre nosotros.

—Lo siento mucho, nena. No sabía que ibas a ir allí.

—¿Esa es tu excusa? —susurré con los dientes apretados.

No hacía ninguna falta que la abuela se enterara. Ella pensaba que Riley era un perfecto caballero.

—¡No quería hacerte daño!

—¿En serio? ¿Te cogiste a mi mejor amiga un año entero sin querer?

Okey, había empezado a gritar. La taza de café que apareció en la barra, delante el fregadero, me indicó que la abuela lo había oído todo. Bastó una mirada para confirmarlo, y me puse roja como un tomate. Nunca había dicho una grosería delante de ella. Me iba a regañar.

Miró a Riley, luego me miró mí, y al final sonrió con elegancia.

—Voy al piso de arriba, a ver qué pasa. Escuché algo y me parece que hay que sacar la basura.

Le lanzó a Riley una última mirada cargada de intención, pero se marchó sin añadir nada más.

—Baja la voz, ¡mi madre está arriba!

—Bien, a ver si así se entera de que su hijo es un imbécil.

Se pasó los dedos por el pelo, despeinando su estudiado look informal.

—¡Fue un accidente! —Solté un bufido, pero no se calló—. No, en serio. La primera vez tú te habías ido, y los dos estábamos solos y borrachos, y pasó lo que pasó.

—Y luego siguió pasando, ¿no? —Ahora le tocó a él el turno de sonrojarse—. Ya, ya. ¿Sabes qué es lo peor? Que con ella te podías acostar, pero a mí ni me tocabas, ¡y mira que te lo pedí! Dios, te debía de parecer muy desesperada, ¡y todo ese tiempo te estabas cogiendo a Kayla!

Me concentré en la rabia, en los latidos acelerados de mi corazón, porque si me fijaba en las heridas que me estaban desangrando no iba a sobrevivir a aquello.

—No es… —Dio un palmetazo contra el granito—. ¡Claro que quería acostarme contigo, pero no podía! ¡Habría echado por tierra mi plan, nuestro plan! Eres la chica con la que me voy a casar, ¡todo tenía que ser perfecto!

«Y una mierda te vas a casar conmigo».

—¿En cambio Kayla sí era perfecta? No digas tonterías.

—Kayla era fácil, estaba a mano, me equivoqué. Tú eres el pilar de mi futuro. No iba a ponerlo en peligro acostándome contigo.

—¿Qué ibas a poner en peligro? No estamos en la Inglaterra feudal. Tener relaciones sexuales no estropea a las chicas para el matrimonio, igual que no te estropea a ti.

Se agarró a la barra hasta que los nudillos se le pusieron blancos.

—Acordamos esperar hasta el matrimonio.

—¡Tú! ¡Lo acordaste tú! ¡Yo no quería!

—¿De eso se trata? Porque, si es lo que quieres, te llevo al piso de arriba ahora mismo. —Apuntó en dirección a la escalera.

—Si de verdad crees que voy a dejar que te me acerques...

En aquel momento sonó el teléfono. El timbrazo agudo me arrancó del torbellino de emociones en el que estaba sumida.

—Salvados por la campana —masculló, y lo contesté—. ¿Dígame?

—¿June Howard?

Rayos. Conocía aquella voz. Era la señora Angelo, del departamento de ausencias de la preparatoria. Me metí en el papel de June Howard.

—Sí. —Mi madre no estaba en condiciones de hablar, y yo no estaba de humor para explicarles la situación a los de la maldita preparatoria. Bastantes problemas tenía ya.

—Buenos días, soy la señora Angelo, de la preparatoria Cheyenne Mountain.

—Hola, señora Angelo.

—Siento molestarla en estos momentos, pero ¿sabe si April va a volver este trimestre?

—¿Cómo dice? —Carajo, me había salido del papel.

—Todavía no hemos visto a April desde que empezaron las clases. ¿Está preparada para volver? Sentimos mucho su pérdida, pero queremos saber cómo está. —Su voz rezumaba compasión.

Mierda. Mierda. Puta mierda.

—Sí, volverá, claro. Les pido disculpas en su nombre. Me encargaré de que no falte mañana.

April se iba a llevar la bronca del siglo.

—Por supuesto, señora Howard. Que tenga un buen día.

Un clic puso fin a la llamada y volví a dejar el teléfono sobre la base de carga. Riley seguía allí, mirándome. Y a mí se me habían acabado las fuerzas para seguir peleando.

—No quiero saber nada de ti, Riley. Terminamos.

—Te quiero, Ember. —¿Era pánico eso que veía en sus ojos?

—Te quieres a ti mismo. Tal vez me quisiste cuando empezamos a salir, pero algo se torció por el camino, y sabes que es verdad. Si me quisieras, no te habrías acostado con Kayla.

—¿Cuántas veces tengo que decir que lo siento?

—No sientes haberlo hecho, sientes que te haya descubierto.

—Por favor, no cortes conmigo. —Intentó abrazarme, pero lo esquivé—. Nuestros hermanos están en el mismo equipo, nuestras madres son amigas. Tenemos un plan, Ember. Lo arreglaré todo. Lo siento mucho. Te lo voy a compensar.

Alcé las manos.

—Alto. Para ya de perseguirme, para de disculparte, para de... todo.

Entrecerró los ojos al ver lo que llevaba escrito en el brazo.

—¿Qué demonios es eso?

Me miré la muñeca y vi los números a los que se refería.

—El teléfono de Josh.

—Vaya, genial. Tenemos una discusión y te tiras al primero que aparece. Nunca me hubiera imaginado que fueras tan puta.

Vaya, hola, señor Hyde.

Debía de quedar alguna parte de mí que aún lo quería, porque se rompió en aquel momento y me dejó desnuda, fría.

—Ahora sí terminamos. Ya te puedes ir.

La expresión se le relajó al instante y dejó escapar un suspiro. El doctor Jekyll había vuelto.

—Lo siento, no quería decir eso. Es que vi los números y... Ya sé que entre Josh y tú no puede haber nada. —Sacudió la cabeza con una sonrisa condescendiente—. Ni siquiera eres su tipo, eres demasiado apocada. Lo llevas anotado por algo del hockey, ¿no?

¿Qué demonios había querido decir con eso? ¿Demasiado apocada para Josh?

—¿Y si no fuera así? —Tenía que hacerle daño. Tenía que hacerle sentir al menos una pizca del dolor que yo sentía—. ¿Y si me lo escribió después de pasar la noche conmigo en Breck?

Abrió mucho los ojos durante un segundo, volvió a entrecerrarlos y me clavó una mirada que trajo de vuelta al señor Hyde.

—¡Dime que no te lo tiraste! ¡Dime que no es así como pasaste la noche del viernes!

—¿La noche en que te encontré con Kayla? ¿Cómo puedes ser tan hipócrita, Riley? —Parpadeé para bloquear la amenaza de unas lágrimas—. ¡Tres años! ¡Te he dado tres años! Te he querido, te he cuidado, he estado a tu lado. He renunciado a todos mis sueños y te he dejado organizar nuestras vidas basándote en ese plan insensato según el cual teníamos que ser la pareja perfecta para que te metieras en política en diez malditos años. ¿Y para qué? ¿Para pasarte un año entero tirándote a Kayla? —Ahora era mi turno de dar un palmetazo en el granito, tan fuerte que me dolieron los dedos hasta los brazos.

Sonó el timbre de la puerta.

—¿Qué demonios pasa hoy? ¿Esto es la estación del tren en hora pico o qué? —estallé. Me miró como si me hubiera vuelto loca. Tal vez me había vuelto loca—. ¡Adelante!

No me importó que la abuela pudiera oír que no salía a recibir a quien fuera que llegara, o que mi madre estuviera en el piso de arriba haciendo lo que fuera que hacía últimamente.

Dos metros de barra de granito me separaban de Riley, con quien había pensado pasar el resto de mi vida, pero habría dado igual que fueran dos kilómetros o dos millones de kilómetros.

—Te quiero, nena. Sé que podemos arreglarlo. No volveré a estar con ella, te lo juro. En cuanto regresemos a Boulder, todo volverá a la normalidad. Lo sé. Soy perfecto para ti. —Miró a mi espalda y retrocedió un paso por puro instinto antes de lanzar una mirada asesina—. ¿Qué mierda haces tú aquí? Es un poco temprano para el hockey.

Josh se situó a mi lado, puso un vaso de Starbucks con el nombre de Ember en la barra, me miró a los ojos y la tensión que sentía se derritió al instante. Se me relajaron los hombros cuando se bajó el cierre de la chamarra negra de esquí, dejando a la vista unos pantalones de mezclilla perfectamente ceñidos a sus esculturales caderas y una camisa sin cuello de color gris. No podía haber nada más distinto a la playera polo de Riley, elegida con todo cuidado.

—No vengo por el hockey.

—Pues en esta casa no hay nada más para ti —le espetó Riley mientras sorteaba la isla para acercársele—. ¡Si ni siquiera te gusta! Me acuerdo de las chicas por las que ibas en la preparatoria, y Ember no está a esa altura.

¿Que no estaba a esa altura? Pero ¿qué carajos...? El hombre al que había considerado el amor de mi vida pensaba que no era digna de merecer la atención de Josh Walker. Tenía una pésima opinión de mí. ¿Cómo no me había dado cuenta hasta ahora?

Miré a Josh.

—¿Lo que necesite? ¿Cualquier cosa?

Él asintió, y avancé unos pasos. Le eché los brazos al cuello y pegué mi boca a la suya. Lo hacía para que lo viera Riley, claro, pero en el momento en que los labios de Josh rozaron los míos, me olvidé de él.

Josh me agarró por el trasero, me levantó y me atrajo hacia sí. Me perdí en las sensaciones de su boca, y en su lengua invadiendo la mía cuando se inclinó sobre mí. Mi cuerpo recordó el suyo, se amoldó a él. Sí, sí. Recordaba muy bien lo que aquel cuerpo podía hacer con el mío, y lo quería otra vez.

—¡¿Me estás tomando el pelo?!

El grito de Riley se abrió paso a través de las neblinas de mi mente. Josh me dio un beso delicado, rozó sus labios con los míos una vez más y me soltó.

Tuve que echar mano de todo mi poder de concentración para volver a centrarme en Riley.

—Vete de aquí. Terminamos. No te lo voy a repetir más.

—Lo arreglaremos cuando volvamos a Boulder, Ember. No pienso renunciar así como así. No me importa lo que haya pasado con este. —Tenía el rostro descompuesto—. ¡Tenemos un plan, recuerda! Y sé que quieres lo mismo que yo.

El teléfono sonó de nuevo.

—¡Por el amor de Dios! —Lo arranqué de la base y presioné sin miramientos el botón—. ¿Dígame?

—Me gustaría hablar con December Howard —dijo una amable voz de mujer.

—Soy yo. —No estaba de humor para enfrentarme a nada más aquel día. Josh y Riley estaban frente a frente, uno a cada lado de la isla, y me dio miedo que de un momento a otro la cocina se convirtiera en un campo de batalla.

—Soy la señorita Shaw, de la secretaría de la Universidad de Boulder. Uno de los módulos se canceló. —Se oyó cómo pasaba papeles—. Psicología 325: Traumas en la Infancia Temprana. ¿Quieres elegir otra clase?

—¿Se canceló?

—Eso es.

Josh volteó a verme; la mirada se le había suavizado y dio un paso hacia mí. Riley se cruzó de brazos y se apoyó en la isla.

No estaba eligiendo entre uno y otro. Yo nunca tomaría una decisión tan importante por un chico..., ¿verdad? Pero Gus me necesitaba, April iba a la deriva, mamá no estaba bien. ¿Qué diablos podía hacer?

«Haces lo que puedes». Mi abuela tenía razón. Solo podía hacer aquello que estaba en mis manos, y el resto tenía que dejarlo correr. Pero esto... esto sí estaba en mis manos.

—No, gracias.

—¿No quieres elegir otra clase?

Era el pasado contra el futuro, tenía todas las opciones ante mí y no sabía por cuál inclinarme. Ambas las conocía, las dos suponían una especie de hogar para mí, pero solo había un lugar donde me necesitaban. Me tropecé con la mirada hosca de Riley.

—No, no voy a volver a Boulder. Mi papá murió durante estas vacaciones y me necesitan en casa. ¿Le importaría eliminar mi nombre de todos los módulos? Seguiré cursando mis estudios aquí, en la Universidad de Colorado Springs.

Riley se puso pálido y empezó a sacudir la cabeza muy deprisa. Abrió la boca para decir algo, pero volvió a cerrarla al instante, como un pez fuera del agua.

—Siento lo de tu papá, y siento que no vuelvas, December. Es una pérdida para nosotros —me dijo la secretaria con tono amable.

Alcé la vista hacia la sonrisa que se dibujaba en el rostro de Josh.

—Gracias —dije, y colgué, sabiendo que la secretaria tenía razón: Boulder, Riley y Kayla salían perdiendo.

Pero no estaba segura de que Josh ganara algo.

Capítulo ocho

—No había lugares en las residencias para estudiantes —le expliqué a April mientras me ayudaba a sacar la última caja del coche. No lo pensó dos veces en cuanto vio la oportunidad de echarle un vistazo a mi nuevo departamento—. Además, la roomie de Sam se largó el trimestre pasado, así que es perfecto.

Solo había tardado una semana. Había dejado Boulder, me había inscrito en la UCCS y había logrado esquivar a Riley... y a Josh.

No quería pensar en ninguno de los dos por el momento. No podía ser la típica chica que se cambia de universidad por un chico. A menos que papá contara como un chico más. Entonces sí era esa chica.

—¿Puedo venir a pasar aquí los fines de semana? —me preguntó, tirándose sobre mi cama sin hacer.

Le lancé una almohada.

—Si a mamá le parece bien... No soy tu escondite.

Resultaba agradable pasar un momento con ella como hermanas que éramos, no como si fuera su madre.

Sacó de una caja la foto de la familia, de la última tarde que pasamos en la casa de Breckenridge.

—Eso si alguna vez se recupera de la lobotomía.

Acarició distraída el rostro sonriente de mamá. Era la última foto que nos habíamos tomado antes de que destinaran a papá. Así que era la última, y punto.

—Ya reaccionará —respondí, prometiéndole algo que no tenía derecho a prometerle.

—Claro. Ni siquiera se ha dado cuenta de que te cambiaste de universidad. —Puso los ojos en blanco y cambió de tema—. ¿Cómo se tomó Kayla que te fueras?

Ay. No me esperaba que eso doliera, pero dolió.

—Fui cuando aún no había vuelto de Breckenridge y recogí mis cosas. No es que no sepa por qué lo hago.

—Riley es un imbécil. —No le reproché el vocabulario. Miró el refri y la televisión que me había llevado de nuestra habitación compartida—. ¿Le dejaste algo?

Esbocé una sonrisa malévola.

—Todas mis fotos con Riley, y una nota que decía: «¡Todo tuyo! ¡Besis!».

—¡Así me gusta!

Cruzó un pie sobre el otro, pero al hacerlo me fijé en los zapatos nuevos, y no pude contenerme.

—Pagué la factura de la tarjeta de crédito, April, pero me la tienes que dar, y mamá se tiene que enterar. Lo que haces no solo está mal, es ilegal, y vas a hacerle daño a...

—Por Dios, déjate de sermones. —Se sacó la tarjeta del bolsillo trasero, la tiró sobre la mesa y salió del dormitorio—. ¿El baño?

Salí a la sala y se lo señalé.

El departamento era perfecto. Se encontraba en la zona norte de la ciudad, cerca del campus, pero no muy lejos de casa, para volver si hacía falta. Yo quería quedarme en casa durante el semestre, pues para eso había dejado Boulder, pero la abuela se negó por completo.

—Vas a seguir adelante —me dijo—. No darás un paso atrás.

Agarré una foto en la que se nos veía a Sam y a mí el día que nos graduamos en la preparatoria. Las dos parecíamos muy felices. Ella lucía una sonrisa de mil megavatios y las llaves del coche nuevo; la mía era más cursi y llevaba el anillo de la clase de Riley colgado de una cadena al cuello. Si eso era seguir adelante, ¿por qué llevaba a cuestas tanto pasado?

Oí el portazo y Sam entró con un tentempié de media tarde. En esta ocasión vestía una minifalda de vivos colores, y las relucientes botas Uggs que llevaba puestas apenas lograban ocultar su cuerpazo.

Iba haciendo malabares con tres bolsas de las compras y otros tantos vasos de café para llevar, que consiguió mantener en equilibrio mientras abría la puerta de su dormitorio. Dejó caer las bolsas en el suelo y salió a la sala.

—¡Esto va a ser genial! —dijo con mucho más entusiasmo del que sentía yo. Me pasó el café.

—Ya lo metí todo. Solo tengo que sacar las cosas de las cajas.

—¿Te inscribiste en los módulos?

Se dejó caer en el sofá de microfibra.

—Sí. Resulta curioso la de cosas que te consienten cuando se te muere el padre. —Fue complicado dar explicaciones al personal de secretaría sin desmoronarme, pero lo conseguí—. Algunos que me interesaban estaban completos, pero me apunté al de Historia de Estados Unidos, que buena falta me hace.

Sam supo entender mi estado de ánimo.

—Todo será más fácil cuando te instales definitivamente.

Asentí, distraída.

—¿Es hora de recoger a Gus y volver a casa? —preguntó April mientras salía del baño.

—Sí. —Agarré las llaves—. ¿Vienes, Sam? Podemos volver a tiempo para salir a correr un rato.

Asintió mientras tomaba un sorbo de café con leche.

—Sí a lo de ir con ustedes, ni hablar a lo de correr. Te has vuelto loca con esa tontería.

Miré a mi alrededor, la tonelada de cajas que había, y supe que, si quería hacer ejercicio, después tendríamos que quedarnos toda la noche organizando. Teníamos dos días para montar el departamento antes de que empezaran las clases. Mi periodo de duelo tenía la fecha de caducidad escrita con unas letras enormes. Y a partir de ahí, me tocaría volver a la vida normal.

Las gradas del World Arena se llenaron a toda prisa por los entrenamientos. Pusimos un par de cojines sobre el metal frío y esperamos a que terminara el entrenamiento de Gus. Las figuras envueltas en sus protecciones jugaron un amistoso los últimos cinco minutos, y Gus se lució. Nunca se le habían dado muy bien los deportes, pero en el momento en que papá le puso los patines, unos años atrás, fue como si encontrara su lugar en el mundo. Le encantaba.

Pero, por gracioso que estuviera Gus jugando, los ojos se me fueron hacia su entrenador. Josh iba vestido con unos sencillos pants, suéter y casco, y los patines negros de hockey parecían una extensión de su cuerpo.

Todos sus movimientos estaban llenos de energía, eran rápidos, elegantes, hipnóticos. No pude apartar la vista de él. Iba de una línea azul a la otra, corrigiendo a los jugadores sin interponerse en su camino. Qué gracia, cuatro años atrás yo podría haber estado exactamente en el mismo lugar, mirando embelesada cómo patinaba Josh Walker.

—¡Tierra llamando a Ember! —Sam agitó la mano delante de mi cara. Di un brinco—. ¿Quieres un pañuelo para las babas?

—No digas tonterías.

—Ya te he visto antes esa cara, chica. ¿O te olvidaste de todos los partidos que vimos para que pudieras salivar contemplando a Josh Walker?

No pude evitar que se me escapara la risa, como tampoco podía evitar que se me helaran los muslos en contacto con el asiento.

—¿Te acuerdas de cuando te hacías pasar por mi mamá y llamabas para que nos dejaran salir de clase y así poder ir al partido?

Sam imitó a mi madre de maravilla, y las dos nos echamos a reír. April se dio media vuelta en el asiento de abajo —antes la muerte que permitir que la vieran sentada conmigo— y nos fulminó con la mirada por montar una escena. Sam y yo nos habíamos distanciado un poco los últimos dieciocho meses, pero bastaron unas pocas horas juntas para sentirnos de vuelta en el último año de preparatoria.

Una cálida oleada me recorrió el corazón y se llevó parte de la capa de basura que se me había instalado dentro.

Me sequé las lágrimas de risa y me concentré en el hielo para ver cómo Gus se hacía con el disco y se lo pasaba a un compañero del equipo. Se estaba recuperando, y aquellos momentos me daban envidia.

Yo solo había conseguido dejar de pensar en papá cuando estaba con...

Alcé la vista y vi que Josh me estaba saludando con un gesto de cabeza y la mano alzada. Se me escapó el aliento en forma de algo que se parecía demasiado a un suspiro.

—¿Y eso? —preguntó Sam dándome un codazo.

—¡Ay, Dios! —gimió una voz de chica detrás de mí—. Josh Walker saludó, ¿se habrá fijado en que llevo pintado su número?

¿Qué? Giré la cabeza antes de que me diera tiempo a reunir la fuerza de voluntad necesaria para seguir mirando hacia delante. Las chicas eran guapísimas, iban maquilladas y peinadas a la perfección, y las habría matado. Una llevaba el número trece pintado en la mejilla, en azul y oro. El número de Josh, si es que seguía conservando el mismo que en la preparatoria.

—Lleva diez minutos mirando hacia aquí —dijo la otra.

Borré la expresión de horror de mi cara y me obligué a concentrarme en el hielo.

—Hay cosas que nunca cambian. Las admiradoras y todo eso —comenté, tratando de poner un tono de voz indiferente, pero no lo conseguí. Resultaba decepcionante que las chicas siguieran persiguiendo a Josh.

Y seguro que él seguía dejándose atrapar.

—Las cosas cambian —susurró Sam, procurando que las chicas de detrás no lo oyeran—. Y algo me dice que no estaba mirando más arriba de ti.

Josh patinó hasta situarse delante de nosotras, se giró e hizo sonar el silbato para poner fin al entrenamiento. Los chicos se fueron a los vestidores. Él se dio la vuelta, se quitó el casco y me miró a los ojos. Sonrió, y yo le devolví la sonrisa sin poder contenerme.

Hizo una seña con la cabeza en dirección a la puerta. Asentí y patinó hacia allí. Las chicas que teníamos detrás soltaron un bufido colectivo.

—Rayos —susurró Sam—. ¿Ya te lo tiraste? Porque si no...

—Cállate, Sam.

Bajé las gradas con cuidado. No tenía la menor intención de caerme de sentón esa tarde. Pasé junto a la madre de Riley, que estaba esperando a Rory, y le dediqué una leve sonrisa. Me pareció que quería decirme algo, pero a mí no me apetecía escucharlo. Tras saltar de la grada, busqué con los ojos a April, que estaba prácticamente sentada en el regazo de un chico que no era Brett. «¿Qué demonios hace?». Hice un esfuerzo por no prestarle atención y darle la intimidad que buscaba. Rodeé la pista hasta llegar a la puerta donde Josh me estaba esperando. Se pasó los dedos por el pelo húmedo de sudor, pero increíblemente sexy.

—December —dijo sonriendo, y con ello frenó en seco todos los pensamientos que me estaban pasando por la cabeza.

—Josh. —Fue lo único que pude pronunciar sin sonar idiota, sobre todo sabiendo lo que tenía que decirle.

Me atrajo hacia él agarrándome por la cintura y tuve que rebelarme contra todos mis instintos, que me decían que me fundiera, que me rindiera. Di un paso atrás y negué con la cabeza.

—No puedo.

—¿Riley?

—No, no, ni hablar.

Mi reacción le arrancó otra sonrisa capaz de provocar un infarto.

Salvó la distancia que nos separaba sin tocarme.

—Pero te gusta cuando te toco —me susurró al oído.

Bum. Ya volvía a estar caliente. Mierda. ¿Ese chico exudaba feromonas o simplemente me bastaba con mirarlo para pensar «sí, sexo, ya»? No pude disimular una sonrisa que enviaba un mensaje confuso, pero di otro paso atrás.

—Ese es precisamente el problema.

—¿Qué pasa? ¿Me lo vas a contar? ¿O acaso se te hace raro que te guste el entrenador de tu hermano? Pues a mí me parece que la pinta de este entrenador resulta bastante atractiva.

—¿Atractiva? No hay nada en ti que no sea atractivo. Es que...

Carajo. Cuando inclinaba así la cabeza a un lado para escuchar dejaba a la vista más piel del cuello. Y yo conocía la sensación de ese cuello entre mis dientes, su sabor. Conocía su sabor. Sentí un cosquilleo en los labios, y los entreabrí sin querer.

—No me mires así para después decirme que no. No es justo. —Pese al tono de broma, había cierta tensión en su voz.

Metí las manos debajo de la chamarra para contenerme y no ponérselas encima.

—Acabo de dejar a Riley y de regresar aquí, y tengo a mi familia, empiezo en otra universidad...

—Así que una relación nueva es demasiado.

Pese a la temperatura gélida, me sonrojé.

—Tengo que aclararme. —Se le borró la sonrisa.

«Mierda. No acabo de decirle "no eres tú, soy yo", ¿verdad?». Pese a mis buenas intenciones, di un paso en su dirección, y puse los pies entre sus patines. Aún lo hacían más alto—. No es que no te desee...

La piel de su cuello me estaba pidiendo a gritos que la tocara, y cedí. Pasé los dedos por la incipiente barba de su mandíbula, y los deslicé por su garganta.

—Lo que pasa es que te deseo más de lo que debería —admití en un susurro que no pude contener—. Pero no te quiero involucrar en este caos que es mi vida.

Y además, no estaba segura de poder sobrevivir, si al final no era más que otra chica que lo perseguía. ¿Valía la pena correr el riesgo?

Se echó a reír, desconcertado.

—¿Me estás diciendo que vaya más despacio? ¿O que no vaya? —Alzó las manos y las apoyó en el cristal—. Porque me estás matando.

—Necesito mantenerte aparte —traté de explicarle, demasiado concentrada en su boca como para no caer en la tentación. Esa boca que había estado explorando mi piel, todo mi cuerpo.

—¿Aparte de qué? —Seguía apoyando las manos en el cristal como si se le hubieran quedado pegadas.

—De toda la mierda. De todo lo malo que ha pasado este último mes. —¿Cómo podía explicárselo, si ni yo misma lo entendía?—. No quiero un chico para distraerme, ni un acostón rápido en tu habitación de la universidad.

—No vivo en la universidad.

—Ya sabes a qué me refiero.

Tenía los ojos muy oscuros. Conocía esa mirada. Una mirada que hacía que me dieran ganas de arrancarme la ropa, incluso en medio de tanta gente.

—Olvida lo que te pregunté, porque no quiero una respuesta. —Inclinó la cabeza hacia mí—. Te quiero a ti. No pasa un minuto sin que quiera verte, sentirte. Pero lo entiendo.

—¿Lo entiendes?

Esbozó una sonrisa irónica.

—Yo tampoco quiero echar esto a perder, December.

—¿Por qué me llamas así, December? Todo el mundo me llama Ember desde la preparatoria, menos mi abuela.

Adoraba el sonido de mi nombre en sus labios. Hacía que sonara como sexo puro y a la vez como una plegaria.

Se me acercó un poco más, a la altura de mi oreja, lo justo para que percibiera su aliento, pero sin tocarme. Un escalofrío empezó a descender por mi cuello, recorrió mi columna y me incendió todo el cuerpo.

—Porque eso quiere decir que tengo una parte de ti que nadie más tiene. Como un lado tuyo secreto que es solo para mí.

Para ser sinceros, no había una parte de mí que no fuera solo para él.

—¡Josh! —Las *barbies* de tamaño real lo saludaron desde las gradas—. ¡Vinimos a verte jugar! —exclamaron, agitando una enorme mano azul y dorada.

Él las saludó asintiendo con la cabeza.

—Gracias, chicas.

¿Aún seguía jugando?

—¿Juegas en los Mountain Lions?

—Hay partido esta noche. ¿Te quieres quedar?

El tono esperanzado de su voz estuvo a punto de dar al traste mi determinación. A punto.

—Tengo que llevar a Gus a casa y ver cómo está mi mamá.

—Claro. —Me recogió un mechón de pelo castaño tras la oreja—. Otra vez será.

No pude responder nada, porque lo único que me habría salido hubiera sido «tócame ahora mismo».

—Estás metida en un mar de mierda. Pero no te olvides de pedir ayuda si lo necesitas. No intentes llevar todo el peso tú sola.

¿Por qué no podía ser un imbécil? ¿Por qué tenía que decir siempre cosas tan perfectas?

—Es mejor que te vayas ya.

Trató de captar mi mirada durante un momento, pero no cedí. Josh Walker no iba a ser un ligue de distracción. No iba a pasar de un chico a otro. Carraspeó para aclararse la garganta.

—El lunes hay entrenamiento.

—Lo traeremos —prometí.

Se alejó de mí en dirección a las admiradoras que lo estaban esperando. Me di la vuelta, apoyé la espalda contra el frío cristal y le di un pequeño golpe con la cabeza. Cerré los ojos con fuerza para no ceder a la tentación de mirar y ver cómo se alejaba con aquellas chicas. ¿Quién demonios dejaría escapar de ese modo a Josh Walker?

—December.

Abrí los ojos de golpe y los clavé en sus ojos castaños, que seguían escrutándome, insondables. Su boca estaba a centímetros de la mía, y habría matado por salvar esa distancia sin sentirme culpable.

—Josh —le susurré en tono suplicante.

—Vamos a ir despacio hasta que tú digas, porque no soportaría que me dijeras un «no». Pero te lo advierto, y solo lo diré una vez: voy por ti.

La promesa que anunciaba su voz hizo que los muslos me estallaran en llamas.

Se alejó, dejándome muerta contra el cristal, con el corazón acelerado. Saludó con un gesto a las chicas y pasó de largo sin dedicarles una sola palabra, pero de pronto dio media vuelta.

—Ah, Ember, una cosa. —Parpadeé a modo de respuesta—. Sigo siendo tu «loquesea», para lo que sea que necesites.

Dejamos a Sam en casa de su madre para cenar y llegamos a la nuestra. Gus quería llevar él mismo su equipo, así que se lo permití, aunque me entró la risa al verlo forcejear con una bolsa del tamaño de Josh. Llegó como pudo hasta la puerta, mientras que yo me quedaba atrás con April.

—Oye, ¿quién era ese tipo de las gradas?

—¿Quién? ¿Paul? —preguntó haciéndose la inocente mientras se sacaba una pelusa imaginaria del brazo.

—Sí. El que no era Brett. Parecían muy amigos.

—Y tú parecías a punto de arrancarle la ropa a Josh, así que, ¿qué te importa? No te creas, te entiendo. Ese chico es de lo más sexy.

El tono anhelante de su voz me hizo estallar.

—Me importa mucho, porque yo no tengo novio. Y no digas que Josh es sexy. Tiene seis años más que tú.

—Lo que tú digas. Oye, me alegro de que estés en casa y todo eso, pero no te metas en mis asuntos como si no te hubieras pasado dos años lejos de aquí.

Dicho lo cual, entró en casa a toda prisa.

Me sentí como un terrateniente que se había ausentado largo tiempo de su propiedad, y ahora trataba de reparar los daños sufridos en su ausencia. April tenía razón. De niñas habíamos estado muy unidas, pero todo cambió cuando me fui a la universidad. Las dos habíamos madurado, cada una por su lado, y nos habíamos distanciado.

Al entrar en el vestíbulo nos recibió el olor a pan de ajo y a vieiras.

—No lo puedo creer —murmuró April mientras tiraba el bolso de cualquier manera en el recibidor.

—¿Mamá? —Colgué la chamarra y me dirigí con cautela a la cocina.

Ella estaba removiendo el contenido de una cazuela humeante sobre los fogones.

El pelo húmedo, suelto, le caía por la espalda, y se había puesto ropa limpia sin necesidad de que yo se lo dijera. Tenía los ojos rojos e hinchados, pero estaba allí.

—Saca el aderezo para la ensalada del refrigerador, Ember.

Miré a April y a Gus, y todos nos encogimos de hombros con los ojos muy abiertos. La abuela, que estaba removiendo la pasta, nos hizo una seña apenas perceptible.

—Vamos, chicos, ya saben lo que tienen que hacer. Ember, el aderezo. April, sirve las bebidas. Gus, por los cubiertos.

Mamá daba órdenes como si no se hubiera pasado cuatro semanas en la cama. Y al cabo de un segundo señaló la mesa con un cucharón lleno de salsa Alfredo y exclamó:

—¡Vamos!

Saltamos como resortes, cada uno con su misión. Nadie dijo nada por miedo a dar al traste con aquella frágil normalidad. Pusimos la mesa y ocupamos nuestros lugares de siempre por primera vez desde... Sí, eso. La abuela trajo otra silla y se sentó junto a Gus.

Dejó libre el asiento de papá.

—Da gracias, Gus —dijo mamá inclinando la cabeza.

La dulce vocecita de Gus recitó la oración, pero tartamudeó al llegar a la parte en la que pedía que cuidara de papá para que volviera a salvo. Estaba tan acostumbrado a decirlo... Alcé la cabeza de golpe, por miedo a que mamá se derrumbara. Se puso pálida, pero guardó la compostura hasta que Gus terminó.

—Lo hiciste muy bien, Gus. —La abuela le dio un beso en la cabeza.

—A ver, ¿quién tiene hambre?

Mamá alzó la cabeza y esbozó una débil sonrisa.

Y, así, la marea del dolor retrocedió un poco y pudimos respirar mientras nos pasábamos los platos. El tintineo de los cubiertos se mezcló con la voz entusiasmada de Gus al contar lo que le había pasado y poder compartirlo con mamá. La miré de reojo entre bocado y bocado. Estaba concentrada en Gus y le sonreía mientras escuchaba. La sonrisa apenas le tensaba los labios, pero algo era algo.

April, a mi lado, se secó una lágrima a toda prisa. Le tomé la mano y se la apreté. Nos miramos y entre nosotras circuló una corriente de algo intangible, algo que se parecía peligrosamente a la esperanza.

Se aferró a mi mano con tanta fuerza como yo a la suya. Alcé la vista hacia la abuela. Me temblaba el labio inferior. Ella me sonrió, asintió, y la esperanza volvió de nuevo, dejándonos un sabor dulce en la boca. Me daba miedo aceptarla, disfrutarla, no quería fastidiar el momento. Pero no había manera de pasarla por alto.

Lo superaríamos. Todo iba a salir bien.

—No estás en clase —dijo mamá mientras miraba el calendario—. ¿De verdad ha pasado tanto tiempo?

—Me cambié a la UCCS.

Miré hacia la sala, donde la abuela se había puesto a coser en un rincón, pero ella señaló con la cabeza en dirección a mi madre. No pensaba echarme una mano.

—Claro —murmuró—. Recuerdo que me lo dijiste. Más o menos. —Sacudió la cabeza como si quisiera despejarse—. Has vuelto a casa.

—No del todo. Ahora vivo con Sam. Tenemos un departamento en la zona norte, al lado del campus, pero estoy cerca y puedo recoger a Gus y venir si hace falta ayuda.

—Volviste a casa por mi culpa.

No intenté abrazarla. No éramos muy dadas al contacto físico.

—Regresé a casa porque perdimos a papá, y en Boulder las cosas no iban bien. Hago falta aquí y tomé la mejor decisión dadas las circunstancias.

—Tu abuela y tú lo han mantenido todo en marcha. Gracias.

No quería que me diera las gracias. Quería que se recuperara y me prometiera que no iba a volver a encerrarse en la cueva de su dormitorio. Quería que cuidara de Gus y de April, y sobre todo de ella misma. No quería seguir siendo la única adulta de la familia.

¿De dónde salía tanta ira de repente? ¿No debería estar contenta de haberla recuperado aunque fuera momentáneamente, de que volviera a desempeñar su papel? No me gustó esa sensación, así que hice como si no existiera.

Sonreí con los labios apretados para no decir ninguna tontería que diera al traste con los progresos que mi madre había hecho.

—Mamá, ¿estás…, o sea, estás bien?

—Me duele todo —dijo con una voz como la de Gus. Apartó la vista del calendario y sacudió la cabeza—. ¿Quieres volver a Boulder? No quiero apartarte de tus amigos ni de Riley.

—Riley no me extraña.

—¿Qué? ¿Qué pasó, Ember?

—Resulta que no se le dan bien las relaciones a distancia. —Alcé la mano para detenerla cuando dio un paso hacia mí. No quería su compasión, y menos cuando le hacía falta toda la energía posible para mantenerse entera—. Así que ahora vivo con Sam. El número de teléfono está en el refrigerador, al lado de mi horario. Solo tienes que llamar y vendré.

—Siento que hayas perdido tantas cosas, Ember.

—Lo que no te mata, te hace más fuerte, ¿no?

—Claro. Lo que no te mata —asintió, y volvió a concentrarse en el calendario.

Capítulo nueve

Me eché al hombro el bolso de bandolera y agarré el vaso de café del toldo del coche. Menos mal que había un Starbucks entre el departamento y la universidad. De lo contrario, esa mañana no me habría podido poner en marcha.

Acomodar las cosas había resultado más agotador de lo que esperaba, pero todo salió de maravilla. Resultaba liberador vivir fuera del campus, sin normas, reglas ni registros aleatorios. Y compartirlo con Sam era una ventaja añadida. Por cada detalle que había cambiado entre nosotras en los dieciocho últimos meses había al menos dos que seguían como siempre.

Saqué el horario y entré en el edificio, busqué el número del aula y me metí en la clase sin derramarme el café en el suéter blanco. Punto para mí.

Un vistazo rápido me bastó para detectar unos cuantos asientos libres en primera fila. Puse el café sobre la mesa y me quité el bolso para sacar los libros y bolígrafos. Me moría por llenar las páginas del cuaderno nuevo de espiral. La Historia me gustaba tanto como a otras chicas les gustan el barniz de uñas y los zapatos. Era lo que quería estudiar.

Me llegó una risita molesta de la parte trasera de la clase. Una morena todo piernas estaba sentada en el escritorio delante de un chico. Si el tipo era incapaz de ver más allá de la fachada con un dedo de maquillaje, se merecía lo que le pasara. La chica echó la cabeza atrás y lanzó una carcajada.

Mierda. El chico era Josh.

Abrió mucho los ojos al verme, y su sonrisa me dejó sin aliento. Aparté la vista y me senté para concentrarme en el pizarrón blanco. Malditas hormonas. ¿De verdad tenía que estar tan guapo a las ocho y media de la mañana? Qué tontería estaba pensando, Josh era el sexo en persona veinticuatro horas al día. Comprendí a la chica que se había sentado en su escritorio. Hasta me pareció contenida. Yo me habría sentado en su regazo.

No me hizo falta alzar la vista para saber que había ocupado el asiento contiguo al mío. «Sigue mirando al frente». No pensaba girarme a mirarlo. No me iba a perder en aquellos ojos castaños ni a recordar de lo que eran capaces aquellas manos sobre mi cuerpo. No.

—Qué pocas ganas le tenía a esta clase, pero verte tan temprano por la mañana hace que valga la pensar salir de la cama, December.

—Tú y tu «December» —murmuré sin querer reconocer lo mucho que me gustaba—. ¿No me puedes llamar Ember, como todo el mundo?

Acercó su boca a mi oído.

—Solo lo hago cuando no nos oye nadie. Además, yo no soy como todo el mundo. No para ti.

¿De verdad le tenía que salir una voz tan susurrante? Lancé una mirada hacia el fondo del salón mientras daba golpecitos con la pluma al cuaderno que pronto se llenaría de fascinantes hechos históricos.

—Me parece que tu pisapapeles te extraña.

La morena se había puesto de malas en su asiento de la última fila. La verdad, la entendía.

—¿Quieres ocupar su lugar?

El tono burlón que empleó hizo que lo mirara, y eso fue mi perdición. No pude disimular una sonrisa cuando movió las cejas y dio unas palmaditas en la mesa. Negué con la cabeza y traté de concentrarme en el aula.

—No sería buena idea acercarme tanto a ti —le recordé con una sonrisa.

—Me ato las manos con tal de que lo hagas.

Me quedé sin palabras. No se me ocurrió qué responder.

El profesor me salvó con su llegada. Empezó a repartir el programa y dio comienzo a la clase. Presté atención, de verdad. Bueno, de verdad, no. Tomé muchas notas, pero me daba cuenta de que Josh no dejaba de mirarme, y eso me recordaba demasiado sus manos en mi cuerpo. Aventuré una mirada y vi sus ojos castaños clavados en los míos. Pero qué guapo era el condenado.

Crucé las piernas, las descrucé, me recordé a mí misma que el aula no era el lugar indicado para abalanzarme sobre un compañero de clase, y procuré prestar más atención a los detalles. Trabajos, podía escribir trabajos, tomar notas, concentrarme en la Guerra Civil. Lo que no podía hacer era manejar la pausa que yo misma había impuesto a la relación con Josh. Todo lo contrario; me costaba no echarme encima de él.

Fue la hora más larga de mi vida, y a la vez la más corta. Estaba casi tan desesperada por salir de allí como por pegarme a él todo lo posible. El profesor dio por concluida la clase y salté hacia la puerta como si le hubieran prendido fuego a mi silla. El lunes era un día relajado, no tenía más clases hasta después de las doce, así que, si volvía al departamento de inmediato, podía empezar con las lecturas.

Estaba a punto de llegar a mi coche cuando Josh me dio alcance.

—¿Qué pasa, no te despides? —bromeó; había corrido detrás de mí, pero ni siquiera tenía la respiración entrecortada.

Abrí la puerta, tiré dentro el bolso e hice una mueca cuando los libros cayeron al suelo, bajo el asiento del acompañante.

—Hasta luego, Josh.

—Qué mujer tan fría.

Me di la vuelta, y vi en su mirada una sonrisa que no sonaba en su voz. Puse los ojos en blanco.

—¿En serio?

—¿En serio qué? —Se apoyó en mi coche—. No te estoy besando, no te estoy llamando, sobre todo porque no tengo tu número. Igual lo único que quiero es alguien con quien estudiar.

—¿Alguien con quien estudiar?

La voz me salió como un graznido y carraspeé para disimular. Me metí las manos en los bolsillos para quitarme el frío de los dedos y de paso mantenerlos lejos de Josh. No se me ocurrió otra manera.

Se inclinó hacia mí, a centímetros de mi boca, y aunque era yo la que había puesto los límites, mi cuerpo quiso cruzarlos.

—Yo creo que lo haríamos muy bien juntos.

—¡Josh!

Esbozó una sonrisa traviesa.

—¿Qué pasa? Lo de estudiar, me refiero a estudiar.

Le di un revés con el dorso de la mano en el pecho y me eché a reír.

—¡Agh!

Pero tenía razón. Lo haríamos muy bien juntos. Estudiar y otras cosas.

Dave Matthews empezó a sonar en el bolsillo del pantalón y saqué el teléfono, dando gracias por la pausa. Según la pantalla, era April, y se me aceleró el pulso. April debería estar en clase.

—¿April? ¿Qué pasa, por qué no estás en la escuela? —Dios mío, hablaba como mi madre.

—Tienes que venir. El tío Mike se presentó en casa y hay un equipo de televisión y mamá no quiere que entren, esto es un lío.

—Calma, April, vas demasiado deprisa. —Metí la mano en el coche y arranqué para calentar el motor—. ¿Qué pasa?

—Justo cuando salía para ir a clase llegó el tío Mike, y luego, hace como media hora, se presentó un equipo de televisión. Mamá está como loca.

—Voy ahora mismo. —Colgué y volteé a ver a Josh—. Tengo que irme, en mi casa se armó la gorda, algo relacionado con el hermano de mi mamá.

La expresión seductora desapareció al momento y dio paso a la preocupación. Por desgracia, aún era más sexy.

—¿Quieres que vaya contigo? ¿Necesitas ayuda?

Me tragué las ganas de decir que sí, que quería que viniera conmigo. No podía depender de otro chico tan pronto.

—No, es mejor que me encargue yo sola.

Asintió sin entusiasmo.

—Ya. Okey.

—Pero gracias por ofrecerte. Significa mucho para mí.

Llegué al sur de la ciudad en veinte minutos, entré por el camino de casa y detuve el coche. Y sí, delante había estacionado un camión de una importante cadena de televisión.

De camino a casa había llamado al capitán Wilson. Ya nos había alertado de que podía pasar algo así, sobre todo por la implicación del ejército afgano; pero como no sucedió nada y ya había pasado el funeral, pensé que nos habíamos librado. Obviamente, no.

—¡Mamá! —Abrí la puerta y tiré las llaves a la cestita del vestíbulo. Colgué la chamarra—. ¡Mamá! —Entré en la cocina, pero solo vi a mi abuela.

—Está arriba.

—Abuela, ¿qué demon...? —Me contuve para no acabar con una pastilla de jabón en la boca—. ¿Qué pasa aquí?

—Vino el hermano de tu mamá, y trajo invitados. Invitados no deseados. —Bebió con calma un sorbo de té, pero le temblaba un poco la mano.

—Ya.

Subí los escalones de la escalera de la parte de atrás de dos en dos, doblé la esquina de mi dormitorio y choqué de bruces con un camarógrafo.

—Perdone, señorita —murmuró.

—Ya veremos si lo perdono. Apártese. —Pasé de largo junto a él y dos tipos con unas largas pértigas de metal, y me encontré a April acobardada en el vestíbulo.

Liberó todo el aire que estaba conteniendo y se abrazó a mí.

—Están en el cuarto de Gus.

—Yo me encargo.

No tenía ni idea de cómo, pero me iba a encargar. Le acaricié el pelo a Gus, que estaba pegado al costado de April. Ya tendría que estar en la escuela. Y, desde luego, no tendría que haber presenciado aquello.

Abrí la puerta del museo de *Star Wars* que era la habitación de Gus y me encontré en medio de una bronca.

—¡No quiero, Mike! —le gritó mamá a su hermano pequeño.

El rostro gigantesco de Yoda los separaba desde el edredón.

—Te van a pagar muy bien, June. Es una noticia, y nuestra familia debe tener voz sobre lo que le pasó a Justin.

—¿Tío Mike?

Cerré la puerta tras entrar y me situé junto a mi madre. Fuera lo que fuera aquello, si ella no quería, no iba a suceder.

—Ya te lo dije, April, esto es entre tu mamá y yo. Vamos, vete a la escuela.

—Soy Ember, no April, y de mí no es tan fácil librarse. Si mi mamá quiere que esta gente se vaya, se irá. —Lo miré de arriba abajo, el traje oscuro, la corbata, que parecía de las caras—. Y eres más bajo de lo que recordaba.

Se sonrojó.

—Ember, claro. Me equivoqué. No te veía desde hace años.

—Sí, unos quince. Lo cual te quita todo el derecho a opinar sobre lo que hagamos.

Tenía vagos recuerdos del tío Mike, y por lo general giraban en torno a los padres de mi madre, que ya habían muerto.

—Vine a ayudar a mi hermana.

—Claro, ya lo vimos durante el funeral.

Se hizo el silencio, hasta que una mujer carraspeó para aclararse la garganta. Me giré hacia el escritorio de Gus. Una morena de piernas largas cuyo rostro me parecía conocido se levantó y me tendió la mano.

—Tú debes de ser December. Qué tragedia perder a tu padre, y el día de tu cumpleaños.

Fue como si me dieran una bofetada. Entrecerré los ojos.

—Sí.

Sus labios compusieron una sonrisa perfecta para la cámara.

—¡Excelente! Soy London Cartwright, y nos gustaría hablar contigo de lo que pasó. Tengo entendido que has sacado adelante a la familia.

—Mi mamá quiere que se vayan, señorita Cartwright, así que fuera.

La sonrisa no bajó ni un grado de temperatura. Daba miedo.

—Estoy segura de que cuando sepas lo que queremos hacer...

—¿Qué demonios quieren hacer?

—Sacar a la luz las muertes Verde sobre Azul, analizar a fondo de qué está sirviendo nuestra presencia en el país, por qué matan a nuestros soldados, por qué caen, víctimas de aquellos a los que protegen y entrenan.

Maldita sea...

—Mi papá no fue víctima de nada. Estaba en la guerra.

—Queremos que tengas la oportunidad de compartir tus sentimientos.

La señorita Cartwright cruzó la estancia y miró hacia la pared en la que estaba apoyado el tío Mike.

Mi mamá se retrajo.

—¿Mamá? —pregunté—. ¿Qué quieres que haga?

Tenía la mirada ausente. «No, no. Otra vez, no». La sujeté por los hombros y la miré a los ojos.

—¿Mamá? No, por favor… —La guie hasta la puerta—. Llévatela abajo, April, con la abuela. Baja tú también, Gus.

April acompañó a mamá y a Gus al piso de abajo. Esperé hasta que estuvieron lejos para volear a ver a Mike y a la señorita Cartwright.

—¿Ya vieron lo frágil que está? ¿Cómo se les ocurrió?

—Tu papá merece que lo recordemos, el pueblo americano debe saber que no murió en vano. —Su voz rezumaba falsa compasión. Alguien más débil que yo se lo habría tragado.

—Es una guerra. Nadie muere en vano. —Sacudí la cabeza y estuve a punto de soltar una carcajada—. Demonios, todo el mundo muere en vano. Mi papá no es un titular.

El tío Mike se inclinó hacia delante con su sonrisa de vendedor de coches.

—Esto podría ser beneficioso para la familia, Ember. La gente se conmoverá con lo que pasó, y ya sabemos que la universidad cuesta dinero. Nos vendría bien.

Me quedé boquiabierta, incapaz de procesar que hubiera insinuado que podríamos sacar provecho de la muerte de papá. Un sabor amargo me llenó la boca.

—¿Te volviste loco? ¿Crees que vamos a…? —Me atraganté al ver el banderín que la señorita Cartwright había clavado en el corcho de Gus. West Point—. Quite eso de ahí. Ahora mismo.

—Nos pareció que sería un buen detalle. Son una familia de militar y todo eso. Tú representarías al Ejército. —Lo hacía sonar muy razonable, como si la que estuviera loca fuera yo.

—Mi papá fue a Vanderbilt, no a la Academia —dije con los dientes apretados. Tenía miedo de dar rienda suelta a mi temperamento—. Gus no quiere ir a West Point y no va a ir.

—Vamos, Ember, no seas injusta. Gus debería estar orgulloso del legado militar de su familia. —El tío Mike sacó una camiseta de West Point del bolso de la señorita Cartwright—. Además, cuando lo entrevistemos con esto puesto, la gente se lo tragará. Quién sabe, igual algún día es el militar de la familia.

Algo saltó en pedazos dentro de mí. Se me cayó la fina capa de cortesía con la que me había envuelto tras la muerte de papá y después de que Riley me engañara. No iban a utilizar a Gus. Le arranqué la camiseta de las manos al tío Mike.

—¡Largo de aquí!

—Ember...

—¡LARGO! —Agarré la camiseta con ganas de desgarrarla con las manos, pero no habría bastado con eso. Los aparté a empujones y arranqué el banderín del corcho, las chinchetas salieron volando debajo de la cama, saltaron por la madera del suelo—. ¡Nada de noticias! ¡Nada de banderines! ¡Nada de West Point! —Los hice salir del cuarto de Gus mientras sostenía aquella insultante mierda en las manos—. ¡Fuera de aquí! —Se retiraron a toda prisa, y los tacones de aguja de la señorita Cartwright repiquetearon contra el adorado suelo de madera de mamá. Los hice bajar por la escalera de atrás, llevándose por delante a los operadores de cámara y sonido—. ¡Fuera! ¡Fuera! —Era mi mantra, lo único en lo que podía pensar.

Se apelotonaron a la entrada de la cocina antes de meterse y dispersarse por el suelo de baldosas. Mamá estaba sentada en la mesa del comedor con una taza de café en la mano. La abuela montaba guardia y tenía la expresión más fiera que le había visto jamás. Me dio pena el equipo de televisión. Por un momento. Casi.

—Ember... —El tío Mike se dirigió a mí y retrocedí hacia el fregadero.

—¡Ni se te ocurra! ¿Cómo te atreviste a traer a esta gente? ¿Cómo te atreves a meterle esas ideas en la cabeza a Gus? ¿El Ejército? ¿West Point? —Retorcí la camiseta y el banderín como si fueran su cuello.

—No es más que un símbolo...

—¡No! ¡Nada de ejército para Gus! ¡Nada de West Point y nada de entrevistas! ¿Estás loco? ¿Por qué íbamos a querer que...? ¡No! Esta familia ya ha sufrido bastante, y no voy a permitir que nos hagas más daño. —Se me quebró la voz. No podía soportar las imágenes que ese banderín me había suscitado. Gus de uniforme. Gus tendido bajo una bandera americana.

Tiré el banderín y la camiseta al fregadero, abrí el cajón de la derecha y saqué el encendedor que mi madre guardaba allí para las velas de cumpleaños. Hizo clic, surgió la llama y le prendí fuego a la camiseta de West Point.

—¡Ember! ¿Qué haces? —El tío Mike se adelantó, pero la amenaza que debió de leer en mis ojos bastó para que se batiera en retirada.

—Decirte lo que opino de tu idea de vestir a Gus de futuro soldado y exhibir nuestro dolor a cambio de dinero. —Las llamas se alzaron del fregadero justo en el momento en que entraba el capitán Wilson junto con otros dos soldados—. ¡Fuera de nuestra casa, pedazo de mierda!

—¿Ember? —La vocecita aterrada de Gus me llegó a través de la nube de rabia. Vi sus ojos mirándome con preocupación desde el sofá, donde se había acurrucado junto a alguien, junto a una persona que no soportaba verme así, cuyos ojos castaños estaban concentrados en mí y en mi locura.

El detector de humo percibió por fin el peligro y empezó a aullar. En aquel momento, yo parecía más peligrosa que el fuego. Metí la mano entre las llamas y abrí el grifo para empapar la tela. Ojalá fuera igual de fácil apagar mi ira.

Tenía el corazón acelerado, a punto de salírseme del pecho, y las mejillas palpitantes, tan calientes como las llamas que acababa de apagar.

El capitán Wilson acompañó al equipo de televisión hasta la calle.

—No se molesten en contactar con los Rose, ya están avisados. Y esta familia no les ha firmado ningún permiso, así que no pueden utilizar nada de lo que hayan oído, grabado o filmado.

—Espero que lo pienses mejor, June. —El tío Mike le puso una mano en el hombro a mamá.

—Ni en mil años, Mike.

¡Epaaa! Mamá había hablado con un atisbo de su testarudez habitual, que yo conocía tan bien. Era un alivio.

—Por favor...

La abuela se levantó con la espalda muy recta.

—Mi nuera le ha pedido que se marche, caballero. Por favor, no abuse de su hospitalidad obligándola a decírselo dos veces.

El tío Mike lanzó una última mirada suplicante a mamá, que arqueó una ceja para indicarle que no iba a sacarle nada. Estaba dando la cara. No volvería a ausentarse.

Salí de la cocina y me fui al porche antes de hacer más el ridículo. Las montañas se alzaban ante mí, ocupaban todo el paisaje, pero yo solo veía las llamas que acababa de apagar. Me incliné sobre el helado barandal de madera y dejé que el frío se me colara por los huesos.

La puerta se deslizó a mi espalda, y me encogí.

—¿Estás bien? —La voz de Josh me provocó una sensación reconfortante que no quería y no necesitaba. Me había visto perder el control, como una loca.

—Te dije que no hacía falta que vinieras.

Se apoyó en el barandal, a mi lado.

—No pasa nada por dejarse llevar de vez en cuando.

—El de vez en cuando es más o menos cada día, y no quiero que lo veas. —Respiré hondo para no decir más tonterías. El aire helado me quemaba los pulmones, pero era una sensación agradable.

—No me importa.

Dejé de fingir que estaba muy interesada en la textura del barandal y alcé la vista hacia sus ojos oscuros, comprensivos.

—¡Pero a mí, sí, Josh, a ver si lo entiendes! ¡Por eso te dije que me dieras tiempo, que me dejaras espacio para aclararme! —Respiré hondo. Tenía que dejar de gritar, o acabaría pensando que de verdad estaba loca. Pero, en lugar de eso, me eché a reír para confirmarlo—. Dios, yo antes nunca gritaba, y ahora no hago otra cosa.

Me puso una mano en la espalda, me acarició, y detesté lo mucho que me gustaba. Me revolví para librarme del contacto, y al hacerlo no se me escapó la expresión de dolor que se reflejó en sus ojos.

—Tienes que irte. No puedes verme así. Si me ves así, cuando se trate de nosotros no podré pensar en otra cosa. No puedes pasarte la vida salvándome.

Cruzó los brazos. Se le condensó el aliento, formando nubes en el aire helado.

—¡Carajo, December! ¡Llevas a cuestas a todo el mundo en esta maldita casa! ¡Alguien tiene que cargar contigo! No pienso quedarme mirando sin hacer nada mientras sufres.

—¡Pues deja de mirar! ¡Te dije que no vinieras! ¡Te dije que me dieras espacio y estás por todas partes! Estás en el hockey con Gus, estás en mi clase, estás en… estás en… ¡en todas partes! —No podía permitir que me viera así, tan débil, tan desquiciada. Ya me había visto prender un fuego en el fregadero de la cocina. Mierda. Carajo.

—December.

—Vete.

No se lo tuve que decir dos veces. Suspiró, sacudió la cabeza y se alejó. Oí el sonido de la puerta corrediza que se abría y se cerraba. Me derrumbé sobre el barandal para que la escarcha me enfriara las mejillas palpitantes.

La puerta se abrió de nuevo y casi se me escapó un grito de frustración.

—Yo le pedí que viniera.

Gus también apoyó la cara en el barandal y me miró con aquellos ojos suyos, tan confiados.

—¿Cómo? ¿Por qué?

—Tengo su teléfono. —De pronto parecía mucho mayor de lo que era—. Mamá estaba enojada. Es mejor que triste, ya lo sé, pero… April te llamó a ti y yo llamé al entrenador Walker. Me dijo que podía llamarlo cuando quisiera.

Carajo. Mierda. Me levanté y lo abracé.

—Siento haber gritado, peque. Las cosas son un poco complicadas ahora mismo.

Se apretó contra mí.

—¿Por lo de papá? ¿O porque Riley ya no es tu novio?

Le di un beso en la cabeza.

—Por las dos cosas.

—¿De verdad odias tanto el Ejército?

Lo estreché con más fuerza.

—No. No odio el Ejército. Pero no quiero ver en sus filas a ninguno de mis seres queridos. —No soportaría perder a nadie más.

—Lo del fuego estuvo genial.

Los niños de siete años siempre se fijan en lo importante.

—Sí, pero no se te ocurra hacerlo a ti, ¿eh? Tengo que volver a la universidad o me perderé la clase.

Asintió.

—¿Me llevas? No quiero estar aquí. Aquí todo es triste.

El dolor me invadió el pecho, pero sin lágrimas. Tal vez se me habían acabado.

Veinte minutos más tarde, después de dejar a Gus y a April, volví al departamento. No quería ser la persona que había sido en casa. No quería sentirme responsable de todos. Quería ser egoísta, dormir hasta las diez y saltarme las clases, concentrarme en las fiestas del fin de semana y no en los horarios de entrenamientos de hockey. Quería tener veinte años.

Pero ya no tenía veinte años.

Jalé el bolso para sacarlo del coche y un bolsillo se enganchó en la palanca de velocidades. ¿Es que nada podía salir bien? Subí por la escalera hasta el cuarto piso porque necesitaba quemar el moka con caramelo salado.

Llegué a la puerta y traté de abrir con las llaves. Aún tenía los dedos entumecidos tras conducir sin encender la calefacción, pero era lo que necesitaba. Se me cayeron en el tapete. Apoyé la frente contra la puerta y cerré los ojos un momento para no soltar una grosería. Como si la maldita cerradura fuera el problema.

Me incliné para recogerlas y abrí la puerta al primer intento. Pero, antes de entrar, vi una silueta conocida. Josh salió del ascensor y vino hacia mí. Mi primer impulso fue correr, saltar, besarlo mientras le pedía perdón. Ansiaba sus manos sobre mi piel, su boca en mi boca. Él tenía el poder de hacerme olvidar, aunque solo fuera por un momento.

Y por eso no lo hice. No podía utilizarlo de aquella manera. Pero ¿qué estaba haciendo aquí? ¿Otra vez?

—¿Josh? ¿Y esto?

Alzó la vista de la bolsa de bandolera que estaba registrando y una expresión de incredulidad se dibujó en su cara.

—¿Qué pasa?

No podía ser más irritante.

—¡Me seguiste de mi casa a mi departamento! ¡Te dije que necesitaba tiempo!

Se echó a reír, y eso me hizo pensar que no estaba del todo cuerdo. Al menos en aquel momento mi cordura no estaba en discusión. Sacudió la cabeza, caminó hacia mí... y pasó de largo. Se detuvo junto a la puerta de al lado y metió la llave en la cerradura.

—Encantado de conocerte, vecina. —Hizo un ademán burlón a modo de saludo, entró en el departamento y cerró la puerta, y yo me quedé en el descanso como una idiota. Mierda.

—¿Ember? ¿Eres tú? —me llamó Sam desde el interior de nuestro departamento.

Entré, solté la bolsa y me dejé caer en el enorme sillón. Ella dejó la computadora y me miró.

—¿Se puede saber qué te pasa?

Sacudí la cabeza.

—Nada, que soy una egocéntrica con las hormonas alteradas. ¿Qué tal tú?

Me lanzó un tarro de Ben & Jerry's y lo devoré sin mirar las calorías anunciadas en la etiqueta.

Capítulo diez

Incomodidad. Era la única manera de describir lo que sentía allí, sentada junto a Josh Walker, que no me hablaba. No importaba que fuera yo la que no había querido que me hablara, ¿verdad?

Percibía su mirada fija en mí, pero cuando volteaba para atraparlo, me lo encontraba concentrado en el profesor. Cuando llegó la tarde del viernes, la culpa me estaba devorando viva.

Había sido una grosera insoportable. El chico había acudido cuando mi hermanito lo llamó, cosa que lo situaba al nivel de un dios, y él no tenía la culpa de que yo me hubiera mudado a un departamento contiguo al suyo. Por lo visto llevaba viviendo allí dos malditos años. Si la tierra me hubiera tragado, me habría hecho un favor.

—Eh, ¿estás ahí? —Sam me había sorprendido mirando al vacío, en dirección al póster de Dave Matthews de la sala.

—Sí, sí. Estaba distraída.

Se arrebujó en la bata y se ajustó la toalla que llevaba a modo de turbante.

—Voy a salir con las chicas dentro de un par de horas. ¿Por qué no vienes? A ver si te distraes un rato, y de paso encuentras un poco de acción.

Contemplé la montaña de trabajo para clase que tenía al lado, en la mesita auxiliar.

—Sí me gustaría. —Bueno, lo de la acción, no; lo demás—. Me encantaría ir a tomar algo, pero Gus tiene entrenamiento mañana temprano, y le dije a mi mamá que lo llevaría yo.

—¿Te lo pidió ella?

—No, yo me ofrecí. —Se quedó en silencio y alcé la vista del libro de educación infantil—. ¿Qué pasa?

—Fue hace un mes, Ember.

Como si necesitara que alguien me recordara el tiempo que había pasado desde que perdí a mi padre. Un mes, dos días y once horas y media desde que nos lo notificaron.

—¿Y qué? Mi mamá necesita ayuda.

—No te digo que no. Mira, de verdad, admiro lo que estás haciendo. Nadie habría dado tanto como tú. Lo que digo es que es hora de que empieces a confiar un poco más en ella. Por ejemplo, puedes esperar a que te pida algo, en vez de dar por hecho que no es capaz de encargarse.

—No lo entiendes.

Se sentó a mi lado, me hizo soltar el cuaderno y me tomó la mano.

—Es verdad, no lo entiendo. Nadie lo puede entender. Pero he visto a tu mamá en acción, en estas dos últimas misiones y en Kansas. Es una mujer dura. Lo único que te digo es que no la subestimes. Además, tu abuela sigue cuidando de ella, ¿no?

—Sí. No para de decir que se va a ir pronto, pero es como si esperara algo, a que le demos luz verde cuando estemos bien. Pero menos mal que sigue aquí. Si no, tendría que quedarme en casa. —Sonreí al comprender de lo que me había salvado mi abuela—. Además, ella no sabe nada de hockey.

Sam esbozó una sonrisa traviesa.

—O igual quieres llevar a Gus para ver a Josh.

Me puse roja.

—Tengo que pedirle perdón.

—Pues ve a pedirle perdón. —Se levantó y se secó el pelo con la toalla—. Vive en la puerta de al lado, amiga. Mueve el trasero, ve a verlo y dile que lo sientes. Yo voy a ponerme estupenda.

Se contoneó hacia el dormitorio. A Sam no le hacía falta nada para ponerse más que estupenda, pero yo sabía que, eligiera la ropa que eligiera, acentuaría todas sus virtudes.

Consulté el reloj. Las siete y cuarto de la tarde. Un cosquilleo nervioso en la boca del estómago me dijo que la decisión estaba tomada. Dejé los libros y me levanté del sofá. ¿De verdad iba a ir en jeans y con una sudadera de cierre? Pues sí. Porque no estaba tratando de impresionarlo, claro. Aquella ropa transmitía el mensaje de «mantén las distancias». Además, no me había maquillado ni me había depilado las piernas. Nadie se depila para ir a pedir disculpas.

Salí del departamento descalza antes de perder el valor y fui hasta su puerta. Llamé tres veces con los nudillos y aguanté la respiración mientras llegaba el momento de volver a quedar en ridículo.

Me abrió un chico rubio y guapísimo.

—Hey, hola —saludó, y me estudió de arriba abajo con un gesto de aprobación.

—Hola, soy Ember, tu vecina.

Una sonrisa preciosa le iluminó la cara.

—Hola, Ember, mi vecina.

Miré hacia el interior.

—¿Está Josh?

Se le borró la sonrisa.

—Mierda, ya te encontró él. Pues no pareces su tipo.

Arqueé las cejas y empezó a tartamudear.

—No, oye, estás buenísima, pero es que suele ir más por las...

—¿*Barbies*? —Era muy consciente de cuál era el tipo de Josh.

—Eso mismo. —Abrió la puerta y me permitió acceder a un vestíbulo que era la viva imagen del nuestro—. ¡Walker, tienes visita! —Se giró hacia mí—. Y si por si acaso este no es lo que buscas, me llamo Jagger.

Me dirigió una sonrisa letal y traté de hacer caso omiso al hecho de que me estaba ligando, y con estilo.

—Encantada de conocerte, Jagger.

—El placer es todo mío.

Se mordió la punta de la lengua, en la que se veía un piercing.

—Ni se te ocurra mirar a Ember, Jagger.

Me quedé sin respiración, y al instante solté una bocanada de aire.

Josh se apoyó en la pared y cruzó los tobillos. Llevaba unos pantalones de franela de cintura baja. Solo hacía falta un tirón. Un tirón.

Me quedé boquiabierta sin poder evitarlo. No llevaba camisa. Tanta piel tan tatuada envolviendo aquellos músculos... Juro por Dios que al verlo así me vino a la mente su sabor. La mera idea de volver a saborearlo hizo que saltaran chispas de entre mis muslos. Solo estar con él en la misma habitación me ponía a cien, hasta el punto de sopesar la idea de Sam del chico de rebote.

—Otra que muerde el polvo —masculló Jagger, tras lo cual nos dejó a solas en la entrada.

Josh no puso de su parte, sino que esperó a que yo diera el primer paso. Era comprensible, no paraba de enviarle señales confusas. El pobre nunca sabía a qué atenerse conmigo.

Salvé la distancia que nos separaba y me acerqué a él tanto que tuve que echar la cabeza hacia atrás para mirarlo a los ojos. Tanto que me llegó el tenue olor a sándalo de su piel. Me quedé así un largo instante, mirándolo, y él me devolvió la mirada. No sabía qué decir. ¿Cómo poner en palabras algo que no entendía? Aquellos ojos castaños me abrasaban con una intensidad inabarcable, y yo quería más.

Extendió la mano y la posó en mi cara.

—¿December?

Guardé silencio. No me fiaba de lo que pudiera salir de mi boca, porque lo que mi boca quería iba en contra de lo que me dictaba la cabeza. Se me aceleró el corazón, se me entrecortó la respiración. Me apoyé en la palma de su mano y giré la cabeza para poder captar mejor aquel olor increíble. Tenía la piel llena de gotitas de agua. Acababa de salir de la regadera.

Carajo. Lo deseaba. Quería tenerlo encima, sentir su peso sobre mí en la cama, en el sofá, en la barra de la cocina si le daba la gana. Necesitaba a aquel hombre. No a otro. A Josh.

Me lancé al ataque, lo agarré por la cabeza, busqué sus labios con los míos. Esta vez no hubo preámbulos ni peticiones delicadas.

Nos vimos arrastrados por un torbellino de labios abiertos, listos el uno para el otro. Le devoré la lengua. Dejó escapar un gruñido. Me apretó la espalda con sus manos, bajó hasta el trasero, me lo agarró, me presionó contra su vientre. Me dio la vuelta y me clavó en la pared.

Sí. Eso era lo que necesitaba.

Introduje los dedos por entre su pelo húmedo, desesperada por acercarlo más a mí. Sabía a helado de fresa, y la cabeza se me llenó de imágenes sensuales en las que me dejaba caer sobre su vientre y se lo lamía allí mismo. No pude contener un gemido dentro de su boca, como tampoco podía contener el movimiento de mis caderas apretándose contra él.

Aquellos pantalones de franela no hacían nada por ocultarlo.

Me liberó la boca, pero solo para pasarme la lengua por la zona delantera del cuello. Le solté la cabeza y me bajé el cierre. Me sostuvo en vilo, los músculos de sus brazos se tensaron, los tatuajes ondularon al compás de sus movimientos cuando me empezó a besar la clavícula. Me golpeé la cabeza con la pared al arquear el cuello, y al hacerlo moví las fotos colgadas. Bajé la vista para ver cómo me mordisqueaba la piel y la besaba. Cuando me devolvió la mirada, tenía los ojos tan oscuros que casi no se le veían las pupilas. Me deseaba.

Qué bien, empatados. Tomé su rostro entre mis manos, y gocé de la suavidad de sus mejillas recién afeitadas.

—Josh —susurré.

Abrió más los ojos y me sumergí en su profundidad, aunque parecía imposible llegar más adentro. Me volvió a depositar en el suelo, sin dejar de frotar su cuerpo contra el mío, con un movimiento tan exquisito que me entraron ganas de bajarle los pantalones con el pie. Y a continuación se apoderó de mi boca y me robó todos los pensamientos.

Besarlo era una maldita adicción. Fue cambiando el ritmo, lo aceleraba, lo ralentizaba, pero siempre manteniéndome en vilo, para que me preguntara qué haría a continuación. Me dejó llevar la iniciativa, y luego la recuperó. Me quitó de la cabeza toda idea racional, excepto la necesidad de quitarle la ropa. Quería saber adónde llevaban las líneas de sus abdominales. Deslicé las manos por su pecho, le acaricié el vientre hasta llegar a la cintura de los pantalones. Metí las manos bajo el elástico, necesitaba tocarlo, sentir en las yemas de los dedos aquella piel suave.

Gimió en mi boca, y aquel fue el sonido más sensual que había oído desde que lo hizo en Breckenridge.

—December —jadeó, apoyando su frente en la mía—. Estoy loco, desesperado por llevarte a mi dormitorio, pero creo que no es lo que quieres.

Ah, ¿no? ¿Y entonces qué quería?

Ay, Dios. Acababa de abalanzarme sobre él en el vestíbulo de su departamento. Después de haberle dicho una y otra vez que quería ir más despacio. ¿Qué demonios pasaba conmigo?

Me tapé la cara con las manos.

—¿Qué estoy haciendo?

Me las apartó con delicadeza.

—¿Qué estás haciendo?

Su mirada había cambiado, del deseo a la comprensión. Con aquel Josh no había manera de pelearse.

—Vine a decirte que sentía haberte tratado como te he estado tratando últimamente. Lamento mandarte señales tan confusas.

—Esbocé una sonrisa—. Pero por lo visto lo que hice fue saltarte encima, y eso también lo siento.

—¿Sientes haberme saltado encima? —Su sonrisa me provocó otra descarga eléctrica en el vientre.

No valía la pena fingir.

—No. No siento haberte saltado encima. Pero siento que haya sido en tan mal momento.

Su sonrisa vaciló por un instante. Me acarició los labios con el pulgar.

—Ya te dije que estoy aquí para lo que necesites, Ember. Para saltarme encima, para decirme lo que sientes, lo que sea.

Lo que sea. Lo necesitaba, pero me daba mucho miedo lo que implicaba reconocerlo, porque más que nada me necesitaba a mí misma. ¿Y por qué siempre parecía que la parte de mí que necesitaba estaba encerrada dentro de Josh?

Retrocedió un paso.

—Voy a darme un baño.

—Pero ¿no te acabas de…?

Le centellearon los ojos y tuve que controlar todos los músculos de mi cuerpo para no lanzarme sobre él y sobre su oferta de llevarme al dormitorio.

—Sí, pero me hace falta otro, y a otra temperatura.

Josh Walker se tenía que dar un baño frío por mí. ¿Y si me metía con él y calentaba el agua…?

—Ah. Eso también lo siento. —Mentirosa.

Me obsequió con una sonrisa de lo más sexy.

—Pues yo no. —Me volvió a apretar contra la pared y se inclinó sobre mí, a escasos centímetros de mi boca. Pero no iba a ceder de nuevo. Sabía que no tendría fuerzas suficientes para dar marcha atrás dos veces, y no estaba preparada para una relación—. Si siempre te vas a disculpar así, trátame a palos cuando te venga en gana. Encantado de servirte de tapete.

Me dio un delicado beso en los labios.

—Tengo que irme. —Me costaba respirar. Si no me iba ya, no me iría nunca.

Me abrió la puerta y me observó mientras me dirigía a mi departamento.

—Oye, December...

No quería darme la vuelta. No quería ver su cuerpo medio desnudo, o las líneas de aquel tatuaje que me moría por recorrer con la lengua.

—¿Qué?

—Espero que duermas mejor que yo.

El cambio de tema me desconcertó.

—¿No duermes bien?

Negó con la cabeza.

—Saber que la pared de mi dormitorio da a la del tuyo, que estás a unos ladrillos de distancia, en la cama, me lo hace imposible.

Todos los músculos de mi cuerpo se relajaron de golpe, y un cosquilleo de energía me recorrió de arriba abajo. ¿Era posible que unas palabras provocaran un orgasmo? Nos sumimos en un silencio electrizante.

—Buenas noches.

Ahora fue mi turno de quedarme mirándolo hasta que cerró la puerta. Entré a trompicones en nuestro departamento, y en cuanto cerré me dejé caer hasta acabar sentada en el suelo. Sam se asomó, ya peinada y a medio maquillar.

—¿Te disculpaste?

Podría haber negado lo sucedido, pero si tenía que confiar en alguien, en alguna amiga, Sam era la candidata ideal. No me había traicionado ni una vez en cinco años de amistad.

—Si por disculparme entiendes saltarle encima, comerle la boca y dudar entre quitarle los pantalones con las manos o con los dientes, entonces, sí.

—¡Uaaah! —Me levantó del suelo y me rodeó con su brazo—. Empieza a contar, querida. —Me hizo sentar en su cama, volvió al tocador y miró mi reflejo mientras se maquillaba con manos expertas.

—No sé qué decir.

Se giró hacia mí.

—Empieza por cómo te metiste en el bolsillo al chico por el que estuviste babeando todo el primer año de preparatoria.

Primer año de preparatoria. No me había limitado a babear. Había fantaseado con él, había escrito su nombre y el mío en el cuaderno de Lengua. Sin duda Josh era un chico «babeable», pero lo que me atraía de él no eran aquellos abdominales de gimnasio, sino su sonrisa osada, su manera de estar por encima de lo que dictaban las normas sociales.

—Tierra llamando a Ember.

—¿Eh?

—Vuelve de Joshilandia, amor.

—No, estaba pensando en cómo han cambiado las cosas. Hace cinco años ni siquiera me habría atrevido a hablar con él.

No, claro. Nuestras órbitas sociales ni se tocaban. Él era el Sol y yo, Plutón, todo intenciones, pero ni siquiera era un planeta.

—¿Te acuerdas de cuando te reté a que lo invitaras a salir el Día de Sadie Hawkins, cuando se cambian los papeles y las chicas son las que van por los chicos?

Se puso el rímel como la experta que era. El recuerdo me vino a la mente y me eché a reír.

—¡Menos mal que descubrí que Vickie Brasier ya se lo había pedido! ¿Te imaginas qué vergüenza, si no?

—¡Y ahora estás saliendo con él!

Hice una mueca.

—No es que estemos saliendo exactamente. Más bien..., medio saliendo.

Agitó un dedo.

—¿Dejaste escapar ese pedazo de pastel sin darle un bocado?

—Cómo te lo diría yo. Me... rechazó. —¿Se me notaba la humillación en el tono de voz? Cien por ciento, sí.

—Ah.

—¿Y eso qué quiere decir?

Siguió poniéndose el rímel.

—Nada, que tiene la misma reputación que tenía en la preparatoria. Las chicas lo persiguen y él se deja atrapar. Es el ligue perfecto para ti, la verdad. No suele volver a los prados donde ya ha pastado. Mmm.

—¡Escupe de una vez, Sam!

Me miró desde el espejo.

—No sé. Es que no se sabe de ninguna chica guapa a la que haya rechazado.

—Genial, entonces estoy jodida.

—¿Por qué no se lo preguntas mañana, en el hockey? La reputación nunca ha sido un problema para él.

—Huy, sí, qué buena idea. «Oye, Josh, ¿por qué no te acostaste conmigo cuando me eché en tus brazos?». ¿Tú se lo preguntarías?

Me subí el cierre hasta el cuello. De repente me sentía sucia.

—¿Te echaste en sus brazos?

—La noche que descubrí lo de Riley y Kayla.

No habíamos hablado a fondo del tema Riley-Kayla. Sabía por qué había roto con él, y dejó muy claro lo que pensaba de Kayla, pero en ningún momento llegó al «te lo dije».

—¿Qué razón te dio?

Me abracé las rodillas.

—Que lo haríamos cuando fuera solo cosa nuestra, no de nadie más, y no solo porque estuviera dolida.

El tubo de rímel rodó por la cómoda y Sam me miró boquiabierta.

—Carajo, amiga. Atrapaste a Josh Walker.

Me daba demasiado miedo sonreír.

—No tanto como él me atrapó a mí.

Capítulo once

No había en el mundo cafeína suficiente para justificar que Gus estuviera en la pista de hockey a las siete de la mañana. Hacía falta media hora para ponerlo en marcha, quince minutos para conducir hasta el polideportivo, diez minutos para comprobar que mamá estuviera bien, cosa que había prometido que haría cuando terminara el entrenamiento, y media hora en coche a casa de mamá para recogerlo. Si lo sumaba todo, tenía que levantarme a las cinco de la mañana de un sábado y olvidarme de salir a correr. La alteración de las costumbres me ponía de nervios, pero todo valía la pena por Gus.

Una parada de siete minutos para repostar en el Starbucks lo hizo posible. Sin café, cero posibilidades. Así funcionaba mi organismo.

Terminé de ponerle los patines, le di un beso en el pelo y lo mandé a la pista de hielo con una palmadita cariñosa en el trasero.

—¡Ve por ellos, tigre!

—¡Ja, ja! ¡Nunca me habías llamado así! —replicó.

Dos semanas más de temporada, y luego las eliminatorias. Podía sobrevivir a eso. Además, aunque mamá estaba despierta, seguía ausente. Falsa sonrisa, falsa risa, pero hot cakes de verdad.

Nunca en domingo, como tocaba, pero hacía el esfuerzo, y era de agradecer. No me atrevía a albergar la esperanza de que estuviera mejorando, pero si conseguía mantenerla en pie un poco más tal vez volvería con nosotros de verdad.

El moka me calentó las manos mientras absorbía el frío de las gradas metálicas a través del trasero. Saludé con un gesto a las dos rubias que había visto la semana anterior y traté de que no se me saltaran los ojos de la cara al ver lo que llevaban puesto Tweedledee y Tweedledum. Era demasiado temprano para lucir tanto escote en un partido de hockey infantil. Ojalá se les congelaran sus mejores armas. Hice a un lado aquellos pensamientos agresivos y miré hacia la banca, pero Josh no había llegado aún. Era impropio de él llegar tarde a un partido de hockey.

Saqué un libro de la bolsa y me concentré en los aburridos textos sobre educación infantil. Si conseguía terminarlos aquella mañana, tendría el resto del fin de semana para disfrutar con las lecturas de Historia.

Cada pocas páginas alzaba la cabeza y me decía que era para ver cómo estaba Gus. Pero en realidad buscaba a Josh. Tal vez debería de haberme disculpado por lo que sucedió la noche anterior, pero considerando cómo habían terminado las primeras disculpas... Si intentaba decirle que lo sentía, seguro que acabaría montándole la pierna como un perro en celo.

—Pues parece que hoy no viene —murmuró a mi espalda una de las gemelas Tweedlee.

Observé a Gus para no voltear y lanzar una mirada asesina a las acosadoras. Pero seguí escuchando.

—Ya, mier... —suspiró Tweedledum—. Vaya pérdida de tiempo levantarse tan temprano y no poder ir a desayunar con él.

—Podemos ir por Jagger —dijo Tweedledee. Era la primera vez que me fijaba en que Jagger también entrenaba a los chicos, con Josh.

—Ya te acostaste con Jagger.

—Solo porque Josh no quiso.

Casi se me salió el café por la nariz.

—Sí, lleva unas semanas irreconocible. Las ha rechazado a todas. —Tweedledum parecía molesta—. Y Jagger está muy bien, pero no es Josh.

Las había rechazado a todas. Me contuve para no sonreír, pero me propuse no escuchar la conversación y concentrarme en mi trabajo cuando Gus no estuviera en la pista. Al acabar el partido, había marcado un tanto y había dado una asistencia que contribuyeron a la victoria del equipo. En las dos ocasiones me señaló en la grada, como un chico mayor. Estaba muy orgullosa de él.

Papá también habría estado orgulloso.

Ese dolor que ya conocía tan bien me pesó en el pecho. El dolor no disminuía; unas veces era agudo, y otras, sordo; se me hundía en el corazón, aunque ya empezaba a haber un hueco para otras cosas. Había un hueco para sonreír cuando Gus marcó el gol, y para disfrutar de él.

Le lancé un beso cuando el equipo entero se abrazó en una melé de negro y oro. Le hacía falta aquello. Hasta a mí me hacía falta aquello.

Gus me saludó con la mano, pero fue Jagger quien fingió que había recibido el beso y me lanzó otro de vuelta. No pude contener la risa.

Las gemelas Tweedlee se fijaron, claro.

—¡Oye, pelirroja! —me gritó desde arriba Tweedledum.

Me armé de compostura y me giré.

—¿Sí?

—¿Te lanzó un beso Jagger Bateman?

Tenía los ojos entrecerrados y los labios fruncidos en una mueca de desprecio. Genial.

Respiré hondo. Así empezaban los videos de YouTube de progenitores enloquecidos en el hockey.

—Soy su vecina, solo está haciendo tonterías. Lo siento, ¿es tu novio?

Sabía muy bien la respuesta. ¿Se sonrojó?

—No, lo conozco, nada más. —Bajó la voz para darle un tono más sugerente a sus palabras—. Lo conozco muy bien.

La otra chica entrecerró los ojos.

—Eso, y yo conozco muy bien a Josh, su roomie.

Qué cabrona.

—Qué bien. Para mí solo es mi vecino y el entrenador de hockey de mi hermanito. ¿Cuál es tu hermano?

Las dos se pusieron rojas como la grana.

—Solo venimos a apoyar al equipo.

—Claro. —Le miré el escotazo y arqueé las cejas—. Estos niños necesitan todo el apoyo del mundo a las siete de la mañana.

Los niños se fueron al vestidor y Jagger me hizo un ademán para que bajara.

—Hasta luego, chicas. Cuidado, no se vayan a resfriar.

Agarré la bolsa y el vaso vacío y bajé de las gradas, con prisa por alejarme de esas dos.

—¿Qué pasa? —le pregunté a Jagger, que me estaba esperando ante la puerta de los vestidores—. ¿Gus está bien?

Me dedicó una sonrisa arrebatadora, pero que no me provocó el menor deseo de desnudarlo y saltarle encima, como me pasaba con la de Josh. Me alegró saber que existía cierto criterio en mis calentones.

—Sí, hoy estuvo genial. Por si se le olvida, te tenía que decir que se le soltó una hebilla del casco. Hay que arreglarlo antes del entrenamiento del lunes.

—Estupendo. Gracias, Jagger. —Era todo chistes y sonrisas, pero me gustó que se pusiera serio cuando se trataba de los chicos.

—No hay de qué. —Se apoyó en la pared y cambió de marcha—. Ya sé que vienes por Gus, pero también por Josh, ¿no?

No tenía sentido mentirle a su compañero. Asentí.

—Ya, soy patética, lo sé.

—Contigo está diferente —admitió, y me miró como si me sopesara.

—¡Está diferente con todas! —canturreó Tweedledee al tiempo que asomaba la cabeza—. Hola, Jagger.

Jagger les sonrió a las chicas.

—Heather, Sophie, me alegro de verlas.

Vaya, ahora me sabía sus nombres. Mi versión me gustaba más.

Un momento, un momento. ¿Heather? ¿Era la que le mandaba mensajes de texto a Josh?

—Bueno, ¿dónde está Josh? —preguntó Heather, antes conocida como Tweedledum.

—¿Volvió a desaparecer? —coreó Sophie, alias Tweedledee.

—Este fin de semana está ocupado. —Jagger me lanzó una mirada que no supe interpretar—. Ya te veré, Ember. Gus saldrá en cualquier momento. No te olvides de lo del casco, ¿okey?

Asentí sin que se me acelerara la respiración y sin voltear a ver a las chicas, que tenían intenciones evidentes para con mis vecinos.

—Sabes que Josh desaparece cada pocas semanas, ¿verdad? —Heather se me había puesto delante—. Aunque no creo que necesites conocer la agenda de tu... vecino.

Me miró de arriba abajo y sonrió burlona al fijarse en mis jeans y en la sudadera de los Tigers.

—Cada pocas semanas tiene que... desahogarse un poco —añadió Sophie.

—Sí, con una chica nueva, por ejemplo —masculló Heather entre dientes, pese a lo cual la oí. Tal como era su intención.

Nunca había estado tan agradecida de ver unos rizos sudorosos como cuando Gus salió de los vestidores.

—¡Ember! ¿viste que metí gol?

Agarré el palo, pero se empeñó en llevar el equipo.

—¡Sí, eres el mejor!

—Señoritas. —Gus saludó con un gesto de cabeza a las chicas. Pasaba demasiado tiempo con Josh.

—¡Hasta la próxima sesión de acoso! —les dije con una dulce sonrisa. Me lanzaron una mirada asesina y se marcharon—. Esta victoria bien se merece unas donas.

—¡Puntazo!

Cuarenta y cinco minutos más tarde, armada con unos vasos de café espolvoreado con cacao y una docena de donas, llegamos a casa. Hice equilibrios con los cafés mientras Gus se encargaba de las donas, pero para sorpresa de todos conseguimos llegar a la puerta. Mamá y la abuela estaban sentadas a la mesa del comedor. Mamá nos dedicó una sonrisa forzada.

Gus puso las donas en la mesa y no se molestó en agarrar una servilleta ni en lavarse las manos antes de meterse en la boca una de chocolate. Después de los partidos siempre estaba muerto de hambre.

Mamá lo miró.

—¿Cómo estuvo el partido? —me preguntó.

—Genial, ganaron tres a uno. Gus metió un gol y dio una asistencia.

Repartí los cafés y dejé el de April en la bandeja. Aún tardaría horas en levantarse, pero no se podría quejar de que me había olvidado de ella.

—¡Bravo! —aplaudió la abuela.

Gus se pasó el dorso de la mano por la cara.

—¡Gracias, abuela! Mamá, ¿vendrás la semana que viene? Es el fin de semana de los padres, y el último partido antes de las eliminatorias.

Su sonrisa vaciló, y estuve a punto de intervenir.

—Veremos cómo va la semana, ¿okey?

Nadie mencionó que, desde el funeral, no había vuelto a salir de casa.

—¡Genial! —Gus iba a meter la mano de nuevo en la caja de las donas, pero mamá cerró la tapa.

—Cuando te bañes, que apestas. Y pon la ropa sucia en el cesto.

—Okeeey —gruñó, pero corrió hacia el lavadero y luego escaleras arriba.

Había impuesto disciplina. Había actuado. Se había fijado en algo que no era ella misma, y de verdad, sin fingir. No pude evitar que una sonrisa me iluminara el rostro. Allí, entre la abuela y mamá, me sentí aliviada, como si me quitaran parte del peso del alma.

El teléfono sonó y lo echó todo a perder cuando estaba a medio bocado de una dona de crema.

—¿Dígame? —Esperaba que no se notara que estaba tragando.

—¿December? Soy el capitán Wilson.

Conocía su rutina, y que solo era una llamada de seguimiento, pero aun así se me encogió el corazón. No había ni un solo recuerdo grato que pudiera asociar con aquel hombre.

—¿Pasa algo, capitán Wilson?

Mi madre levantó la cabeza de golpe y se me quedó mirando.

—Llegaron unas cuantas cosas para ustedes. ¿Puedo pasar a dejarlas en unos quince minutos?

—Claro, sin problema. Hasta pronto. —Colgamos y miré a mamá—. El capitán vendrá en un cuarto de hora. Tiene que traernos unas cosas.

El pánico se me instaló en el pecho. Tragué saliva con dificultad. ¿Qué era tan importante para que no pudiera esperar al lunes? ¿Papeles? ¿Más formularios para el seguro?

—Qué amable por su parte trabajar un sábado por la mañana —comentó la abuela mientras mamá guardaba silencio.

Yo no quería ni pensar.

Me levanté y subí al piso de arriba para despertar a April. Abrí la puerta de su dormitorio y me asaltó el olor a alcohol y a vómito.

—Carajo. —Me tapé la nariz y sacudí a mi hermana, que aún estaba vestida—. Despierta, April.

Murmuró algo incoherente y se arrebujó más en el nido de mantas. Lo intenté de nuevo, la agarré por los hombros. Me echó el aliento y me arrepentí de haberla tocado.

A muerte. Olía a muerte, pero a una muerte rebozada en mierda y tequila. Agarré las mantas, se las quité de un tirón y empezó a balbucir una protesta.

—¡¿Qué haces, Ember?!

—¡Mueve el trasero y métete a bañar!! Viene el capitán Wilson, mamá nos va a necesitar.

Tiré las mantas al cesto de la ropa sucia. Olían a vómito.

—¡Dame las mantas y déjame en paz! No me siento bien —respondió, hundiéndose de nuevo entre las almohadas.

Me dirigí tranquilamente al baño, llené un vaso de agua y saqué dos paracetamoles del botiquín. Me incliné sobre la cama y le acaricié la cabeza.

—Ya sé que no te sientes bien, cielo. Tómate esto.

«Idiota, más que idiota».

Se sentó y asintió, adormilada, se tragó las pastillas y volvió a dejarse caer en el colchón.

—Gracias. Ahora, déjame en paz.

Pensé un momento. Estaba pálida, sudorosa, apestaba y con una resaca de muerte. La abuela la iba a matar, pero no podía hacerles aquello a ninguna de las dos. Así que levanté el vaso de agua y se lo derramé sobre la cara. Empezó a escupir y a gritar.

—¡Cabrona!

Le eché las últimas gotas encima y dejé el vaso en la mesita.

—Eso mismo. Y ahora, sal de la cama. —Abrí la ventana y dejé que el aire gélido de Colorado refrescara la habitación hedionda—. ¿Quieres beber como los mayores? Pues atente a las consecuencias como los mayores. Vamos, métete en la regadera. Y por lo que más quieras, lávate los dientes.

Esperé hasta que salió de la habitación y se metió en el baño, mostrándome el dedo corazón antes de cerrar la puerta. Qué pena. Por mí, que se enojara todo lo que quisiera.

Gus ya se encontraba de vuelta en el comedor, e iba por la tercera dona cuando llegué. Estaba recién bañado y cubierto de chocolate.

—¿Emba? —me dijo con la boca llena.

—Dime.

Tragó.

—¿Me puedo comer la tuya de fresa?

Miré la dona que había comprado porque me recordaba al sabor de Josh la noche anterior, y asentí.

—Toda tuya, peque. Oye, hazme un favor, sube a tu cuarto a ver una película. Aquí abajo la cosa no va a estar divertida.

Asintió, ya concentrado en la dona de fresa, y subió a su habitación. Las tres volvimos a sentarnos alrededor de la mesa. No se oía más ruido que el tictac del péndulo del reloj.

Empezó a sonarme como el traqueteo de una montaña rusa al subir la primera pendiente. El problema era que no sabía qué vendría luego, cómo era de empinada o de larga la caída. Ni hasta dónde se me iba a encoger el corazón esta vez.

Pero había cierta belleza en no saber lo que se avecinaba, en no poder prepararme para el impacto.

Sonó el timbre y, aunque sabía que iba a llegar, me sobresalté. Nos levantamos las tres a la vez. En esta ocasión fue mi madre quien abrió la puerta.

—Hola, capitán Wilson.

—Me alegro de verla, señora. —Se quitó la gorra al entrar en casa—. ¿Dónde quiere que le deje esto?

Mamá señaló en dirección a la sala. Dos soldados entraron con un cajón rígido, grande, negro, y luego dos más con otro arcón. Los dejaron delante del sofá, a ambos lados de la mesita. ¿Qué demonios era aquello?

Los hombres retrocedieron y se quedaron allí, algo incómodos, mientras yo me acercaba a mirar. En la parte superior de las cajas destacaban unas letras en blanco. «Howard. 5928».

Eran las cosas que mi padre se había llevado a Afganistán.

Capítulo doce

No. No. No. ¿Cuánto más teníamos que soportar?

La abuela sentó a mamá en el sofá. Se había ausentado otra vez, estaba refugiada dentro de su propia mente, y me había dejado a mí en su lugar. Me tragué aquella píldora tan amarga y di un paso al frente.

—Son las cosas de mi papá, ¿verdad?

El capitán Wilson asintió.

—Llegaron ayer por la noche, pero no quería hacerlas esperar más. ¿Quiere que repasemos el inventario?

—No, se lo firmo y ya está.

—Es mejor que compruebes que está todo, December —insistió.

Le quité la carpeta de la mano.

—A menos que traigan a mi padre en esas cajas, no me importa el contenido. —Garabateé mi nombre con rabia en el enésimo impreso del Ejército que me restregaba por la cara la muerte de mi padre. Puse la fecha y firmé. Pasé la página, puse la fecha y firmé. No sabía si estaba accediendo a darles a April en adopción o a qué otra cosa. No pensaba leer ni un impreso más.

—¿Quieren que abramos las cajas o les dejamos la combinación?

Mamá no estaba en condiciones de responder.

La abuela me miró con las cejas arqueadas. Todo me caía siempre encima.

Me pasé los dedos por el pelo y respiré hondo, a fin de recuperar el control.

—Ábranlas, por favor. Acabemos de una vez.

Los dos soldados se adelantaron con cuidado de no tocar a mamá o a la abuela y abrieron las cerraduras de forma casi simultánea. Sin más preámbulos, las bisagras chirriaron y arrancaron de golpe las costras que tanto nos había costado que crecieran para crear nuevos abismos de dolor.

—¿Algo más? —le pregunté al capitán, incapaz de soportar un segundo más la mirada ausente de mamá.

—No. Son todas sus pertenencias, las envió su unidad.

Entonces ¡también estaría allí su diario!

—Su computadora también estará, ¿no?

—Sí, claro. Hubo que esperar a que la limpiaran, por eso tardó tanto en llegar.

Clavó la vista en el suelo y entendí lo que había dicho.

—¿La limpiaron? —pregunté con la esperanza de haber entendido mal—. Quiere decir de virus, o de información clasificada, ¿no?

Hizo una mueca y respiró profundamente.

—No, lo siento. La política es borrar el disco duro antes de devolverlo a la familia.

¿Me estaba tomando el puto pelo?

—¿Borraron el disco duro?

—Sí. —No quería mirarme a los ojos.

—¿Sus fotos? ¿Su diario? ¿Todo lo que nos quedaba de él? ¿Lo borraron como quien saca la basura?

Me clavé las uñas en las palmas de las manos, desesperada por hacerle daño a alguien, aunque fuera a mí misma.

—Por favor, comprenda que...

—¡No! ¡Nos lo robaron! ¡No tenían derecho a quitarnos eso! —Sacudí la cabeza, como si así pudiera librarme de aquella pesadilla—. ¡Hemos hecho todo lo que nos han pedido! ¡Todo! ¿Por qué nos hacen esto?

—Es la política.

—¡Al diablo con su política! ¡Borraron lo que nos quedaba de él! ¡Sus pensamientos! ¡Es una canallada, y usted lo sabe!

Mamá lanzo un grito ronco, grave, que me desgarró por dentro y acabó de destapar ese mismo sonido dentro de mí. Su dolor se unió al mío, mientras le daba la espalda al capitán Wilson.

Mamá se arrodilló ante una de las cajas, se llevó una de las camisetas de color pardo del ejército a la cara, respiró hondo, y liberó todo el aire gritando su nombre. Un nudo me paralizó toda la garganta, hasta que por fin logré hablar.

—Fuera de aquí.

No tuve que decirlo dos veces.

Los soldados salieron de la casa y nos dejaron a nosotras dentro, atrapadas en nuestro dolor.

—¿Qué pasa? —April bajó como pudo por las escaleras, y no tuve fuerzas para volver a reprenderla por la borrachera.

—Las cosas de papá —respondí.

Levanté a mi madre por los brazos con delicadeza y la llevé al sofá. La abuela la acunó como si fuera un bebé. No se quitaba la camiseta de la nariz; la empapó en lágrimas, sofocando con la prenda unos sollozos desgarradores. Era la primera que vez que la oía llorar así. Un mes atrás estaba demasiado conmocionada, demasiado entumecida. Casi hubiera preferido que volviera a su estado catatónico y no tuviera que pasar por aquello.

Agarré otra camiseta y me la llevé a la nariz. Olía a él, a días de lluvia y a lectura en el sofá. Olía a abrazos, a arañazos en las rodillas y a consuelo tras las primeras decepciones con los chicos. Olía a él tanto como si la hubiera llevado puesta. Pero era imposible. Estaba enterrado a veinte minutos de allí y nunca volvería a ponerse aquella camiseta.

Y yo no volvería a tener otro abrazo, otra carcajada, otro crucigrama de domingo.

Solo me quedaba aquella maldita camiseta. Comprendí el alarido de mamá. Era como esos gritos que se me acumulaban en el corazón y no me atrevía a dejar escapar. En lugar de eso, aspiré profundamente de nuevo el olor de papá, y me pregunté si habían sido tan atentos como para no lavar la ropa.

—¿Qué hacemos? —La voz de April a mi lado me trajo de vuelta a la realidad.

Había visto lo que hacía mamá antes de cada misión, y aquello iba a ser lo mismo.

—Trae las bolsas herméticas. De las grandes.

Volvió un momento más tarde con las bolsas de cuatro litros. Aquellas camisetas no tardarían en perder su olor, y entonces sí que lo habríamos perdido del todo.

—Empieza a oler la ropa. Si huele a papá, a la bolsa.

—¿Por qué?

Me tragué las lágrimas.

—Cuando tenías dos años y destinaron fuera a papá, sufrías episodios de pánico nocturnos. Nadie sabía por qué, pero no había manera de calmarte. —Casi me eché a reír—. Dios, me han contado esta historia mil veces. Bueno, pues mamá nunca lavó el almohadón de papá, y lo puso por encima del tuyo. Olía como él, y te dormías. Cuando se fue el olor, sacó de las bolsas unas camisas suyas que había guardado y te las puso en la almohada.

El rostro de mi hermana estaba cubierto de lágrimas.

—Okey.

Le apreté la mano. Las palabras no servían de nada.

Mientras la abuela dejaba llorar a mamá, April y yo clasificamos la ropa y separamos la que olía a él de las prendas que sabíamos que estaban lavadas, almidonadas o que no se había puesto. Cuando acabamos con la segunda caja teníamos siete camisas con el olor de papá.

Recogí las bolsas y las llevé al piso de arriba, al vestidor de mamá. El cajón inferior de la cómoda grande estaba vacío. Era donde él guardaba las camisas. Las metí en el cajón y lo cerré.

Me levanté y miré la parte de arriba de la cómoda, donde guardaba sus tesoros, como él los llamaba: las cositas que le habíamos hecho a lo largo de los años con arroz, macarrones y cajas de cartón para huevos. La huella de mi mano, de su primer Día del Padre, estaba junto a la foto de los tres que le habíamos regalado por esa última festividad.

Me abandonaron las fuerzas y caí de rodillas al suelo. Me concedí diez minutos para llorar hasta que se me agotaron las lágrimas; me dejé llevar por los sollozos, cedí al salvaje dolor de su pérdida. Ya no podía ser peor, ¿verdad? Este tenía que ser el último gran momento de dolor.

¿Cómo habíamos llegado a esto? Íbamos bien, estábamos sanando, avanzando, y ahora habíamos vuelto a la casilla de salida, como si acabara de llegar la notificación del Ejército.

¿Por qué no había manera de salir de tanto dolor? ¿Por qué no existía un camino claro, por qué estaba todo tan enmarañado, tan jodido?

¿Se acabaría antes de que me rompiera en pedazos de forma irreparable?

Quería que alguien me abrazara, que me dijera que todo iba a salir bien, que me asegurara que mi vida no había terminado al mismo tiempo que la de mi padre. Quería que me reconfortaran, no pensar en nada por un momento. ¿Es que nadie me iba a ayudar a llevar el peso de aquella casa?

Y, por encima de todo, quería que Josh me abrazara. Ese deseo me asustaba más que ningún otro. Pero, por mucho que me aterrorizara quererlo, al menos sabía que eso no me llevaría al lugar en que me encontraba ahora. No era soldado, no volvería a casa envuelto en una bandera.

—¿Ember? —La voz de Gus en la habitación interrumpió mi baño de autocompasión.

Me enjugué las lágrimas, di las gracias por haber empezado a ponerme rímel a prueba de agua desde que murió papá y salí del vestidor.

—Dime, muchachote.

—Mamá está llorando otra vez.

—Esta mañana nos trajeron las cosas de papá, y está pasando un mal momento.

Asintió, pensativo. Me tendió la mano, se la tomé y bajamos juntos por la escalera. Las cosas de papá estaban bien ordenadas, a la espera de que mamá nos dijera qué hacer con ellas.

Vi la gorra de patrulla sobre la mesita, me debatí un momento y al final se la puse a Gus. Eso no quería decir que fuera a ser soldado, y yo lo sabía, pero me dolió ver el estampado de camuflaje sobre su carita.

El sol centelleó en el diamante del anillo de bodas de la abuela. Ella había perdido a su marido y a su hijo. Tenía los ojos llenos de lágrimas, pero no derramó ni una mientras mecía a mamá como si tratara de absorber parte de su dolor. Para mí, era inexplicable que le cupiera más, con todo el que ya cargaba.

Me senté al lado de mi madre. Ahora que había terminado de gritar, empezaban los hipidos.

—¿Quieres que clasifiquemos esto o que lo volvamos a meter en las cajas, mamá? No hace falta que sea ahora.

Paseó la mirada por la habitación y se detuvo en las cajas. Y, entonces, tomó la primera decisión sobre algo relacionado con papá.

—Vuelve a meter en las cajas las cosas del ejército y deja fuera las personales. De una en una, ¿okey?

Me obligué a sonreír.

—Okey.

Volvimos a meter los uniformes y la ropa de faena en las cajas, pero dejamos fuera las fotos que se había llevado, sus cosas de afeitar y otros artilugios. La computadora sería perfecta como tope para la puerta. Agarré el ejemplar en tapa dura de su libro favorito, *El profeta*, de Khalil Gibran. Se lo sabía casi de memoria, y la tapa estaba gastada por sus manos de tanto leerlo. Pasé las páginas, sonreí al encontrar mis párrafos favoritos, y sentí una punzada de dolor cuando vi los suyos.

Unos papeles se cayeron de entre las páginas del libro sin que me diera tiempo a evitarlo. Lo cerré y los recogí. Eran sobres cerrados con nuestros nombres. June. April. Mamá. August. December.

—¿Mamá? —le mostré las cartas.

Contuvo una exclamación y tendió las manos temblorosas. Repartí las cartas. Se las había arreglado para enviar un trozo de sí mismo desde tan lejos. Oí cómo los demás abrían los sobres para leerlas.

Todos menos yo.

Si la abría ahora, todo habría terminado y no volvería a tener noticias de mi padre. Y eso no podía aceptarlo.

Me la guardé en el bolsillo trasero y fui a ayudar a Gus con la suya.

—Puedo yo solo —dijo, y se la llevó a su cuarto.

Todo el mundo estaba ensimismado, experimentando un momento a solas con papá.

Terminé de recoger sus cosas y las llevé al cuarto de mamá. Ahora mismo no estaba en condiciones, pero tarde o temprano querría saber dónde estaba todo. Se había sobrepuesto una vez, y volvería a hacerlo. Hasta entonces, montaría guardia, como habría querido papá.

Llamé a Sam para avisarle y, aquella noche, me quedé con mi familia, hecha un ovillo en mi cama. Salió el sol. La nieve se posó formando mantos de mullida blancura.

Bajé por la escalera y me recibió el olor de las salchichas al freírse, y oí cantar a mamá. Cantar. A mamá. Me asomé antes de entrar, a lo ninja, por si la habían secuestrado aquella noche mientras dormía para sustituirla por otra, pero no. Estaba cantando *Les Miserables*, lo que resultaba un tanto irónico, al tiempo que movía las salchichas en el sartén y la abuela batía huevos.

—Buenos días, dormilona —me saludó mamá agitando la espátula.

Me senté en la barra de la cocina y la abuela me pasó una taza de café recién hecho, justo como a mí me gustaba. Me daba miedo beber o pellizcarme. Me daba miedo despertarme y encontrarme a mamá otra vez catatónica en la cama, incapaz de moverse.

—Parece que está nevando —dije por elegir un tema inofensivo y sondear las aguas de la conversación intrascendente.

—Hoy, veinte centímetros, pero seguro que mañana el aeropuerto estará abierto otra vez —respondió la abuela, y me guiñó un ojo—. Reservé un vuelo para mañana por la tarde. ¿Podrás llevarme?

Asentí con la cabeza.

—Claro. Encantada.

Encantada de llevarla, destrozada porque se iba. Bebí un largo sorbo de café y miré a mi madre. Se movía con la rapidez que da la práctica, con cierta rigidez en algunos momentos, pero estaba allí, sin duda. Tenía los ojos rojos de haber estado llorando todo el día anterior, pero, cuando leyó la carta, algo cambió en ella.

Mamá estaba volviendo con nosotros.

A las cinco de la tarde aún no había manera de salir a la carretera, y menos con mi pequeño Volkswagen. Me habría gustado volver al departamento. Allí podría estudiar, perderme en el campus, fingir que nada de todo aquello estaba pasando.

Ahora comprendía por qué la abuela se había empeñado en que me fuera a vivir con Sam en lugar de volver a casa. Me habría ahogado de pena.

La abuela agarró la cesta de costura y se sentó a mi lado en el sofá. Sacó la bandera de misión, la que había ondeado durante años en la ventana. Era una tradición: las familias con un esposo o hijo en la guerra colgaban una sencilla bandera blanca con una estrella roja y azul en el centro. Era una muestra de orgullo, anunciaba que estabas dando algo por el país, que aquella familia estaba ofreciendo lo mejor que tenía.

Pero, cuando caía un soldado, el hilo azul de la bandera se sustituía por otro dorado para proclamar su sacrificio y el dolor de la familia. Observé con fascinación cómo la abuela enhebraba el hilo dorado y empezaba a dar puntadas.

—Esto es lo que estabas esperando, ¿no? —pregunté—. Antes de volver a tu casa, querías estar aquí cuando trajeran sus cosas.

Me miró por encima de los lentes de ver de cerca.

—Sí. Sabía que esto sería un golpe, que desgarraría a tu madre. Y no sé qué le dijo mi Justin en esa carta, pero la sacó a flote. Me está sorprendiendo, creo que está preparada para volver a vivir. Y yo también.

—Me da miedo que te vayas —reconocí en voz baja por temor a que me oyera mamá.

—Tienes que confiar en tu mamá, December. La has ayudado mucho, pero ahora tiene que seguir por sus propios medios. April y Gus ya no son tu responsabilidad. Vive tu vida, hijita. —Se concentró en la bandera y siguió cosiendo—. Murió tu papá, no tú. Ni yo —concluyó con un suspiro—. La vida consiste en seguir adelante. No somos ninguna excepción. No somos la primera familia que pierde a un hombre en la guerra, y por desgracia no seremos la última. Pero saldremos adelante.

Clavar la aguja, pasar el hilo, volver a clavarla. Una vez, y otra, y otra, hasta que solo quedó en azul el borde de la estrella, todo lo que la tradición permitía que se conservara de él. Bordó la estrella dorada, y el hilo brillante cambió la definición de la vida de mi padre, del servicio al sacrificio. La maldita estrella dorada declaró que aquel acontecimiento de su vida, la muerte, era más importante que los otros diecinueve años durante los cuales la estrella azul ondeó en la ventana de la sala.

De alguna manera, todo el circo que se montó el mes anterior, con la historia de Riley y Josh, la muerte de papá había proyectado una sombra sobre su vida, y eso fue lo que más me enfureció.

Capítulo trece

Por muy agresivo para el medio ambiente que fuera, ojalá Colorado echara sal en las calles. Aquella mierda de gravilla roja no daba nada de tracción. Conducir hasta la universidad el lunes por la mañana fue un infierno.

Me senté en clase y saqué el libro y el resumen del capítulo que había hecho mientras lo leía. Había vuelto con tantas prisas que se me olvidó la credencial de estudiante y ni siquiera tuve tiempo de tomar un café. Mal augurio para el resto del día.

Un humeante vaso celestial apareció sobre mi mesa. Alcé la vista y Josh me sonrió al tiempo que se sentaba.

—Esta mañana vi a Sam y me dijo que pasaste la noche en casa por la nieve. Me imaginé que el viaje de esta mañana habrá sido complicado.

Asentí.

—Infernal es la palabra.

—Podría haber ido a buscarte. Solo tenías que decirlo y habrías venido tan tranquila en el jeep. —Señaló el vaso—. Con café y todo.

Tuve que contenerme para no sonreír.

—Ya te lo he dicho, me las puedo arreglar sin que me salves. Además, se comenta que este fin de semana estuviste ocupado.

Se me notó un toque de amargura en el tono de voz. No dejaba de preguntarme con quién lo había pasado.

—¿Quién lo comenta?

Bebí un trago de deliciosa cafeína e hice caso omiso a la pregunta. El profesor empezó la clase.

Se pasó la hora lanzándome miradas de reojo mientras yo era todo diligencia, con la cabeza agachada. Me podía concentrar en la Guerra Civil. Claro, sin problema. Mi lógica era impecable, pero resulta que me pasé la clase entera pensando en no pensar en Josh, así que no dio mucho resultado.

¿Dónde había estado el fin de semana? ¿Y con quién? ¿Y por qué me importaba? Carajo. Le había dejado bien claro que no teníamos una relación, así que ¿qué derecho tenía yo a pedirle explicaciones? Ninguno.

Me faltó tiempo para abandonar el aula. Para cuando el profesor declaró finalizada la clase, ya lo tenía todo en el bolso, y me lancé hacia la puerta. Salí del edificio, al aire helado, antes de que Josh me diera alcance y se pusiera a mi altura.

—¿Había un incendio o qué?

«Sí, yo, que estaba a punto de arder». Me sonrojé.

—No. Es que hoy estoy muy ocupada.

—Claro. ¿Quieres desayunar algo antes de irte a estudiar?

Me detuve en medio del patio cubierto de nieve. Él también se paró.

—No deberíamos. O sea, no puedo. O sea…, mierda.

Se echó a reír, atrayendo con ello la atención de todas las chicas que había cerca.

—¿Debo entender que eso es un no?

¿Por qué demonios estaba tan azorada?

—Sí. O sea, no, porque no estamos saliendo.

—Estoy encantado con nuestra situación actual. —Me miró los labios con ojos intensos, ardientes—. El único problema es que tú no paras de decir que no es lo que es.

Pero eso no cambiaba nada.

—Siento mucho lo del viernes. Vaya forma de disculparme, ¿eh?

Se acercó lo suficiente como para que me llegara su olor a sándalo. Ojalá mis hormonas pudieran entrar en tiempo muerto. O pudiera castigarlas en un rincón. Un rincón muy lejano.

Me agarró por la barbilla y rozó mis labios con los suyos.

—Adoro tu manera de disculparte, Ember.

Mierda. ¿Podría ser que la voz de aquel chico tuviera una conexión directa con la sangre que me latía entre los muslos? Tuve que echar mano de toda mi fuerza de voluntad para retroceder un paso. No se me escaparon las miradas suspicaces que nos lanzaban los demás estudiantes.

—No ha cambiado nada, Josh. —Tenía que repetirlo muchas veces para creérmelo—. Tú eres... tú. Todo Josh y todo perfecto... ahora, pero sé que es cuestión de tiempo...

Apretó los dientes.

—¿Cuestión de tiempo antes de qué?

—Ya lo sabes —dije en voz baja, mirando a mi alrededor.

—No, Ember, lo siento, no lo sé. —Él estaba hablando alto y no le importaba que nos miraran.

Como si le hubieran dado pie para acercarse, Tweedledum saludó con una mano al pasar moviendo el trasero.

—Hola, Josh. ¿Te veo luego?

No apartó los ojos de los míos.

—No es buen momento, Heather.

La señalé mientras se alejaba.

—A eso me refiero. Sabes que las chicas siempre van a hacer fila por ti, y no está en tu naturaleza rechazarlas. Yo soy yo... Y tú eres... tú, y solo es cuestión de tiempo para que acabes cayendo en la cuenta de que la caza ya no tiene gracia cuando atrapaste el conejo. Y menos si el conejo está hecho polvo.

Apretó la mandíbula y respiró profundamente.

—Escucha bien. Quiero que te olvides de lo que crees que es «propio de mí». No he tocado a otra chica desde aquella noche en Breckenridge. Y no es porque no me lo pidan. Es porque no son tú. —Se pasó los dedos por el pelo y se jaló los mechones—. ¡Ten un poco de fe!

—La fe te acaba fastidiando, Josh. A Riley no lo perseguían ni la cuarta parte que a ti. ¡Eres Josh Walker, por el amor de Dios!

—¡Y tú eres December Howard, por el amor de Dios, la única chica que me interesa! ¡Yo no soy como Riley! Cuando tomo una decisión, me atengo a ella. No doy marcha atrás. No he llegado a donde estoy en el hockey o en la universidad dando marcha atrás, y te elegí a ti.

—No estoy preparada para que nadie me elija. —No estaba preparada para jugarme el corazón.

Entrecerró los ojos.

—Algún día lo estarás, y yo estaré esperando, por mucho que intentes apartarme.

Dejó escapar un suspiro y se dio media vuelta, dispuesto a marcharse.

—¿Por qué? —le grité—. ¿Por qué haces esto?

Se giró para mirarme. Sujetaba la correa de la bolsa con tanta fuerza que se le habían puesto blancos los nudillos.

—Porque soy tan masoquista que me importas. Alguien tiene que estar a tu lado, Ember. —No había ni rastro de humor en su voz.

Fui al gimnasio de la universidad y corrí diez kilómetros para tratar de alejarme de todo cuanto me perseguía. Me dejé llevar por el iPod y por el ritmo de los pies en la caminadora, y me negué a pensar en nada que no fuera mi respiración.

Me hacía falta un plan. Tenía que saber qué demonios estaba haciendo.

Una vez en casa, me di un baño, me sequé, me vestí y vacié la bolsa.

La carta de papá cayó sobre el escritorio.

La agarré, me senté en la cama y pasé el dedo por su recia caligrafía. Quise vivir el momento en que había escrito mi nombre, como si pudiera llegar a él a través de la tinta. Me llevé el sobre a la nariz, busqué algún rastro de él, alguna prueba de que aquello había estado en sus manos. No hubo suerte. Solo olía a papel.

«¿Sabías que ibas a morir, papá?».

—¿Estás ahí, Ember?

La voz de Sam me llegó desde la entrada al mismo tiempo que el sonido de su mochila al caer al suelo.

—Sí. —Guardé el sobre en la parte de arriba de la estantería, entre la foto de Gus y la que nos tomamos durante el último viaje a Breckenridge. Era hora de actuar con normalidad.

—Genial, porque Kappa Omega da una fiesta el viernes, ¡y nos invitaron, amiga!

Agitó el sobre dorado en el aire como si fuera un trofeo.

—Ni en sueños. Los chicos de la fraternidad son de los que se tiran a tu compañera de habitación en cuanto te descuidas.

—¿Me lo garantizas? Porque me encantaría atrapar a un Kappa Omega.

Entró en mi dormitorio y abrió de golpe las puertas de mi clóset. No pude contenerme y me eché a reír.

—Sabes que tienes veinte años, ¿no? —Sacó un suéter de cuello alto—. Veinte, no cuarenta y cinco.

Se lo quité de las manos.

—¡Oye, es de Ann Taylor!

—Es de bibliotecaria vieja. —Se abalanzó sobre el discreto escote de la prenda que llevaba en ese momento y me lo bajó, dejando a la vista una cantidad de piel impropia para las diez de la mañana—. Enseña esas gemelas, porque vamos a buscarte un buen ligue. Si no te tiras a Josh porque estás loca, al menos te conseguiremos a un chico guapo de la fraternidad.

Josh tenía que quedar al margen. No quería que estuviera presente en ese caos total que era mi cabeza en aquel momento, pero tampoco me veía ligando con un chico cualquiera.

—No sé, no lo tengo claro.

Pero Sam ya me estaba llevando a rastras por el departamento hasta su cuarto. Abrió el clóset y empezó a ponerme ropa en los brazos.

—Pues empieza a tenerlo. ¡Eh, deja el teléfono! ¿Qué haces? ¡Estamos planeando tu entrada en sociedad!

No le hice caso y llamé a mi madre. Era lunes y tenía que asegurarme de que todo iba bien.

—¡Hola, mamá!

—¿Ember? ¿Pasa algo, cariño?

—No, solo te llamaba para confirmar que le arreglaste el casco a Gus.

Si no, aún me daría tiempo de parar a comprar una hebilla antes del entrenamiento de aquella noche.

—Sí, ya está. Vamos a la pista después de clase. ¿Quieres venir con nosotros?

A la pista, donde estaría Josh. Donde tendría que oír cómo hablaban de él las gemelas Tweedlee. Donde mamá pensaría que la estaba vigilando porque no me fiaba de ella.

Tenía que alejarme un poco de Josh para aclararme, y tenía que confiar en mamá.

Y por alguna parte había que empezar.

—Pues la verdad es que prefiero quedarme en casa, porque tengo tarea atrasada. Dale un beso a Gus de mi parte, ¿okey?

Oí un suspiro de alivio al otro lado del teléfono.

—Claro. Oye, no te olvides de que hay un partido de eliminatorias el sábado por la mañana, y querrá verte.

Sí, los dos querrán verme.

—Claro, mamá.

Capítulo catorce

La Gran Nevada era la fiesta más codiciada de todo febrero. Sam me hizo poner un vestido de coctel azul sin tirantes y me recogió el pelo. Llegó la noche del viernes, y la misión era buscarme un chico para distraerme.

Le entregó la invitación al novato de la puerta y le dedicó una sonrisa arrebatadora antes de hacerme entrar. Su vestido de lentejuelas se iluminó como la bola de una discoteca. Nos abrimos paso entre la gente hasta el bar mientras se me venían encima todos los recuerdos de Riley. Cuánto le gustaban aquellas estúpidas fiestas de la fraternidad. Un encantador chico rubio y con hoyuelos se nos acercó con dos vasos rojos.

—¿Algo para beber, chicas?

—No, gracias, vamos a la barra.

Le sonreí para suavizar la frase. No lo estábamos rechazando a él, solo las bebidas. No iba a beberme algo servido por un desconocido, a saber qué le había echado.

Sam me tomó de la mano y me llevó hacia el bar, sorteando a la gente que bailaba y a los que estaban de pie charlando. Había un DJ en un rincón, y «Locked Out of Heaven» de Bruno Mars retumbaba en los altavoces. Sam consiguió pedir dos Sam Adams y abrió las botellas.

—¡Por los ligues!

Chocamos las botellas y bebí un trago de cerveza de trigo. Por los ligues. Aquella noche el objetivo era dar con el chico adecuado. Alguien que hiciera olvidarme de papá, de las mierdas de April, de mamá, de Riley y... y... de Josh. Sí, seguro.

Lo bueno que tenía el duelo era que me había invadido el corazón por completo, ahogando todos los restos de dolor. La muerte de papá ensombreció la traición de Riley como una pierna rota apaga el dolor de un golpe en el dedo gordo del pie.

La única duda era si a la larga me iba a dejar cicatrices más profundas.

—¿Qué te parece ese? —Sam me señaló a un chico de pelo castaño oscuro y sonrisa atractiva.

—Es bajito.

—Okey. ¿Y ese? —Apuntó hacia otro. Buena constitución, buena estatura.

—No sonríe.

Lanzó un suspiro y se giró de nuevo.

—Mmm... ¿Qué tal ese otro?

Rubio, constitución perfecta, vestido como un modelo de Abercrombie. Se me revolvió el estómago.

—Demasiado Riley.

—Tomo nota.

Nos quedamos apoyadas en la barra. Sí, había muchos chicos por los que las chicas babearían. No tardé en identificar el problema.

Ninguno de ellos era Josh.

Un rubio espectacular con playera polo de la fraternidad le puso la botella en la boca a Sam, y la cerveza salpicó por todas partes.

—¡Eh! —gritó mi amiga, dando un salto atrás para que no le echara a perder los zapatos—. ¡Deacon! ¡No seas imbécil!

El chico sonrió y agarró un cacahuate de un cuenco con intención de metérselo también en la boca.

—Estás sensacional esta noche, Sam.

—Se mira, pero no se toca.

Conocía aquella expresión en su rostro: le gustaba, pero no tanto como para ir por él. Sonrió cuando otro chico de atractivos rasgos hispanos se nos acercó.

—¿Conocen a Ember? —dijo Sam, señalándome con la cabeza—. Ember, ellos son Deacon y Mark.

La sonrisa de Mark me pareció amable y acogedora.

—Encantado de conocerte, Ember.

Los ojos verdes de Deacon me examinaron de arriba abajo. Una sensación de incomodidad me sacudió solo de pensar en irme con alguien que no fuera Josh, pero me sobrepuse. Si lo que buscaba era un ligue para olvidarme de todo por un tiempo, Deacon parecía el candidato ideal.

Me sonrió y me tendió la mano. Titubeé, pero al final también le tendí la mía. En lugar de estrechármela, se la llevó a los labios, le dio la vuelta y me besó en la palma.

—Es un placer conocerte… —Hizo una pausa y me miró de nuevo de arriba abajo—. Ember.

Ay. No. La violación de mi espacio personal que supuso aquel beso me provocó una momentánea sensación de repulsa. Tragué saliva y me obligué a relajarme. En cuanto me fue posible, sin que se notara que estaba al borde del pánico, recuperé la mano e hice un esfuerzo por seguir sonriendo.

—Lo mismo digo, Deacon.

Jagger apareció de pronto entre Deacon y Sam.

—Cuidado, Deke. Josh ya pidió a esta.

Su comentario no me hizo ninguna gracia.

—Josh no pide a nadie aquí. No estamos saliendo.

Jagger entrecerró los ojos.

—¿Seguro?

¿Estaba segura? Teníamos que ser amigos y nada más, al menos hasta que me recuperara un poco. Ya había tomado la decisión, ¿verdad? Verdad.

—Seguro.

—En ese caso… —Deacon salvó la distancia que nos separaba y me atrajo hacia sí—. ¿Bailas?

Sam me hizo un gesto de asentimiento, y Jagger hizo una mueca, sin duda decepcionado por mi elección. Yo había ido a la fiesta para eso, era lo que había decidido. Tenía planeado un ligue para distraerme, y lo iba a conseguir.

—Claro.

Deacon me llevó a la pista. El «S&M» de Rihanna empezó a sonar por los altavoces, y todos los que nos rodeaban se apretujaron más unos contra otros, si es que eso era posible. Deacon me llamó con el dedo y me deslicé hasta él, encantada de dejarme llevar por el ritmo. Bailar me liberaba.

Me atrajo hacia sí y apretó su pelvis contra la mía. «Eeeh, chico». Deslizó las manos por mi espalda, me agarró por la cintura y bajó hasta las caderas. Repetí mentalmente el consabido mantra del «todo va bien». Si quería un ligue, iba a tener que dejar que me tocara. Iba a tener que disfrutar de que me tocara. Claro. Por supuesto.

Se restregó contra mí, se apretó, pero no fui capaz de relajarme. No me pude soltar como de costumbre. Cada vez que me tocaba con las caderas, me encogía. «Aparta eso, chico».

Me agarró por las nalgas y acortó las distancias sin dejar de frotarse.

—Carajo, nena, eres preciosa —me susurró al oído.

Su aliento ardía, y le apestaba a cerveza. Fue la gota que colmó el vaso. Levanté las manos y lo empujé.

—No, Deacon.

Fue lo único que me dio tiempo a decir antes de que un cuerpo gigantesco se interpusiera entre nosotros. Me llegó aquel olor conocido antes de oír su voz.

—Lárgate, Deke.

—Eeeh, Walker, me dijo que quería bailar.

Josh le sacaba una cabeza de altura a Deacon, que no era ni mucho menos tan intimidante.

—Pero no dijo que quería que la agarraras del trasero, ¿verdad?

Salí de detrás de Josh y me interpuse entre ambos, pero de cara a él.

—Se acabó, tranquilo. No pasa nada.

Josh seguía concentrado en Deacon, y si las miradas mataran..., pues eso.

—Largo de aquí, Deke. No te vuelvas a acercar a Ember.

Deacon alzó las manos como si lo estuvieran arrestando, me miró, se encogió de hombros y se alejó.

—¿En serio, amigo? —exclamé, al tiempo que le clavaba a Josh un dedo en el pecho—. Lo tenía controlado, no hacía falta que te pusieras como un cavernícola. —Pero me alegraba de que lo hubiera hecho. Caray, me alegraba de verlo—. ¿Qué haces aquí?

Sonrió y se señaló las letras de la fraternidad que llevaba bordadas en la camisa.

—¿De dónde crees que salieron sus entradas?

—No me encajabas en una fraternidad.

Me agarró desprevenida, y sentí una punzada de decepción.

Josh bajó la cabeza y me rozó el pómulo con la nariz mientras me hablaba al oído.

—No te encajo en nada.

Me aparté para no perder la cordura. Quería esa boca en muchos sitios que no eran la mejilla, y por eso precisamente no podía hacerlo. No con él.

—Gracias por el rescate.

—¿Por qué estabas bailando con Deke?

—Porque quería bailar.

Entrecerró los ojos.

—Sí, ya me lo imaginaba. Pero ¿por qué con Deke?

«Porque tú me das miedo».

—Porque estaba a la mano.

Me atrajo hacia sí y mi cuerpo estalló en llamas. ¿Por qué no podía congelarme cuando estaba cerca? Todo sería mucho más sencillo.

—Miénteles a los demás todo lo que quieras, December, pero a mí no. Yo lo detecto. ¿Por qué estabas bailando con Deke? ¿Qué buscas?

No sabía si decírselo, pero ¿de qué serviría ocultárselo? Ya me había visto en mi peor momento. Se merecía la verdad.

—Buscaba un ligue de rebote. —Me puse roja, más de lo que merecía el calor de la fiesta—. Solo quería olvidar, desconectar un rato con algo que no hiciera daño. Aún me duele todo.

Clavó sus ojos en los míos, y sentí que me desnudaba el alma.

—Baila conmigo. —No era una pregunta.

—No te quiero utilizar.

—No me utilizas si yo accedo. Además, solo es un baile. Lo cubre nuestro contrato no escrito, está contemplado en una cláusula del «loquesea».

—El contrato, claro. —No pude disimular una sonrisa.

La suya fue pausada, increíblemente sexy.

—Contrato, votos, promesa, lo que quieras. Todo viene a decir que soy tu «loquesea», y «loquesea», ahora mismo, es bailar.

Era perfecto, y estaba indefensa. Me deslicé entre sus brazos y nos movimos al son de la música. Al apretarme contra él, me olvidé de todo lo que no fuera el ritmo resonando en mi interior y el movimiento de mis caderas siguiendo su cadencia.

Grave error el mío, mirar aquellos hermosos ojos castaños. A la de una, a la de dos, a la de tres. La necesidad de mirarlo, de sentir sus manos en mi cuerpo, se me quedó clavada dentro. Casi se me escapó un gemido al recordar lo que sabían hacer aquellas manos.

—¿Lo que sea? —le pregunté para poner a prueba sus límites.

—Si está en mi mano, no te negaré nada.

Lo miré a los ojos y acaricié sus musculosos hombros. Bajé los dedos por sus bíceps, saboreando el cosquilleo que sentía en las yemas, y la chispa que refulgía en sus pupilas. Cuando llegué a la altura de sus manos, en lugar de ofrecerle una sonrisa seductora, me limité a agarrárselas y a llevarlas hasta mi cintura.

—¿Te parece bien?

Por toda respuesta me atrajo hacia sí de manera que una de sus piernas quedara entre las mías, y se movió en perfecta sincronía. Dos segundos en brazos de Josh bastaban para olvidar cualquier posible ligue pasajero. Me subió el vestido por encima de los muslos.

Me sostuvo así, y yo me dejé hacer. Mientras me movía al compás de la música, él, sin dejar de seguir el ritmo, subió y bajó las manos por mi espalda, me acarició la piel con los dedos justo donde terminaba el vestido, y me hizo estremecer. Dos canciones, tres, y el sudor se me acumuló en forma de gotas que se deslizaban entre mis pechos. Menos mal que llevaba el pelo recogido. Me di la vuelta y apreté la espalda contra su pecho. Me siguió en todos los movimientos. Inclinó la cabeza sobre mi hombro para besarme la piel. Yo apoyé la nuca en su cuello y me estrechó con más fuerza. Me acarició el cuello con la lengua y luego me lo rozó con los dientes mientras bajaba las manos hacia las caderas. El volumen de la música tapó un gemido que se me escapó, pero que ninguno de los que bailaba a nuestro alrededor llegó a oír. Él, sí. Me clavó los dedos en la carne a modo de respuesta. Yo estaba a punto de cruzar la línea, pero me apreté aún más contra él, pues necesitaba sentir que me deseaba.

Me deseaba. Froté las caderas contra su cintura sin el menor asomo de vergüenza.

—December... —Mi nombre sonaba como una súplica en sus labios.

Me di la vuelta sin apartar mi cuerpo ni un milímetro, me pegué a él, me restregué contra su vientre. Un ansia dolorosa que conocía bien se agitó dentro de mí. Necesitaba sentir su boca. Le pasé las manos por la espalda, le puse una detrás del cuello y la otra en el pelo, y lo atraje hacia mí.

—¿Josh...? —pregunté.

No iba a obligarlo a hacer nada que no quisiera. «Por favor, por favor, deséame».

Miró mis labios entreabiertos, respiró hondo y se lanzó. De pronto estaba sobre mí, con la lengua en mi boca, acariciadora, ardiente. Le devolví el beso con la misma fiereza. Eso era lo que necesitaba, a quien necesitaba. Josh.

A la mierda con el ligue de una noche.

Me pegué a él poniéndome de puntitas, pues ni con los tacones llegaba a su altura. Desplazó las manos desde las caderas hacia mi trasero y me levantó sin esfuerzo, apretándome contra su cuerpo, justo donde sabía que quería estar. Ahí. Dios, sí. Ahí.

—Josh... —gemí en su boca, y renuncié a fingir que estábamos bailando.

Metió y sacó la lengua de mi boca, avivando el fuego que amenazaba con consumirme. Ya ni me acordaba de que estábamos en la pista de baile. Besar a Josh me quitó de la cabeza todo pensamiento lógico, y me quedé tan solo con la necesidad más básica: su cuerpo contra el mío. El ansia que sentía entre los muslos crecía con cada acometida de su boca, como si tuviera línea directa con mi vientre.

Apartó los labios, y su respiración jadeante me incitó a exigirle más.

—Dios... December...

De pronto se me ocurrió un superplan.

—¿Arriba? —le pregunté, demasiado caliente como para avergonzarme de lo que le estaba proponiendo.

Se irguió y me miró a los ojos.

—¿Aquí?

Volví a atraer sus labios hacia los míos, y le hablé sin apenas separarlos de su boca.

—Dijiste que lo que necesitara, ¿no? —Asintió—. Pues necesito que aplaques esta necesidad, Josh. Solo tú puedes.

No dijo una palabra más; me tomó de la mano y me guio entre la multitud. La gente trataba de detenerlo, lo llamaban por su nombre, pero se limitó a saludar con la cabeza. En mi cara se dibujó una sonrisa de mujer satisfecha. Solo podía pensar en mí misma.

Cuando llegamos a las escaleras me atrajo hacia sí, y apoyó la mano en la base de mi espalda mientras subíamos casi a la carrera los escalones alfombrados. Ya en el rellano, me condujo hacia la izquierda, y nos metimos en la primera habitación de la derecha. Los sonidos de la fiesta quedaron amortiguados cuando cerró la puerta. La única luz de la estancia procedía de una lámpara de lava, en un rincón. Fue lo único que vi antes de que se diera la vuelta y me empujara contra la puerta.

—¿Quién vive aquí? —pregunté entre jadeos. Tampoco es que me importara.

—Mark. A él no le molestará.

Los ojos de Josh se habían oscurecido, y desprendían mucha intensidad. Estaba tan excitado como yo, y eso me encantaba. Esta vez fui yo quien atacó, devorándole la boca, metiéndole la lengua. Solo sentía el sabor adictivo de Josh. Me levantó la pierna por detrás de la rodilla, se la llevó a la cintura y me pasó la mano por detrás del muslo, bajo el vestido, hasta llegar al trasero. El vestido se me subió hasta el ombligo. Bien. Así tendría mejor acceso.

Moví las caderas mientras él se frotaba contra mí. Como lo hiciera un par de veces más, acabaría viniéndome en la maldita pared. Sí, por favor. Despegó su boca de la mía para lamerme el cuello, alternando besos y mordisquitos.

Se me escapó un sonido parecido a un gemido agudo cuando me pasó la lengua por la clavícula y hundió la cara entre mis pechos.

—Qué dulce sabes —murmuró.

Agarró la tela del vestido por la cintura y tiró para que mis pechos asomaran por el escote. Me bajó el sostén sin tirantes e hizo aletear la lengua alrededor de un pezón.

Gimió, o igual fui yo. Ni idea.

Alcé la cabeza, necesitaba más, más hondo. Como si me hubiera leído la mente, empezó a devorarme el pezón y a sorberlo con los labios.

—Josh... —musité, como si me arrancaran su nombre.

Todavía con mi pecho en su boca, me llevó en volandas hasta la cama. Nos hundimos en la superficie. Su peso era perfecto, me anclaba a la tierra cuando yo estaba a punto de salir volando. Le rodeé las caderas con las piernas y se situó justo donde lo necesitaba, presionando aquella ansia palpitante que parecía crecer en intensidad. Lo quería a todo él en mí. Necesitaba sentir su piel.

—La camisa —jadeé, mientras tiraba de los faldones. Se separó de mí lo justo para poder sacársela por la cabeza junto con la camiseta, de modo que ahora tenía su pecho desnudo encima de mí—. Eres increíble.

Pasé los dedos por los planos y líneas de su torso, y me entretuve acariciando las marcas de los abdominales. No era de extrañar que la mitad del cuerpo estudiantil se derritiera por Josh Walker.

Como yo.

—December. —El deseo brillaba en sus ojos, junto con otra emoción que casi me daba miedo nombrar. ¿Ternura? ¿Afecto? Me acarició las mejillas, y descendió para capturar mi boca con un delicado beso—. No tienes ni idea de lo perfecta que eres.

Le pasé las uñas por la espalda y presionó su erección contra mí. Sujeté aquel trasero exquisito al tiempo que él volvía a apoderarse de mi boca y me hacía subir más y más. Nunca me cansaría de aquel frenesí que me provocaba. Nunca me cansaría de Josh.

Moví las caderas contra su cuerpo para descargar la presión.

—Estoy al rojo vivo —admití, y mi ansia borró cualquier rastro de vergüenza.

Clavó sus ojos en los míos con tanto ardor que me sorprendió no estallar en llamas.

—Yo también.

Me recorrió los pechos con sus besos, deteniéndose a lamerme los pezones mientras, con la otra mano, subía por las rodillas, por la cara interna de los muslos. «Sí. Sí. Sí». La sonrisa traviesa que le iluminó la cara me indicó que lo había dicho en voz alta. Pasó de largo sobre lo que quedaba del escote del vestido, por encima del dobladillo en la cintura, y se dedicó a besar la piel desnuda de mi vientre. Me arqueé sobre la cama.

Me acarició los muslos hasta llegar al borde de las pantaletas. Y entonces, para mi gran frustración, se detuvo. ¡Se detuvo! ¿No se daba cuenta de que quería que utilizara esas manos? Necesitaba sus dedos en mi cuerpo. Ya. Hice girar las caderas en una súplica silenciosa.

—¿Qué necesitas? —dijo presionando mi piel, justo por encima del elástico de las pantaletas.

—Josh... —susurré.

—Dime qué necesitas, Ember. Haré lo que quieras.

«Haré lo que quieras». Las palabras me estallaron en el cerebro y prendieron fuego a todas las células de mi cuerpo, hambrientas de sexo. Josh Walker, el chico con el que había fantaseado durante la preparatoria, no solo estaba en la cama conmigo, sino que se me ofrecía en bandeja.

—A ti. Te necesito a ti. Solo te quiero a ti.

La última parte se me escapó en un susurro que no fui capaz de reprimir, revelando más de la cuenta acerca de lo que sentía mi corazón.

No debió de oírlo, porque gruñó contra mi piel y me mordió el tejido elástico de las pantaletas. Levanté las caderas y me las bajó sin dejar de mirarme a los ojos. Carajo. Me las quitó y volvió a trepar por mi cuerpo, no sin antes detenerse a lamer una zona que se encontraba justo en la parte trasera de la rodilla. Yo jadeaba, tratando de seguir el ritmo de los frenéticos latidos de su corazón.

Alzó la cabeza y se me quedó mirando unos segundos, como si sopesara algo.

—Tengo que saborearte —me susurró.

Bajó la cabeza y me acarició el clítoris con la lengua.

—¡Josh!

Había escuchado historias de lo que se sentía, pero nada me había preparado para aquel relámpago que recorrió todo mi cuerpo, concentrado justo en el punto donde había posado su boca. Me introdujo un dedo y me acarició al ritmo de los movimientos envolventes de su lengua.

Una vez.

Todo se acumuló dentro de mí y fue creciendo, tensé los músculos de las piernas, clavé los talones en la cama.

Dos veces.

Me metió un segundo dedo y sacudí la cabeza contra la almohada. Me agarré a las sábanas mientras la tensión en mi cuerpo seguía imparable.

Tres veces.

Vi luces y explosiones. Me sacudí, me arqueé contra su boca mientras el placer me inundaba, propagándose hasta la cabeza, hasta los dedos de las manos, de los pies... Me ayudó a volver del clímax con delicadeza, recogiendo con la lengua hasta el último estremecimiento.

Cuando por fin conseguí respirar entre jadeos, subió de nuevo por mi cuerpo y me besó.

Sabía a él y... a mí.

—Eres exquisita, carajo. Eres adictiva.

—No tengo palabras para describir lo que hiciste. —Me costaba respirar.

La sonrisa que iluminó su rostro fue tan hermosa que se me paró el corazón.

—Llevo soñando con esto desde... —Arqueó las cejas, como si se estuviera controlando—. Hace mucho.

Le acaricié los abdominales, hasta la cintura de los jeans, que contenían a duras penas su erección. Con un solo movimiento logré desabrocharle el botón. ¡Bravo por mí!

Josh me apartó la mano y se lo volvió a abrochar.

—Aquí no.

¿Me estaba rechazando? ¿Otra vez?

—Quiero hacerlo, te deseo.

Se dejó caer en la cama, a mi lado, con la cabeza contra mi cuello.

—Dios, y yo te deseo a ti. Pero no te voy a robar la virginidad en la cama de uno cualquiera, durante una fiesta.

Froté mis caderas desnudas contra su vientre.

—Quiero que lo hagas.

Alzó la cabeza, me besó en la barbilla. Respiraba con dificultad.

—Lo haremos cuando estés en mi cama, Ember. En la mía. En la de nadie más.

Se oyó un sonido que parecía una sirena antiniebla. Me tapé las orejas con las manos hasta que cesó.

Un grupo de chicos de la fraternidad, todos borrachos, entraron en tromba en la habitación, y me pareció que... ¿estaban jugando al golf? Sí, sin duda. El sonido de la bola contra el palo era inconfundible.

—¡Ojo, va la bola!

Josh me estrechó más contra él.

—¿Qué demonios...? ¡Emory! ¡Caleb!

—¡Mierda! ¡Walker! Creíamos que Mark estaba aquí.

Podían darse por muertos.

—Pues no está, ¡así que largo!

Sentía mis mejillas al rojo vivo contra el pecho de Josh.

—¿A quién tienes ahí debajo, Josh? Jessica Kirtz te está buscando.

Una chica lo estaba buscando, qué raro. Siempre había una chica que lo estaba buscando.

Se incorporó con buen cuidado de mantenerme oculta tras él.

—¡Fuera de aquí!

—¡Ojo, va la bola! —gritaron de nuevo.

Hicieron sonar de nuevo la sirena antiniebla y salieron sin molestarse en cerrar la puerta.

Me incorporé, bajé la manta lo justo para asomar los ojos, y aún llegué a distinguir fugazmente los pantalones cortos de cuadros, chalecos de punto y gorras con pompones que vestían sus hermanos de fraternidad. Esos chicos iban por todas.

Josh se pasó la mano por el pelo.

—¡Jodidos novatos!

No pude evitarlo, se me escapó una carcajada muy poco femenina. Puede que incluso me saliera de la nariz. Josh me miró incrédulo, pero al final también se echó a reír mientras yo me derrumbaba sobre su pecho, tan muerta de risa que las lágrimas me empañaban la visión. Tardé varios minutos en recomponerme.

Al final, me sequé las lágrimas con una sonrisa.

—Ya entiendes por qué no vivo en la casa.

—Pero aquí no te aburres.

Le di un beso antes de que la situación se volviera incómoda. Tuve la tentación de lanzarme sobre él, pero la puerta abierta y otro alarido de la sirena antiniebla me disuadieron.

Josh me devolvió el beso, sin prisas.

Pasé los dedos por la tinta del tatuaje, sobre su pecho, y seguí las líneas a través del hombro y del brazo. Detecté una cicatriz del tamaño de mi meñique y sonreí.

—¿Una pelea de bar?

Me incliné y la recorrí con la lengua.

—El ataque de un lagarto salvaje —bromeó.

—¡Ay, menos mal! —gritó Sam, al tiempo que entraba en la habitación como si la persiguiera el diablo.

—¿Cuidado que va la bola? —pregunté. Traté de mantenerme seria, pero fracasé estrepitosamente. Josh y yo estallamos de nuevo en una carcajada.

Sam me miró, boquiabierta.

—Casi me parecería que esto tiene gracia si no acabara de ver a tu hermana pequeña en una habitación con Tyler Rozly.

—¿Qué? ¿April está aquí? ¿Qué demonios está haciendo? ¡Es menor de edad!

Qué tontería acababa de decir, pero fue lo único que se me ocurrió.

—Está desnuda, Ember, y esos chicos tienen una cámara.

Capítulo quince

—Ay, Dios. —Me quedé bloqueada un milisegundo. Esos chicos tal vez habían sacado fotos de mi hermana desnuda. Solo tenía diecisiete años. Diecisiete años y fotos desnuda. Si las subían a internet, la perseguirían el resto de su vida.

—Danos un momento, Sam.

Josh se puso la camisa sin desabotonarla. Sam asintió y cerró la puerta.

April no tenía tiempo para que yo entrara en pánico. Me subí el sostén y me puse en su lugar el escote del vestido. Salí de entre las mantas, pisé el suelo y me estiré el vestido.

—¿Dónde están mis pantaletas? —pregunté, nerviosa, buscando entre las sábanas.

Josh alzó la prenda color púrpura y me ayudó a ponérmelas. No lo hizo con ninguna intención sexual, pero me pareció de lo más sexy.

—¿Estás bien? —No podía creer que lo fuera a dejar en el mismo estado por segunda vez.

Asintió.

—Vamos a ayudar a tu hermana.

Me recompuse el vestido y abrí la puerta.

Sam estaba apoyada en la pared.

—Por aquí.

Me recogí como pude los mechones de pelo sueltos y la seguí por el pasillo. Tres puertas, no, cuatro puertas más allá, llamó dando un fuerte golpe.

—¡Abran!

—¡Lárgate! —respondió una voz ronca.

—¿April? —Volví a aporrear la puerta y bajé la manija. Estaba cerrada por dentro. Lástima que no la cerraran desde el principio, pero tampoco lo habíamos hecho Josh y yo. Bajé la manija de nuevo, como si la decisión de llegar hasta mi hermana fuera a abrir la puerta por arte de magia.

—¡April! —grité, golpeando de nuevo.

—¡Fuera de aquí! —gritó de nuevo el tipo.

No conocía a Tyler Rozly, pero, si tenía a mi hermana allí, se la iba a cargar.

Unas manos me apartaron con delicadeza. Josh estaba allí. Dio un solo golpe en la puerta.

—Abre ahora mismo, Tyler.

—¡Vete al diablo!

La risita que acompañó a la declaración me confirmó que April estaba allí dentro.

—Tyler, soy Walker. Si no abres la puta puerta en veinte segundos haré que te expulsen. Es menor de edad.

Tenía hinchadas y palpitantes las venas del cuello.

Dentro, el tipo soltó una maldición y yo conté mentalmente los segundos que transcurrieron desde que Josh lanzó la amenaza. Al llegar a dieciocho se oyó el sonido del pasador, la puerta se abrió y apareció un tipo sin camisa que di por hecho que era Tyler.

—¿Por qué mierda te entrometes, Walker?

Me colé entre Tyler y el marco de la puerta.

—¿April?

Mi hermana estaba sentada en la cama y se tapaba el torso desnudo con la sábana.

—¿Ember?

Toda la rabia que sentía contra April la volqué en Tyler.

—¡Es mi hermana pequeña!

Tyler se cruzó de brazos, pero su pose no resultaba muy intimidante al lado de Josh, mucho más alto que él.

—Yo no la veo nada pequeña.

Josh se situó delante de mí antes de que le estampara la mano en la cara a Tyler y le borrara aquella sonrisa. ¡Cretino!

—Tiene diecisiete años, amigo. Que yo sepa, tú tienes veintiuno, así que esto te puede llevar a la cárcel.

Tyler se puso pálido.

—No, no, qué va. Me pareció muy joven cuando llegó, así que le pedí que me enseñara su identificación de estudiante. Y su nombre estaba en la lista de invitados.

April, sentada en la cama, me lanzó una de esas miradas culpables que yo conocía tan bien.

—¡Me robaste la credencial!

—A ti no te hacía ninguna falta. —En un instante había pasado de apenada a acusadora.

—¿Tú eres December?

Tyler estaba blanco. Toda su bravuconería estaba por los suelos junto con la ropa interior de April. Mierda. La ropa interior de April estaba en el suelo.

—Eso parece. Y tú eres un cabrón por acostarte con una niña de diecisiete años. —En aquel momento, la sirena antiniebla sonó en el pasillo y me interrumpió. Casi se me había olvidado—. ¿Josh?

Asintió.

—Yo me encargo.

Pasó junto a Sam y salió del cuarto.

April no se movía.

—Ponte la ropa —le ordené, escupiendo cada palabra. Hizo una mueca como si fuera a protestar—. ¿Qué pasa, quieres que te saquen más fotos desnuda?

—¿Fotos desnuda?

Me clavé las uñas en las palmas de las manos.

—¡Esos chicos llevaban una cámara!

Eso bastó para que reaccionara.

Tyler salió por la puerta a toda prisa, derrotado. La verdad era que no podía culparlo. La había interrogado, y ella le había dado mi identificación. Lo había engañado.

—¡Vete al diablo, Walker! ¡Las fotos son nuestras! —Los gritos llegaron entre los pasos apresurados que se oían fuera.

Asomé la cabeza por la puerta y vi a los novatos vestidos de golfistas que bajaban a toda prisa por la escalera. Iban a escaparse con las fotos. Josh dobló la esquina, sopesó la situación, saltó por encima del barandal y cayó justo delante de ellos.

Me quedé sin respiración, y por un momento temí que no volvería a entrarme aire.

—Dame esa puta cámara. —Se la arrancó de las manos a un chico, sacó la tarjeta de memoria y le devolvió el aparato antes de que tuvieran tiempo de volver a protestar—. Si los vuelvo a encontrar sacándole fotos a una mujer sin su consentimiento, no tendrán que preocuparse por entrar en la hermandad. No tendrán que preocuparse por nada, nunca más. Sin discusiones, sin segundas oportunidades. ¿Entendido?

Los tres asintieron con la cabeza agachada.

—Sí.

—Limpien la cocina.

—¡Ay, vamos, Walker!

—Ahora mismo.

No tuvo que repetirlo. Captaron la orden al instante y salieron disparados. Alzó la vista hacia mí, me sonrió con los labios apretados y me mostró la tarjeta de memoria. Por fin pude volver a respirar.

Me había quedado sin voz. ¿Cómo podía decirle lo que aquello significaba para mí? Pronuncié la palabra con los labios, en silencio.

—Gracias.

Asintió, y la ira se le borró de los ojos.

April pasó de largo junto a mí, vestida y con la chamarra en la mano. La agarré por el brazo.

—Ah, no, ni hablar. Tú vienes conmigo.

—¿Y si no, qué?

—Si no, se lo digo a mamá.

Cerró la boca de golpe. Fuimos hacia la escalera, bajamos, y Josh se puso al frente mientras abandonábamos la fiesta; Sam iba atrás. La música seguía retumbando y aún había más gente en la casa, pero todos los chicos se apartaban para dejar pasar a Josh. Las chicas eran otro cantar. Se ponían en su camino, le tocaban el brazo, lo llamaban por su nombre para intentar atraer su atención. Él asintió con cortesía y les sonrió a todas, pero no aminoró el paso hasta que salimos.

Ya en el porche de la entrada, el aire frío me golpeó. Josh me echó la chamarra sobre los hombros. ¿Cuándo la había recogido? Me puso la mano en la espalda mientras íbamos hacia mi coche. Vi el de April estacionado un poco más allá.

—No pienso ir contigo —protestó mi hermana.

Sam puso los ojos en blanco.

—Me parece que no estás en situación de discutir.

—Sí, ahora resulta que tú me vas a decir lo que tengo que hacer.

—Sam te salvó el pellejo —terció Josh. El tono de su voz indicaba que ya estaba harto. Pero cuando me miró, solo había amabilidad en sus ojos—. ¿Quieres que te lleve a casa?

Negué con la cabeza.

—Necesito hablar un momento con mi hermana.

Asintió y miró a April.

—Dale las llaves a Sam.

April empezó a protestar, y estuve a punto de perder la paciencia.

—¡Dáselas ahora mismo, April!

Masculló una palabrota, pero obedeció.

Sam se despidió con un gesto cómico y se dirigió hacia el pequeño cupé de April.

—Te veo luego.

April se apoyó en mi coche y se cruzó de brazos. Josh me dio la tarjeta de memoria.

—Siento que la noche haya salido mal.

Sacudí la cabeza y sonreí.

—No toda.

—No toda —asintió, y un brillo travieso le iluminó los ojos a la luz de la luna—. ¿Quieres ayuda para llevarla a casa?

April soltó un bufido y arqueó las cejas.

—Yo me encargo, no te preocupes.

Por un momento vi algo en su expresión que recordaba mi estallido de la semana anterior, pero Josh no era de los que guardan rencor, y cambió de gesto al instante con un suspiro. Me acarició la mejilla, y muy despacio, para darme tiempo a esquivarlo, rozó mis labios con los suyos.

—¿Mañana?

—Te veo en el entrenamiento —dije sin apartarme para que el contacto durara unos segundos más.

—No veo la hora.

Me sonrió y volvió a la fiesta.

Lo vi alejarse con una punzada de celos. No teníamos cláusula de exclusividad. Ni siquiera estábamos saliendo. Pero se me rompía algo por dentro solo con imaginar que acabara con otra chica lo que habíamos empezado en el piso de arriba.

Pero tenía que ocuparme de April. Por mucho que quisiera estar con él, no podía seguirlo de vuelta a la fiesta.

Carajo con April.

—Fotos. —Alcé la tarjeta de memoria para subrayar el concepto—. ¿Te das cuenta de lo que te podría haber pasado? Si alguien las sube a Facebook, no hay manera de borrarlas.

Bajó la vista.

—No sabía que tenían una cámara.

—¡No deberías haber venido aquí, para empezar! —Tiré la tarjeta al suelo y la aplasté con el zapato, haciéndola pedazos con el tacón.

—¡No eres mi madre!

—Pues deja de portarte como si necesitaras que lo fuera.

—No podía ponerme a la altura de su rabieta—. ¿Quieres

emborracharte y echarte un acostón? —Alcé las manos—. Pues adelante, pero para eso tienes un novio. ¿O es que Brett se ha transformado en Tyler?

—Le dije a Brett que necesitaba un poco de tiempo y lo entendió. Y no es como si fuera virgen, como si Tyler fuera el primer chico que me tiro.

Me quedé paralizada de espanto.

—¿Qué te pasa, April? Esto no es propio de ti.

—¡Como si lo fueras a entender!

Me sentí como si me hubiera dado una bofetada.

—¿Qué quieres decir?

Se recogió un mechón de pelo rojizo detrás de la oreja. Era un gesto nervioso que las dos habíamos heredado de mamá.

—Papá murió, Ember.

Si quería bajarme las defensas, había dado con el método correcto.

—Sí, ya me acuerdo.

—Tú… —Se le llenaron los ojos de lágrimas—. ¡Tú te has recuperado, has seguido adelante! ¡Todos los demás nos hemos desmoronado, menos tú, Ember, la perfecta! Así que no puedes entenderme, no sabes lo que siento ni por qué estoy aquí, porque yo no soy… ¡perfecta!

Un nudo de frustración me cerró la garganta y sentí que me ahogaba.

—¿De verdad crees que no sé lo que haces aquí, April? Viniste a olvidar.

Alzó la cabeza de golpe y me miró a los ojos, pero no dijo nada.

—Quieres olvidarte de todo lo que duele. No quieres pensar que mamá no está bien, o que Gus no tiene padre..., que nosotras no tenemos padre. —Empecé a verlo todo borroso—. ¡Estás harta de llorar, de preocuparte, del puto dolor! Así que te dejas llevar por alguien, te entregas a otros sentimientos porque, en esos breves momentos, no tienes nada más en la cabeza ni en el corazón, solo lo que el chico te hace sentir. Sí, April, claro que lo entiendo.

Sacudió la cabeza, y abrió la boca como un pez en busca de aire.

—¿De verdad? ¿Por qué?

Me apoyé en el coche, y se me heló la piel allí donde entró en contacto con el metal.

—Porque yo he hecho exactamente lo mismo.

—No lo creo.

Aparté la vista y miré la casa de la fraternidad donde Josh estaba haciendo cualquiera sabía qué con ve a saber quién.

—No estoy orgullosa, pero Riley me había hundido, y Josh...

—¡Dios mío! ¡Te acostaste con Josh Walker! ¡Quiero detalles!

—No, no me acosté con él. —Se me escapó un suspiro. No podía criticarla por lo mismo que había hecho yo—. Pero solo porque no hay mejor chico que él. Se dio cuenta de lo que estaba haciendo y... se ocupó de mí, cuidó de mí.

—Ya me gustaría a mí ocuparme de él —masculló.

Le di un manotazo en la nuca.

—Para ya. Te estoy diciendo que sé lo que sientes porque a mí me pasa lo mismo. Pero no te puedes meter en la cama con cualquier tipo. No puedes acostarte con el primero que se te ponga por delante. Es como ir perdiendo partes de ti misma por ahí. Si no paras, no quedará nada de lo que eres realmente.

Se sorbió la nariz y apoyó la cabeza en mi hombro. Yo apoyé la mía en el suyo.

—No soy perfecta, April. Estoy hecha un lío, y lo he estado desde antes de que muriera papá. Si me he mostrado firme ha sido porque solo yo podía. Mamá no reaccionaba y Gus necesitaba a alguien. Tú necesitabas a alguien. No me podía derrumbar. Y sigo sin poder. ¿Por qué crees que estoy aquí, en esta universidad que sabes muy bien que ni siquiera estaba en mi lista de reserva?

—¿No querías ir a Vanderbilt? ¿Por qué no fuiste?

—Me aferré a un plan que me hacía sentir bien, un plan que no tenía nada que ver con lo que yo deseaba. Me dejé arrastrar por los sueños de otra persona. Tú dices que soy perfecta. En realidad, lo que hago es mantenerme a flote lo mejor que puedo para no ahogarme.

Nos quedamos en silencio unos momentos, contemplando las nítidas estrellas de Colorado. Allí se veían mejor que en cualquiera de los lugares donde habíamos estado destinados. Era una de mis cosas favoritas de vivir aquí. Distinguí en el cielo la forma de Orión, y esperé a que April dijera algo, sin prisa, dispuesta a seguir allí tanto tiempo como le hiciera falta.

—En cierto modo me alegra que estés tan hecha polvo como yo —susurró.

Cerré los ojos y suspiré.

—Estoy mucho más hecha polvo que tú, April. Pero, ahora mismo, me ayudaría un montón que dejaras de joderte la vida un ratito.

Asintió, sin despegarse de mi hombro.

—¿Podemos ir a casa?

—Me gusta ese plan. Ya ni siento las rodillas.

Las dos nos echamos a reír. Me tomó de la mano.

—Gracias por recuperar la tarjeta de memoria.

—Fue Josh.

Gus y el hockey, April y la tarjeta, yo y... y lo que fuera que estábamos haciendo. Por lo visto estaba salvando a toda mi familia, uno por uno.

—Es un chico genial.

—Dímelo a mí.

—No me importaría «olvidar» un rato con él. De hecho, por Josh Walker me plantearía un caso de amnesia temporal.

Le di un empujón, pero al instante volví a abrazarla.

—Vamos, ya estuvo bien de hablar de Josh.

—Ya, es que vi esa foto suya que tienes en casa, en la pared de tu cuarto. El recorte de periódico de cuando ganaron las estatales, mientras estabas en la preparatoria. Estabas loquita por él. —Inclinó la cabeza a un lado y me miró—. Y sigues loquita. No tiene nada de malo superar lo de Riley, Ember. O lo de papá.

—Es demasiado pronto. No sé qué estoy haciendo. No puedo hundir a nadie conmigo.

—¿Y qué vas a hacer?

—Ni idea.

Sabía que se me notaba el pánico en la voz, pero empezaba a ser consciente de todas aquellas señales, que no eran precisamente confusas, que le había enviado a Josh. ¿Qué diablos me pasaba?

El domingo por la tarde sonó la campanilla de la puerta cuando entré en mi heladería favorita para darme una dosis de azúcar. No había visto a Josh desde el viernes. Estaba tratando de poner distancia entre él y yo, de ir con calma, pero lo extrañaba. El día anterior me habían pasado por la cabeza una docena de motivos para ir a su departamento, desde el consabido «estaba horneando un pastel y se me acabó el azúcar» hasta «se nos descompuso el triturador de basura del fregadero». Incluso se me ocurrió meter una llave inglesa en el mecanismo para tener una excusa. El domingo por la mañana tenía ganas del sabor de Josh, pero tendría que conformarme con un helado de fresa, como la noche que me disculpé en su departamento.

Si me daba prisa, podría llevarle un helado a casa a Gus antes de que se derritiera. Aún era temprano, así que mamá no se quejaría de que eso le quitaba el apetito para la cena.

—¡El siguiente! —gritó el dependiente del delantal negro.

Dos bolas de helado de fresa y dos de galleta de chocolate con barquillo más tarde, pagué al encargado. El sabor a fresa me llenó la boca y sonreí. Casi sentía sus manos sobre mi rostro, su voz en mi oído. Doblé la esquina para ir hacia la salida y casi se me atragantó el helado.

Su risa lo llenaba todo, iluminándole el rostro, arrebatadora. Parecía un reflejo de la de mi hermano pequeño, con la cara llena de chocolate, que también estaba allí, sentado frente a él, y agitaba los brazos como un loco.

—¡A que no te imaginas! ¡La señora Bluster dijo que mi volcán era el mejor que había visto nunca! ¡Y luego lo encendí, y a que no te imaginas, estalló! —Siguió moviendo las manos—. Y a todos los demás les pareció genial, pero a la señora Bluster me parece que no, porque todo se manchó de rojo, todo, el suelo, el pizarrón...

Me eché a reír al visualizar la escena que Gus acababa de pintar con tanto realismo.

—Seguro que lo mejor fue la impredecibilidad de tu volcán. Como pasa con todos los buenos volcanes —respondió Josh.

Gus agitó la mano al verme.

—¡Ember!

Crucé el local sin apartar la vista de mi hermano.

—Iba a llevarte esto por sorpresa. —Le di el barquillo—. Pero veo que ya te secuestraron.

Me sonrió de oreja a oreja, y entonces me percaté de que se le había caído otro diente.

—¡Qué genial! ¡Doble helado! ¡Gracias!

Gus se lanzó sobre el barquillo y crucé los dedos para que no le provocara un dolor de estómago espantoso. Miré a Josh, que parecía tan sorprendido y encantado de verme como yo de verlo a él.

—¿Qué tal? —Apartó una silla entre ambos, y me senté—. Gus, me mentiste —dijo con fingido horror.

Gus frunció el ceño.

—No, no le gusta el helado de fresa. Le gusta el de galleta con nata.

Le di otra lamida al helado para no tener que responder. Josh no se dejó engañar.

—Qué cosas. —Se rio—. El helado de fresa es mi favorito.

Supe que me estaba poniendo del mismo color que el helado, pero más intenso.

—Fue por variar —mentí.

En realidad, había querido sentir el sabor de Josh, y él lo sabía.

—Pues a ver qué hago ahora yo con esto —preguntó, travieso, al tiempo que señalaba un tarro grande de helado de galleta con nata.

—Ah, también me lo comeré —prometí.

¡Me había comprado helado!

—Me alegra saber que tiene alguna debilidad aparte del café, señorita Howard.

No sabía que mi otro vicio fuera él, y me miró de una forma que me hizo imaginar más tardes de domingo y más heladerías.

—Tengo un millón de puntos débiles, señor Walker.

—¡Terminé! —gritó Gus como si hubiera ganado una carrera.

—Gus, amigo, estás hecho un asco.

Era verdad. Gus tenía sucia toda la cara alrededor de los labios, hasta las mejillas. Se las había arreglado para devorar dos bolas en menos tiempo del que me costó a mí comerme una. Le señalé el baño.

—A lavarte, peque.

Me dedicó una sonrisa enorme y fue corriendo al baño.

—¿De verdad me habías comprado helado?

—No se me ocurría otra excusa para verte. Era eso o pedirte un poco de azúcar para hacer un pastel.

Me puse como un tomate. Se inclinó hacia mí y se acodó en la mesa.

—¿También te compraste mi helado?

Acercó la cara y le dio una lamida al helado de fresa. Le quedó una mancha en las comisuras de la boca.

—Sí —susurré—. No sé, te extrañaba.

Se pasó la lengua por el labio inferior para aprovechar el resto del helado.

—Si tu hermano no estuviera aquí, te besaría.

«Sí, por favor». Estaba dispuesta a arrastrarme sobre la mesa, con o sin helado.

—Sí, supongo que tienes razón.

—¿Cuándo me vas a sacar de este infierno? —inquirió sonriente, antes de darle un mordisco al barquillo.

—No me da la sensación de que estés en ningún infierno.

Le limpié una gota de helado del labio con el pulgar y me lo lamí. Se le escapó un quejido.

—Te digo que así es. En serio, ¿cuándo me dejarás que te lleve por ahí?

Arqueé las cejas.

—¿Como si saliéramos?

—Claro, ya sabes, todo el rollo: te recojo, vamos a alguna parte, la pasamos bien, te robo un beso de buenas noches... —Se inclinó sobre la mesa y me susurró—: Le digo a la gente que eres mía...

¿Sería capaz de hacerlo? ¿Estaba preparada? Una primera cita no era precisamente un compromiso, ¿no? Gus me salvó de tener que responder cuando volvió con la cara limpia. Nos levantamos, tiramos la bandeja con los restos y nos dirigimos al estacionamiento.

—¿Quieres que te lleve a casa, Gus? —le pregunté, a medio camino entre los dos coches.

—Se me ocurre una idea mejor —me interrumpió Josh—. ¿Les gusta el láser tag?

A Gus se le iluminaron los ojos.

—¡Claro! —exclamó, y salió corriendo para meterse en el jeep de Josh.

Josh se giró hacia mí, interrogante.

—¿Ember? ¿Quieres que nos disparemos en la oscuridad?

Estaba invirtiendo la tarde del domingo en helados y juegos con mi hermano pequeño.

—¿Dónde están tus defectos, Josh Walker?

Se echó a reír.

—Los guardo en el clóset.

Me senté a su lado en cuanto le dijo a Gus que se pasara al asiento trasero. Me incliné hacia él.

—Si está oscuro, igual te acepto un beso —le susurré.

Se dio la vuelta de manera que quedé encarada a su pecho.

—Casi me dan ganas de decirte que no habrá más besos hasta que no salgamos una vez.

—Eh... —Me aparté para que Gus no se llevara una impresión..., bueno, errónea.

—Pero... ese es mi gran defecto, December Howard. —Me ayudó a subir al jeep y metió medio cuerpo dentro para echarme una mano con el cinturón. En cuanto estuvimos listos, me susurró al oído—: Cuando se trata de ti, no me puedo controlar.

Lo bueno era que para mí eso era una virtud, no un defecto.

Capítulo dieciséis

Me puse bien la bufanda dorada en torno al cuello y saludé con la mano a mamá, en las gradas. Había guardado una hilera entera de sillas. April me sonrió y le dio una palmadita a la que tenía al lado. Con el café en la mano, bajé hacia donde estaban. Era la ronda de semifinales de la eliminatoria de Gus.

El cosquilleo que sentía en los dedos no venía del frío del polideportivo, sino de saber que iba a ver a Josh. Desde hacía dos semanas, todos los días sin falta me había pedido que saliéramos un día, y yo había evitado responderle. Había ido al departamento a pedir azúcar para hacer pasteles, había encontrado correspondencia para nosotras en su buzón, me había hablado por código morse a través de la pared compartida de nuestros dormitorios. Lo había visto en clase, en los entrenamientos, me lo había encontrado en mi casa, pero nunca nunca me había quedado a solas con él. Cuando estaba a solas con Josh, acababa sin ropa. Eso estaba prohibido. Además, fiel a su palabra, hacía catorce largos días que no me besaba.

¿Qué demonios me impedía decirle que sí? El miedo al riesgo, a permitir que entrara en mi vida y lo volviera todo del revés justo cuando empezaba a recuperarme.

El día anterior, al entrar en clase, iba a sentarme en mi lugar cuando una morena de piernas largas se sentó encima de su mesa. Pegué los ojos a la libreta y escribí la fecha con tanta fuerza que casi rompí el papel, mientras la risita de la chica me provocaba arcadas.

—Me muero por verte jugar mañana, Josh. Marca un gol por mí, ¿okey?

Vomitivo. Este podría ser el momento en que descubriera que se había hartado de esperar a que me decidiera.

—Espero meter muchos goles, Scarlet. —Doblemente vomitivo.

—Claro. —La risita de la morena me resultó aún más molesta que la primera.

¿Qué diablos le pasaba? ¿Era medio hiena o qué?

—Y solo pensaré en una chica.

¿Por qué tenía que utilizar ese tono de voz, sin el menor rastro de coqueteo ni de machismo? ¿Por qué tenía que utilizar esa voz grave, sensual, que reservaba para mí, una voz a la que yo no podía dejar de hacer caso?

Extendió la mano entre las dos mesas y tomó la mía.

Lo miré y vi que tenía los ojos clavados en mí. La sonrisa que se me escapó debió de decirle a Scarlet todo lo que le hacía falta, porque se bajó de la mesa de un salto.

—¡Perdona, Ember! No sabía que... bueno, eso.

Tras disculparse, volvió corriendo a su asiento.

Josh no dejaba de mirarme.

—Lo sé. —Y era verdad.

—Gus empieza mañana.

—Sí, lo has hecho genial con él.

—Es un chico excelente —respondió—. Oye, December, sobre lo de mañana...

—No. —Apreté el puño con la pluma en la mano—. No me lo pidas otra vez. Todavía no. Hay algo dentro de mí que me impide negarte nada, así que no me lo pidas.

Me dio un beso en la mano, apenas un roce de sus labios en mi palma, y me soltó.

Lo deseaba con tal desesperación, que estaba a punto de dar al traste con mi sentido común, y eso era impropio de mí.

—¡Ember! —La voz de April me trajo de vuelta al presente.

Pasé por delante de mamá y me senté junto a ella. Estábamos dos filas por detrás de la banca de Gus, pero no había nadie en la pista. Los chicos ya habían calentado y estaban en el vestidor, asistiendo a la charla previa al partido. Las gradas estaban medio llenas, lo cual no estaba mal para un campeonato de hockey infantil. Si ganaban este partido, entrarían en el campeonato de liga.

—No me trajiste café —se lamentó mi hermana haciendo pucheros.

—No sabía que ibas a venir. —Le ofrecí el mío, pero negó con la cabeza.

—Así tengo una excusa para irme a buscar un Starbucks durante la segunda parte.

Se echó a reír y siguió jugando con el iPhone.

Bebí un sorbo de moka, le sonreí a mi madre y ella me devolvió la sonrisa. Tenía la piel sonrosada y los ojos brillantes. Llevaba toda la semana esperando aquel partido. Allí, sentada en las sillas de madera, era como si nada hubiera cambiado, como si no hubiera estado ausente.

Miró más allá de donde estaba yo y la sonrisa se le acentuó.

—¡Gwen! ¡Te guardé una silla! —le dijo a la señora Barton; yo sentí que me encogía.

La madre de Riley pasó por delante de mí y me dio una palmadita en el hombro.

—¡Me alegro de verte, Ember! —Me guiñó un ojo—. Te traje un regalito. Para que puedan hablar.

Oh, no.

No, por favor.

April seguía concentrada en el teléfono, pero miró en mi dirección y arqueó las cejas. Me pareció que se atragantaba, y eso me dijo que él estaba allí.

—¿Estás bien? —vocalizó con los labios, pero en silencio.

Tragué saliva y busqué en mi interior un poco de esa elegancia y estilo de los que tanto hablaba mamá. Para nada iba a ser yo mejor persona.

—Hola, nena.

La voz de Riley me envolvió con su habitual familiaridad. No me molesté en alzar la vista. El hielo era fascinante, ¿no?

—No me llames así.

Se sentó a mi lado.

—Lo siento, las viejas costumbres, ya sabes.

—Claro, ya sé.

—¿Podemos mantener las formas, como mínimo, Ember? —preguntó, girándose hacia mí.

—Si yo fuera Ember, te mandaría al infierno, y es que, claro, yo puedo decir esas cosas, porque estoy destrozada por el dolor y todo eso —comentó April a mi lado, todavía absorta en el teléfono.

Mamá le lanzó una mirada asesina.

Consulté el reloj. De un momento a otro iban a salir a la pista, y me iba a pasar horas sentada junto a Riley, sumida en un silencio incómodo, si no me tragaba el orgullo y me mostraba amable. Qué asco eso de la elegancia.

—Podemos mantener las formas, Riley.

Pasó la mano por encima del vaso de café con la intención de posarla sobre la mía.

—Te he extrañado.

Lo aparté de golpe.

—Dijimos que mantendríamos las formas. No que me toques.

—Al menos podrías mirarme.

Volteé a verlo pensando que se me iba a romper de nuevo el corazón, pero solo sentí una punzada, como si se me clavara una astilla.

—¿Contento?

No era que no estuviera guapo, porque lo estaba. De un Abercrombie perfecto, como de costumbre. Pero en sus ojos azules había un brillo inusual. ¿Remordimientos?

—No, la verdad es que no. Desde que te fuiste, no.

El altavoz me salvó de tener que seguir hablando.

—¡Con ustedes, los Colorado Tigers!

Todos aplaudieron y animaron cuando los chicos salieron patinando con los brazos alzados, como si ya fueran estrellas de la NHL. Me puse en pie de un salto y grité el nombre de Gus al tiempo que aplaudía. Mi hermanito se había esforzado mucho para llegar allí, y no podía estar más orgullosa de él.

Los chicos fueron patinando hasta la portería y se alinearon. Jagger caminó por el hielo hacia la banca, y a continuación salió

Josh, el entrenador principal. El traje negro cubría los poderosos ángulos de su cuerpo, rematado por una camisa también negra y una corbata dorada. Tuve una visión de lo más disparatada, en la que lo agarraba de la corbata y lo atraía con fuerza hacia mí.

Recorrió con la vista las gradas hasta que me localizó. Le devolví la sonrisa. Si algo deseaba tanto como al propio Josh era la paz, la serenidad que sentía a su lado. Todo lo demás se disolvió. Solo con verlo me vinieron a la cabeza todas aquellas horripilantes analogías de las novelas románticas, como agua en una sequía, un rayo de sol en invierno, color en un mundo gris. Sí, sí, sí. Era todo eso y mucho más.

Josh eclipsaba a Riley, y ya no sentí el cosquilleo que al principio me produjo verlo después de seis semanas. ¿Lo había superado de verdad?

—¿Estás..., quiero decir, tienes algo con él? —preguntó Riley, con la voz tan alicaída como su expresión facial.

—Sí —asentí—. Me parece que sí.

La mirada de Josh se desvió hacia la derecha, hacia Riley, y se le borró la sonrisa de golpe. Asintió con un movimiento seco, como si por fin hubiera entendido algo, y me dio la espalda. Mierda. Pensaba que estaba allí con Riley.

No tuve tiempo de darle más vueltas. La pastilla empezó a moverse.

El primer tiempo transcurrió como un suspiro, y los Bears nos iban ganando por dos a cero. Gus patinaba como si le fuera la vida en ello, pero los del otro equipo eran buenos.

Los chicos volvieron al vestidor, y los entrenadores los siguieron. Josh miró en mi dirección, pero en sus ojos no percibí la calidez habitual.

—¿Tienes hambre? —preguntó Riley.
Mi estómago respondió por mí.
—Sí.
—Vamos, diviértanse, chicos. —Su madre nos guiñó un ojo.

Una vez en la cima de la escalera, no pude contenerme más y se lo pregunté.

—Tu mamá no tiene ni idea de por qué rompimos, ¿verdad?

Riley negó con la cabeza y se pasó los dedos por el pelo en un gesto que conocía muy bien.

—No. Le dije que nos habíamos distanciado, y que tú tenías que volver aquí por tu familia. Ha estado conspirando en secreto con tu mamá para reunirnos.

Me eché a reír.

—Sí, yo tampoco se lo he dicho a mi mamá. Si no, sabría que esto no tiene vuelta atrás.

Riley se detuvo delante de la barra y pidió una porción de pizza de queso y una zarzaparrilla para mí. Es lo que resulta de pasar tres años con alguien. Conocía todos los detalles cotidianos sobre mí.

—¿No tiene vuelta atrás?

Lo miré un largo instante, me concentré en la luz de sus ojos, en sus mechones cayendo a ambos lados de su rostro, en aquel rictus de preocupación de su boca, que tan bien conocía. Una sensación de calma me invadió, y por fin pude soltar el lastre.

—No, Riley.

—Pero tenemos un plan, un plan excelente. Tú te dedicarás a la enseñanza, yo al derecho. Todo está tan bien organizado... —Agarró la pizza de la barra y me tendió el refresco—. ¿Cómo puede haber... acabado?

Fuimos a una mesa alta, un poco resguardada, en un lado.

—Es lo que hay, Riley.

—Pero ¡yo te quiero! Y no son solo palabras. Supe desde el penúltimo año de preparatoria que eras mi pareja perfecta. Estoy seguro de que lo podemos superar si lo intentamos, si nos esforzamos.

Mastiqué la pizza despacio, le di vueltas a aquella frase en la cabeza antes de tragar.

—De eso se trata. Ya no me quedan fuerzas. Han pasado demasiadas cosas como para dar marcha atrás, y lo que hiciste hace que sea imposible seguir adelante. —Suspiré y dejé salir en forma de palabras los últimos restos de dolor por lo de Riley—. Quiero estar furiosa. Quiero gritar, dar patadas, decirte que eres un cretino, pero es que ya ni siquiera estoy enojada. No me quedan energías para eso.

No era un engaño, ni una mentira. De todo lo que había pasado durante las últimas seis semanas, lo único que había superado era lo suyo. Y decirlo en voz alta me ayudó a comprenderlo.

—¿Es porque tienes algo con Josh Walker? ¿Por eso no me das otra oportunidad?

A juzgar por la tensión en su voz supe lo mucho que le estaba costando aquello. Riley no perdía nunca. No estaba en su naturaleza.

—No. Sí. No sé, puede. —Me eché a reír. Por primera vez desde diciembre me sentía libre—. No puedo estar contigo porque nunca volveré a creer nada de lo que digas, después de lo que me hiciste. Tal vez, si hubieras estado enamorado de Kayla... —La idea me dio vueltas en la cabeza—. ¿Lo estabas? ¿La quieres?

—No, fue solo que estaba... al alcance.

Me concentré en las gotas de condensación que se estaban formando en el vaso de zarzaparrilla.

—Pensé que serviría de algo, pero no. —Sacudí la cabeza—. Eso significa que cambiaste por sexo lo que llevábamos años construyendo. Por sexo, nada más. No puedo tener una relación con alguien que valora el sexo más que el amor, y menos cuando yo te ofrecí ambas cosas.

Se hizo el silencio entre nosotros. No era tan incómodo como definitivo.

—No puedo renunciar a ti, Ember. Nunca me he imaginado mi vida sin ti.

Iba a tomarme la mano, pero la aparté y me la puse en el regazo.

—Es hora de que empieces. Vas a hacer cosas increíbles en la vida, estoy segura. Pero yo no seré parte de ella.

Recogió los platos vacíos y los tiró al cubo de basura que había detrás de la mesa. Y entonces se giró hacia mí.

—He repasado esta escena cien veces. Te he imaginado dándome puñetazos, insultándome, llorando, y siempre te he convencido de lo mucho que te quiero, y te he recuperado. —Alzó las manos, me mostró las palmas—. Lo que te hice estuvo mal, fue egoísta, fue… horrible. No te lo puedo compensar.

Una parte de mí quería conmoverse con su sinceridad, pero solo sentí una tristeza persistente en el corazón por lo que habíamos perdido, y porque él seguía anclado en eso. Era un imbécil, pero quise a Riley durante tres años, y no me resultaba fácil verlo sufrir, aunque fuera él quien hubiera acabado con lo nuestro.

Lo abracé y apoyé la cabeza en su hombro, donde siempre había tenido un lugar.

—No, Riley, no me lo puedes compensar. Ni ahora ni nunca.

Me estrechó entre sus brazos y me envolvió con el familiar aroma de su colonia, ese que había creído que me acompañaría el resto de mi vida.

—¿Podemos ser amigos?

—No lo sé. Ahora mismo, no. Es demasiado.

Me apartó la cara con delicadeza y me miró a los ojos como si fuera por última vez.

—No sabes cuánto te voy a extrañar.

—Conozco esa sensación.

Esbocé una sonrisa y bajé la vista. Iba a dar un paso atrás cuando vi algo detrás de él.

Josh estaba en mitad del pasillo como si se hubiera detenido, dando un paso en el aire. La expresión de sorpresa desapareció enseguida de su rostro. Me miró, asintió bruscamente y apretó los dientes con los ojos entornados. Dio media vuelta y desapareció entre la gente.

—Josh —susurré.

Me aparté de Riley de golpe y eché a correr, pero me vi rodeada de gente, incapaz de abrirme paso entre una multitud de espectadores hambrientos. Fue como luchar contra la marea. Me imaginaba la impresión que le habría causado aquel abrazo, pero no había nada más lejos de la verdad. Tenía que explicárselo, hacérselo entender.

Solo lo quería a él.

Fue como si me pusieran el freno de golpe. Me detuve bruscamente mientras la gente pasaba a mi alrededor y me empujaba. Mierda. Quería a Josh. No como una distracción, sino para que fuera mío. Había combatido ese sentimiento durante tanto tiempo, con tanto empeño, porque sabía cómo era él, de esos que se acuestan con la primera chica que encuentran. Pero no se había portado así conmigo.

Conmigo había sido perfecto. Una y otra vez, mientras yo me comportaba como una loca furiosa, había estado a mi lado. Excepto ahora, que se estaba alejando.

Los altavoces anunciaron el comienzo del segundo tiempo, y supe que tendría que buscarlo tras el partido. Volví a las gradas y bajé los peldaños. Los niños ya estaban en la pista, preparados.

Riley se levantó para que pudiera acceder a mi asiento.

—No te conviene —me susurró cuando los dos nos sentamos.

—No sabes nada de él, y tu opinión es irrelevante. Además, tú tampoco me convenías. —Podía llevarme bien con Riley mientras no dijera nada malo de Josh. Esa era la línea roja.

—Por favor, ten cuidado. El tipo sigue teniendo una gran reputación en Boulder, y ya hace tres años que se fue.

—Las reputaciones ya no son lo que eran. Creo recordar que la tuya era increíble.

Suspiró, y supe que la conversación había terminado.

Al final del segundo tiempo el marcador estaba igualado.

Los niños se esforzaron al máximo durante el tercer tiempo, pero al final perdieron tres a dos. No iban a jugar el campeonato.

Para cuando llegamos al vestidor a recoger a Gus, Josh ya se había ido.

Por lo visto, se había cansado de esperar.

Capítulo diecisiete

El polideportivo parecía muy diferente unas cuantas horas más tarde, cuando Sam y yo le dimos las entradas al portero de noche y abrimos los bolsos para que los examinaran por si llevábamos algo de contrabando. Ya no había padres ni madres ni hermanitos, ni el menor rastro de la camaradería que rodeaba el hockey infantil. No, ni hablar. Esto era hockey universitario.

Las risas estridentes y el ruido eran caóticos, y por todas partes había una mezcla del azul y oro de Springs, y del blanco y azul de la Academia de las Fuerzas Aéreas. No había nada como un poco de animación para atraer a las masas.

—¡A ver si me ligo a un cadete que esté bueno! —anunció Sam mientras desnudaba con los ojos a un desprevenido aspirante de la Academia de las Fuerzas Aéreas que estaba delante de nosotras, haciendo la fila para comprar palomitas.

—Contente, Sam. No sé tú, pero yo no tengo ganas de llevar la vida que llevan nuestras mamás. —O que llevaban—. Las posibilidades de que yo me involucre con un militar tienden a cero.

Inclinó la cabeza hacia un lado como si hiciera cálculos.

—Ya, tienes razón. —Se dio la vuelta con las palomitas en la mano y atrajo la atención de otro cadete, con el que coqueteó sin reparos—. Pero mira eso, cómo lo voy a dejar solito.

El chico se llevó un dedo a la gorra con una sonrisa de oreja a oreja. Arrastré a Sam hasta nuestro acceso.

—Ni hablar. Empiezas así y acabas con dos soldados llamando a tu puerta. No vale la pena.

Me detuvo a la entrada de nuestra sección y me agarró por los hombros.

—No siempre acaba como con tu papá, Ember. Y no me digas que tu mamá cree que no valió la pena. Seguro que no piensas eso.

Claro que lo pensaba. Aparté la vista, encantada de no tener que tomar esa clase de decisiones.

—Vamos a los asientos.

Bajamos justo a tiempo de ver el arranque del juego, y pasamos por delante de unos cuantos espectadores molestos hasta llegar a nuestros asientos, que eran de primera y de un precio inalcanzable.

—¿Cómo conseguiste las entradas, Sam? —No podíamos estar más cerca de la pista.

—Me las dio Jagger. Me dijo que le sobraban unas cuantas, que le hacíamos un favor.

—Parece buen tipo.

Una sonrisa traviesa le iluminó el rostro.

—No sé qué decirte. A ver, no tiene tanto peligro como Josh para el corazón de una chica, pero algo me dice que Jagger tampoco se anda por las ramas.

—¡Josh no es peligroso! —exclamé, lanzándole una palomita.

Me miró como si me acusara de estar loca.

—No te quepa la menor duda de que Josh Walker es un peligro para cualquier mujer que ande cerca de él..., menos tú, claro.

Si Sam supiera...

—Es un peligro mortal para mí. Solo que no como tú crees. —Clavé los ojos en él, que en ese momento patinaba con la pastilla y se adentraba en territorio de la AFA—. ¿Y si decido que vale la pena el riesgo? —me pregunté casi a mí misma.

—¿En serio? —Su sonrisa habría iluminado el estadio—. Es la mejor idea que se te ha ocurrido desde... siempre.

Sentí una oleada de emoción embriagadora, y en ese momento fue como volver al primer año de preparatoria, a hablar sobre los chicos guapos y a saltarme clases para ver jugar a Josh Walker. Excepto que ahora conocía el sabor de sus besos, cómo era el contacto de sus manos sobre mi cuerpo, y quería más.

Con Josh, siempre quería más.

Era hipnótico verlo en el hielo. Me dejé llevar por su forma de deslizarse sobre los patines, sus giros y sus maniobras. Transcurrieron diez minutos de partido y casi no me di cuenta, absorta ante su determinación, cautivada por todo cuanto hacía. Avanzó imparable, sorteó a los defensas, golpeó la pastilla y ¡GOL!

Nos levantamos de los asientos entre gritos y aplausos. El tanto subió el marcador y sus compañeros de equipo se le echaron encima.

—Gol del delantero Josh Walker a los once minutos y veintitrés segundos —anunciaron los altavoces, y todo el mundo volvió a aplaudir.

El griterío se redujo y pude oír a las dos chicas que estaban detrás de nosotras.

—Carajo, qué bueno está.

—Ya ves, amiga. A ver si lo encontramos después del partido.

Grupis del hockey, claro. Se me escapó la risa. Para ellas solo era un jugador guapo, pero para mí era mucho más. Podían acostarse con él... Carajo, igual ya lo habían hecho, pero algo me decía que yo tenía una parte de Josh que ellas no conseguirían jamás, y eso sin haber culminado el sexo.

Sam dejó escapar una risita y supe que las había oído. Tampoco es que se mostraran muy discretas. Una mirada rápida atrás me confirmó lo que ya sabía: eran Tweedledee y Tweedledum, y ambas llevaban su número pintado en la mejilla. Pero no iba a criticarlas, porque yo también pensaba encontrar a Josh después del partido.

Josh marcó otro gol en el tercer tiempo, y los Mountain Lions ganaron tres a uno. A juzgar por la melé de abrazos cuando sonó el pitido que marcaba el final, supuse que estaría de buen humor. Sam me llevó a rastras escaleras arriba antes de que las grupis pudieran levantarse de sus asientos.

—¡Así tendrás ventaja! —gritó mirando atrás entre risas.

Si Sam tenía oportunidad de perseguir a un chico, se convertía en un 007 con falda y licencia para matar.

Llegamos a la parte superior del estadio, que ya empezaba a llenarse.

—¿Te importa si te veo luego en casa, Sam?

Me dio un abrazo un poco más fuerte que de costumbre.

—Siempre que antes veas a Josh Walker...

La aparté de mí entre risas. ¿Acaso pensaba que tenía dieciséis años otra vez? Pero la verdad era que así me sentía.

—¡Hasta luego!

Me despedí agitando la mano y bajé a la zona de vestidores. Ventajas de que mi hermano pequeño jugara hockey en la misma pista en la que yo quería dar caza a un chico.

Salí por el acceso oeste y me arrebujé en la chamarra para protegerme del frío de febrero. El camino hasta los vestidores estaba bien iluminado, y lo recorrí por la parte trasera de la pista.

Me uní a un pequeño grupo de aficionados, sobre todo chicas, en el embudo que conducía hasta la puerta. Por lo visto no era la única que había tenido esta idea. Hicimos fila en el pasillo y conseguí apoyarme en uno de los escasos espacios libres que quedaban junto a la pared. Las chicas sacaron las polveras para examinarse el maquillaje o ponerse más mientras comentaban entre risas a qué fiesta iban a ir esa noche y quién pedía a qué jugador. El nombre de Josh salió a relucir más de una vez.

Mierda. Me había metido entre las grupis.

Para confirmar mi suposición, Tweedledee y Tweedledum se adelantaron con osadía hasta el guardia con la cara cubierta de acné para intentar que las dejara pasar al vestidor. El chico pareció disfrutar con sus intentos, pero se mantuvo firme.

Así se hace.

Todas las cabezas se giraron cuando la puerta de los vestidores se abrió y empezaron a salir los jugadores. Los gritos y aplausos retumbaron en las paredes de cemento del pasillo. La primera tanda de chicos avanzó con las bolsas del equipo al hombro, cada uno con una chica del brazo, para dejar paso a los demás.

Fue como si el equipo entero saliera antes de que apareciera Josh. Saludó con una sonrisa al guardia de seguridad y se subió el cierre de la chamarra negra de Columbia antes de girarse hacia nosotras. Tenía el pelo húmedo de la regadera y se lo frotó con las manos, pero su rostro traslucía tal desolación que casi me eché a llorar. Sin embargo, se sobrepuso, sacudió la cabeza y esbozó una falsa sonrisa. Las dos grupis corrieron hacia él y Josh abrió los brazos para acogerlas a ambas.

Desde luego, la admiración femenina no le resultaba desconocida.

Por un instante, me planteé salir huyendo, largarme de allí y mandar al cuerno el plan. Parecía encantado, ¿no? Nunca le iba a faltar una chica, y no tenerme a mí no lo iba a matar. Sí, mejor me iba y punto.

Sujeté con fuerza el asa del bolso y lo miré por última vez antes de salir huyendo. Tenía la vista clavada en el suelo y se reía con las chicas mientras avanzaba por el pasillo. Pero su sonrisa flaqueó, y cuando lo miré de nuevo, volvió a aflorar aquella expresión de dolor, y supe que yo era la responsable. Tenía que hacer algo.

—Josh. —Me adelanté y susurré su nombre en voz tan baja que apenas me oí a mí misma con el alboroto del pasillo.

Giró la cabeza como si le hubieran dado un golpe.

—¿Ember? —Todo lo que me hacía falta saber estaba contenido en su voz cortante. En lugar de la sonrisa que tanto ansiaba, me miró con desconfianza, entornando los ojos—. ¿Qué haces aquí?

Miré a las gemelas Tweedlee, y ambas me dedicaron una sonrisa burlona.

—¿Podemos hablar un momento?

Me dedicó una sonrisa forzada, que me dolió más que cualquier cosa que hubiera podido decirme.

—No sabría decirte. —Le dio un beso en la mejilla a una de las grupis—. ¿Qué les parece, chicas? ¿Llevamos a Ember a la fiesta?

Heather le echó un vistazo a mis jeans normalitos, mi chaleco y mi suéter de cuello redondo, los comparó con su falda corta y su escote bajo, y dejó escapar una risita.

—¿Por qué no? Necesita animarse un poco.

Josh se encogió de hombros.

—Pues síguenos si puedes, Ember.

Pasó de largo ante mí, dando por hecho que iba a correr tras él. Me vinieron a la cabeza unos cuantos comentarios desagradables y rencorosos, pero me los tragué. Si se estaba comportando como un cretino era por mi culpa. Le debía una explicación. Y él me debía la oportunidad de poder explicarme, ¿no?

Las chicas abrieron las puertas del jeep entre risitas. Tweedledee se subió al asiento de atrás y Tweedledum ocupó el del pasajero, de modo que a mí solo me quedaba el de detrás de Josh. Bajó el respaldo para dejarme pasar.

—Usted primero.

—Josh, de verdad, solo me hace falta un minuto. —Miré sus ojos castaños y casi se me olvidó para qué necesitaba ese minuto.

Me aprisionó entre sus brazos y me empujó contra la parte trasera del jeep.

—¿De verdad? Yo puedo hacer muchas cosas en un minuto, Ember. Pero claro, a Riley no le gustaría lo que se me ocurre que podría hacer contigo, ¿no?

—De eso quiero hablarte. —Tuve que hacer acopio de fuerzas para no darle un beso, para no atraer su rostro hacia el mío y hacer que lo entendiera. Si ya me resultaba irresistible cuando estaba decidida a mantener las distancias, ¿cómo no iba a serlo ahora que estaba dispuesta a dar el salto?

Rozó mi mejilla con la suya, y su aliento, mucho más cálido que el aire nocturno, me cosquilleó la oreja.

—Pero yo no estoy preparado para que me cuentes lo perfecto que es el puto Riley, que lo perdonaste y que lo aclararon todo.

—Josh...

Me puso dos dedos sobre los labios para hacerme callar.

—¿Quieres hablar? Cómo no. Te daré cinco minutos en cuanto tenga suficiente alcohol en el organismo para escucharte. ¿Te sirve? Pues entra.

Intercambiamos una intensa mirada, enzarzados en una batalla silenciosa.

—Okey.

Señaló la puerta abierta.

—Su carruaje aguarda.

Me tragué el comentario sarcástico que tenía en la punta de la lengua, acepté la mano que me ofreció y subí al jeep. Se inclinó sobre mí para abrocharme el cinturón igual que había hecho la noche que encontré a Riley con Kayla. Sentía una necesidad incontrolable de tocarlo, y le pasé los dedos por la piel desnuda del cuello. Se apartó como un resorte, como si mi contacto quemara. Me miró por un instante con los ojos llameantes y cerró la puerta.

Si aún le provocaba ese efecto, no todo estaba perdido.

Metió el equipo en la cajuela, subió al coche y puso rumbo al campus. Observé su reflejo en el retrovisor y me tomé mi tiempo para empaparme de él. Estaba concentrado en la carretera, pero por el modo en que se mordía el labio inferior deduje que no estaba pensando solo en el tráfico. Dios, qué ganas me dieron de salvar aquel labio de sus dientes y llenarlo de besos.

Nos detuvimos en un semáforo en rojo a pocos minutos del campus y nos miramos a través del espejo. La electricidad saltó entre nosotros como una descarga que estuvo a punto de convertirme en cenizas. ¿Siempre iba a ser así con él?

¿No se me pasaría nunca aquella obsesión? Algo me dijo que no, y fue un pensamiento aterrador, mucho más que la idea de satisfacer nuestro deseo algún día. Si es que llegábamos a ese «algún día».

—¿A qué fiesta vamos, Josh? —quiso saber Tweedledee.

—Pues pienso que podríamos ir a la casa, chicas, si les parece bien.

Las dos lanzaron sendos grititos. Dios santo, qué escandalosas eran.

—Entiendo que eso es un sí. —Se rio—. ¿Ember?

Volví a mirar los ojos castaños y me atuve al plan. Se acabó lo de esconderse, se acabó lo de resistirse.

—Quiero ir a donde tú vayas.

Las dos chicas voltearon a verme, pero no aparté mis ojos de los de él. Si estábamos disputándonos la atención de Josh, yo iba ganando. Y punto. Dejó escapar el aliento, con un sonido entrecortado. Cuando el semáforo se puso en verde, rompió el contacto visual.

Tres minutos y toda una vida más tarde nos detuvimos ante la casa Kappa. No estaba tan abarrotada como cuando la Gran Nevada, pero la asistencia no estaba nada mal. La gente se apartó a toda prisa para que Josh se estacionara en su lugar. Puso el freno y salió del coche como si estuviera en llamas. Las chicas se bajaron jalándose la falda para que no se les viera el trasero.

—¡Walker! —le gritaron sus hermanos desde el porche al tiempo que alzaban los vasos a modo de saludo—. ¡Qué partido!

Josh los saludó con un gesto y ayudó a Tweedledee y a Tweedledum a saltar las cuerdas que separaban el estacionamiento del camino que conducía a la casa. Yo me las arreglé sola.

Se dirigió hacia los escalones del porche con una chica debajo de cada brazo. Otra horda de grupis, esta vez de la variedad morena, lo recibió en la puerta.

—¡Josh! Queríamos venir contigo en el coche —dijo una haciendo pucheros mientras le deslizaba los dedos por el pecho.

Me dieron ganas de vomitar. No podían ser más patéticas. Y, por lo visto, cuanto más desesperadas estaban, más se les encogía la ropa.

—Tranquilas, chicas. —Esbozó una sonrisa de autosuficiencia que le confirió un aire menos austero, más infantil—. Hay tiempo de sobra, y esta noche todo irá sobre ruedas.

Las chicas se agolparon a su alrededor, de modo que Tweedledee y Tweedledum tuvieron que defender su posición. Yo estaba exasperada. ¿Qué demonios estaba haciendo allí?

En ese momento caí en la cuenta de que aquel era el Josh Walker que todos los demás veían. El que marcaba goles en la pista de hielo y a las chicas fuera de la cancha. Era el Josh contra el que me habían prevenido, y allí estaba yo, persiguiéndolo de nuevo como una niña de primer curso. No había cambiado gran cosa en los últimos cinco años.

Llegué al primer escalón y me detuve con la mano en el barandal del porche. ¿Quién era yo para decir que aquellas chicas eran patéticas? Sí, llevaban menos ropa que yo, pero todas estábamos allí para lo mismo: para perseguir a Josh Walker. Se estaba portando como un cretino, pero yo no era menos patética.

—¿Vienes, Ember?

Me miró con sorna, y eso me hizo tomar una decisión. ¿Quería jugar? Pues íbamos a jugar.

—Sí.

Subí por la escalera, pasé junto a él y entré en la casa sin esperar a que él lo hiciera.

Aquello estaba abarrotado. 50 Cent sonaba a todo volumen en los altavoces. Me abrí camino hasta la mesa de billar, y allí estaba Jagger, inclinado sobre el tapete y con un taco en las manos.

—Necesito beber algo.

Arqueó las cejas y metió la bola.

—Encantado. —Se incorporó, alzó el taco por encima de su cabeza y el movimiento le levantó la camisa, dejando a la vista unos abdominales como piedras. Pero, por atractivo que fuera Jagger, no me dieron ganas de pasarle la lengua por el vientre—. ¿Cerveza? —Le pasó el taco a uno de sus hermanos y me acompañó a la barra. Un minuto después le quitó la tapa y me tendió la botella—. Te gustaba la de trigo, ¿verdad?

—Sí, gracias por acordarte.

Le sonreí, bebí un largo trago de cerveza y apoyé la espalda en la barra.

—No vienes vestida para la fiesta.

Se me escapó una risa sarcástica.

—Ya, ya, es que no sabía que iba a tener que competir por Josh con esta multitud.

Desvió la vista hacia un punto al otro lado de la estancia, donde yo sabía que Josh estaría bailando con la Brigada Bombón.

—¿Seguro que sabes lo que haces? Josh es... Josh.

Sin pensarlo dos veces, dejé la cerveza en la barra, me quité el suéter y me quedé en camiseta, una azul de encaje con un escote que dejaba ver el nacimiento de los pechos, pero no el sostén. Se oyeron silbidos a nuestro alrededor. Arrojé el suéter al otro lado de la barra y me pasé los dedos por el pelo, que ya se me había encrespado. Era lo que tenía este jodido aire tan seco.

—Mejor así, ¿no? Baila conmigo.

Abrió mucho los ojos.

—Josh está muy ocupado, así que...

Me llevó a la pista y bailamos, pero a distancia, como en la preparatoria. Lo que menos deseaba era hacer enojar a su compañero de departamento.

Josh me miró a través de los pocos metros que nos separaban, por encima de la *barbie* que se estaba frotando contra él. «Vayan a un hotel, carajo». Ufff. Solo de pensarlo sentí que me clavaban un puñal en el pecho. Las manos de Josh estaban en contacto con el cuerpo de la chica, pero los ojos los tenía puestos en mí, y seguía con la mirada cada uno de mis movimientos, mientras yo bailaba al son de la música. Me sentía llena de energía, pero no por el ritmo, sino por ver moverse a Josh y recordar cómo era sentirlo contra mí.

La *barbie* se giró sin dejar de abrazarlo y le habló al oído. Él le dedicó una sonrisa seductora, le tendió la mano, y ella aceptó. Pasó junto a nosotros jalándolo y abriéndose paso entre la gente, en dirección a las escaleras. Josh arqueó una ceja y me miró como interpelándome, pero no fui capaz de sostenerle la mirada. Si lo que quería era sexo fácil, hacía bien en llevarse a la *barbie* al piso de arriba.

Pero, al instante de haberlo pensado, supe que era mentira. Sí, me había llevado más lejos que ningún otro chico, pero se había refrenado justo antes de acostarse conmigo. Un chico que hacía eso no buscaba sexo fácil.

Sacudió la cabeza, esbozó una sonrisa triste, como si estuviera decepcionado, y no dejó de mirarme mientras le susurraba algo a Jagger al oído. Jagger asintió, y Josh me lanzó una última mirada inquisitiva antes de llevarse a la *barbie* arriba.

—Vamos a tomar algo —propuso Jagger. Asentí, distraída, y lo seguí hasta el bar—. ¿Cerveza?

—Tequila. —Con la cerveza no tenía ni para empezar.

Lengüetazo, golpe, trago. El alcohol me bajó como fuego por la garganta y el limón frío suavizó aquel dolor paralizante, pero su sabor me llevó de vuelta a Breckenridge y al sabor de la lengua de Josh en mi boca. Al verlo subir al piso de arriba con aquella chica se me rompió el corazón y sentí un dolor mucho más intenso que el que me había provocado Riley.

—Tengo que tomar aire —acerté a decir.

Al salir tropecé con un taburete. No estaba borracha, solo estaba destrozada. Me abrí paso entre la gente y llegué al porche, que, para mi sorpresa, estaba desierto; me agarré a la cadena del columpio y me senté en él. Josh estaba arriba, tocando a otra chica, besando a otra chica. Tuve que respirar profundamente, aspirando largas bocanadas de aire, para no vomitar.

Jagger salió detrás de mí y se apoyó en el barandal. Me miró en silencio, con una cerveza en la mano.

—No sé qué rayos estoy haciendo —reconocí, mientras contemplaba las estrellas.

—Él tampoco lo sabe.

—Pues a mí me parece que tiene experiencia en lo de llevarse a chicas al piso de arriba durante las fiestas. —Dios, cómo dolía aquello—. Pero ¿por qué me duele tanto?

Era una pregunta retórica. Aunque Jagger respondió de todos modos.

—El amor es una mierda.

Eso me obligó a mirarlo.

—No estoy enamorada de él.

—¿No? Entonces ¿por qué te importa con quién se va arriba?

No tenía por qué darle explicaciones a Jagger. Apenas lo conocía. Pero tal vez él me entendiera. Alguien tenía que entenderme.

—N-n-no me importa con quién se vaya arriba.

—Cuando fuiste tú, sí que te importó. —La voz aterciopelada de Josh llegó desde la puerta.

Me giré. Estaba apoyado en el marco, con los brazos cruzados y un aire despreocupado, más sexy que nunca. ¿Le había gustado el sabor de la otra chica?

—¿Ya terminaste? No se trata de batir el récord de velocidad, ¿sabes?

A Jagger le bastó con observar la tensión que traslucía el rostro de Josh para saber que estaba de más.

—Bueno, amigo, ya me avisarás cuando quieras volver a casa.

El columpio se balanceó cuando Josh se sentó junto a mí.

—¿Se puede saber qué haces, Ember?

Me tragué toda aquella rabia que me impedía respirar y traté de ser sincera.

—No tengo ni idea. ¿Por qué hiciste tú eso? ¿Por qué te la llevaste arriba delante de mí?

Percibí un brillo helado en sus ojos.

—¿Qué más da? Que yo sepa, tienes novio, ¿no? Tú has elegido estar con un imbécil que no se merece ni un solo beso tuyo, y yo elijo acostarme con chicas insustanciales.

—No estoy con Riley. Llevo toda la noche intentando decírtelo.

Se quedó boquiabierto.

—¿No?

—No. Fuimos a comer algo durante el partido, y eso nos permitió a los dos cerrar lo nuestro como era debido. No sales de una relación de tres años sin tomarte un momento para atar los cabos sueltos, Josh.

—Pero vi cómo te abrazaba.

Frunció el ceño, y yo habría dado cualquier cosa por alisarle las arrugas de la frente con los dedos.

—Me viste darle un abrazo de despedida, sí. Fui corriendo detrás de ti para explicártelo, pero ya te habías ido, y luego no me contestaste el teléfono. —Me moví para estar más cerca de él y las cadenas chirriaron.

—¿No estás con Riley?

¿Qué le pasaba, se había convertido en un loro?

—No.

—¿Por qué no?

Me mordí el labio y sopesé la posibilidad de darle acceso, acceso completo. Solo tenía que pronunciar unas pocas palabras para que supiera lo que él significaba para mí. Pero esas palabras me dejarían expuesta a un dolor del que estaba intentando defenderme. Josh salvó la distancia que nos separaba y me rozó la mejilla con los dedos.

—¿Por qué no, December?

Saboreé el sonido de mi nombre en su boca.

—Dímelo, por favor.

Aquella súplica hizo que me viniera abajo.

—Porque no eres tú.

La confesión se me escapó en forma de susurro, contraviniendo lo que me dictaba el cerebro.

Él dejó escapar un suspiro quejumbroso, y al cabo de un segundo ya se había apoderado de mis labios. Deslizó su lengua dentro de mi boca sin más preámbulos, y me devoró con un beso abrasador. Traté de apartarme, recurriendo a los últimos restos de cordura que aún conservaba.

—¿Por qué no estás arriba con la *barbie*? Se te ofreció envuelta en papel de regalo y con un lazo.

Apoyó su frente en la mía.

—Porque el único regalo que quiero eres tú, Ember.

—Yo... yo estoy hecha un lío. No sabes dónde te metes.

—En ti. Me estoy metiendo en ti, December. No necesito nada más. —Terminó de formular aquella promesa pegado a mis labios, y yo me perdí en él—. Solo tienes que darme una oportunidad.

Las oportunidades exigían tener que abrirse. Yo sabía que no sobreviviría a otra pérdida, y menos si a quien perdía era a Josh. Pero la alternativa era no tenerlo, así que, en realidad, no había alternativa.

—Okey. Vamos a darle una oportunidad a lo nuestro.

Capítulo dieciocho

Sonaron tres golpes en la puerta. Josh llegaba justo a tiempo.

Me examiné el maquillaje en el espejo, como si no lo hubiera hecho ya veinte veces. Sí, seguía teniendo la cara en su lugar. Resoplé y traté de calmar los latidos acelerados de mi corazón mientras abría la puerta para salir con Josh un viernes por la noche.

Pero en cuanto lo vi sonreír de aquel modo, se me volvió a acelerar el pulso.

—Hola.

Se mordió el labio inferior un segundo y negó con la cabeza.

—No puedes salir así.

Aaay.

—¿No te gusta?

Bajé la vista hacia la coqueta falda corta que Sam había insistido en que me pusiera, a juego con unas mallas y un suéter escotado. Era su forma de «contribuir» a que la situación avanzara.

—No, no. Me encanta. —Se le oscurecieron los ojos—. Estás exquisita, Ember. Pero si sales así se te va a helar ese precioso trasero tuyo.

—¿Qué quieres que me ponga?

—Pantalones.

Me eché a reír.

—Esto son pantalones.

—Eso son medias con ínfulas.

Avanzó tres pasos y me puso contra la pared del vestíbulo. Me quedé sin aliento cuando me agarró la pierna izquierda, la levantó y la sostuvo alrededor de su cintura. Le había bastado un solo movimiento para ponerme tan caliente que de buena gana habría pasado de salir para ir directo al beso de buenas noches... Y lo que siguiera. Deslizó la mano por mi tobillo desnudo, por la pantorrilla envuelta en las mallas, por la parte trasera de la rodilla y por el muslo, y no se detuvo hasta llegar al comienzo de la falda. Inclinó la frente y la apoyó en la mía.

—Con esta ropa que llevas puedo sentir cada una de tus curvas como si te pasara las manos por la piel desnuda, December.

Me arqueé para darle un beso, pero se apartó. Se le habían oscurecido los ojos y en su rostro había aparecido esa expresión de deseo que yo ya conocía.

—Si te beso ahora, no saldremos.

—Por mí, perfecto.

Me acarició una última vez la pierna antes de depositarla en el suelo con delicadeza. Alzó las manos como si estuviera detenido y retrocedió muy despacio.

—Vamos. Ponte unos pantalones.

Me separé de la pared y corrí al dormitorio a cambiarme sin poder disimular una sonrisa. Tenía a Josh Walker a punto de perder el control.

Menos mal que me puse los jodidos pantalones.

—¿No se te ocurrió nada mejor para salir conmigo?

Tendida en el suelo, miré el techo del Honnen Ice Arena por quinta vez en una hora. Me había caído tantas veces que el frío se me había colado a través del chaleco, la camisa y la piel. Al menos llevaba guantes para protegerme los dedos.

Josh se echó a reír y me levantó de nuevo.

—Es lo mejor que se me ocurrió para tumbarte de espaldas.

—Muy gracioso. —Resbalé de nuevo, pero me tenía bien sujeta y me mantuvo en pie. Era la primera vez que estaba entre sus brazos sin pensar en arrancarle la ropa—. No puedo creer que esto te parezca divertido.

Me llevó patinando hasta la portería, y en cuanto se aseguró de que estaba bien agarrada, empezó a dar vueltas a mi alrededor.

—Aquí es donde vivo. El resto del tiempo respiro para sobrevivir.

—En otras palabras, me trajiste aquí para lucirte.

Se alejó patinando de espaldas, con una sonrisa que me pareció la cosa más atractiva del mundo.

—¿Y da resultado?

—Tengo el trasero dolorido.

Su risa resonó por toda la pista vacía. Patiné unos metros, olvidando lo precario de mi posición, y me dediqué a contemplarlo. Se dio la vuelta tan deprisa que no pude creer que no se cayera, y volvió al punto de partida. Había dicho la verdad: aquí era donde vivía, no se limitaba a existir. Allí tenía una vitalidad que solo brillaba sobre el hielo. Ya la tenía en la preparatoria, pero no había hecho más que incrementarse. Entonces su patinaje era más enérgico, pero ahora tenía más control, más habilidad, y se veía más cómodo, más osado cuando la situación lo requería, pero a la vez más paciente cuando convenía.

¿Dónde vivía yo? ¿Dónde me sentía más vital? ¿Tenía algo que me hiciera sentir como se sentía Josh allí?

—Oye, ¿adónde te fuiste? —Patinó hasta mí y me sostuvo antes de que me cayera—. Estabas muy lejos.

Me obligué a sonreír.

—No, no es nada.

—No me vengas con tonterías. Si tienes algo en la cabeza, quiero saberlo. No lo detengas.

La verdad era que no podía plasmarlo con palabras.

—Es una tontería.

Se acercó a mí, me puso una mano en la cintura y me condujo por el hielo.

—No quería presionarte. Es que no quiero que tengas que fingir conmigo. No me trates como si fuera otra persona.

Los dos sabíamos a quién se refería. Dimos otra vuelta, y me fijé en cómo movía los pies para imitar sus movimientos fluidos.

—Se te nota que eres feliz aquí.

—Sí.

—Yo no tengo nada por el estilo. No recuerdo la última vez que lo tuve, que me sentí viva, motivada.

Dio media vuelta y se puso a patinar de espaldas, jalándome, que ahora lo tenía enfrente.

—Si no recuerdo mal, en el equipo de debate eras la mejor.

Si no me hubiera tenido sujeta, me habría caído de bruces.

—¿El equipo de debate? Eso fue hace siglos. En el primer año de preparatoria y en el segundo. —Entrecerré los ojos—.

Y tú no estabas en el equipo, te recordaría. —O de lo contrario ni me habría fijado en Riley.

Esbozó una sonrisa que casi logra derretirme.

—Recuerdo una discusión sobre los uniformes escolares. Hiciste trizas el argumento del equipo contrario. El texto era genial.

—¡Eh! Los uniformes son una medida igualatoria que elimina parte de la presión del grupo, obligado a gastar un montón de dinero en ropa para conseguir un estatus social que... Un momento, ¿lo viste? ¿Leíste mi texto?

—Sí. —Me rozó la mejilla con el pulgar y me agarró de la mano—. Yo era ayudante del profesor Andrusky, así que introducía las calificaciones en el sistema. ¿Qué planeabas hacer con todo aquel fuego?

Me preparé para que me lanzara la consabida mirada tipo «qué nerd» a la que estaba acostumbrada.

—Quería escribir libros de Historia, buscar el punto de vista del otro lado, en plan Howard Zinn. —Cambié de tema a toda prisa antes de que pensara que era un ratón de biblioteca—. Además, una cosa es que introdujeras las calificaciones, pero ¿viste el debate?

Su sonrisa desapareció, dando paso a una mirada de una intensidad brutal.

—Sentía algo por aquella chica, pero estaba muy por encima de quien yo era por aquel entonces.

Se hizo el silencio en la pista, roto tan solo por el susurro de los patines sobre el hielo.

—Yo estaba loquita por ti. —Se me escapó la confesión—. Soñaba con invitarte el Día de Sadie Hawkins, o con que te fijaras en mí, pero tú eras Josh Walker, era imposible.

Tragó saliva.

—Me alegro de que no lo hicieras. Por aquel entonces no era como debería haber sido.

—¿Y ahora sí?

—Es lo bueno del tiempo. Nadie es el que era en la preparatoria. Escribías unos trabajos de Historia increíbles, tenías una perspectiva única sobre muchos temas. Ibas a ser una gran historiadora. ¿Por qué lo dejaste?

Solo tardé un segundo en hacer memoria y recordarlo.

—Riley. —Me salió como un susurro, y dejé de mover los pies. Nos deslizamos un par de metros hasta que Josh nos detuvo y esperó a que siguiera explicándole—. Empezamos a salir e hicimos un montón de planes. Bueno, es decir, eran planes estupendos, pero eran suyos. Decidí estudiar para ser maestra de primaria y me olvidé de todo lo demás. Por otro lado, eso me dejaba más tiempo para otras cosas, y mi papá iba a estar fuera, así que mamá necesitaba ayuda con Gus.

—¿Nunca piensas en ti en primer lugar?

Me eché a reír.

—Siempre. No te imagines que soy una especie de mártir, Josh. Pero las cosas funcionan de una manera determinada. Todo tiene un sistema, unos plazos, y lo que no sirve al objetivo hay que eliminarlo. Es lógica, no generosidad.

—¿Y ahora que Riley ya no es un factor? ¿Sigues pensando dedicarte a la enseñanza?

Se me hizo un nudo en la boca del estómago, tan pesado que amenazó con hundirme.

—Sí. —Negué con la cabeza—. No. —Cerré los ojos y liberé una bocanada de vaho—. No lo sé. Lo que más me dolió no fue perder a Riley, fue perder los planes que habíamos hecho. Todo estaba pensado, fijado, era perfecto. Ahora, mire a donde mire, todo es un caos, y no sé cómo organizarlo sin que él me explique cómo.

Asintió muy despacio.

—Tienes que asegurarte de que haces lo mejor para ti, Ember. Averigua qué te hace feliz. Solo tienes que buscarlo.

Salvó el poco espacio que nos separaba, me estrechó contra su pecho y yo le eché los brazos al cuello.

—Ahora mismo, solo me siento viva cuando estoy contigo, y no te imaginas el miedo que eso me da —susurré.

Sus labios llegaron hasta los míos, firmes y fríos. Fue un beso casto, dulce, más tierno que ninguno de los que habíamos compartido hasta entonces. Me atrajo más hacia sí y apoyó su frente en la mía.

—Todo lo relativo a ti me da miedo, December.

No tuve oportunidad de responder. Una manada de elefantes vino hacia nosotros procedente de los vestidores de la pista de hielo. Eran los Tigers, el equipo de hockey del Colorado College, la fantasía de Gus hecha realidad. En cuestión de hockey, no había mejor lugar que Colorado.

—¡Eh, no pueden estar aquí! —gritó uno de los jugadores. Se nos acercó patinando—. Tenemos entrenamiento.

—Ah, perdona, amigo. Se nos hizo tarde. Nos vamos ahora mismo. Gracias por prestarnos la pista.

Al principio, el Tiger lo miró extrañado; luego, sorprendido.

—¡Ey, eres Josh Walker!

Si no hubiera estado mirando a Josh con tanta atención, se me habría pasado el modo en que apretaba los dientes.

—Pues sí. Encantado de conocerte.

El tipo se dio la vuelta, y pudimos ver su apellido, Cedar, en la espalda del jersey.

—¡Oigan, Lugawski, Hamilton! ¡Él es Josh Walker!

—¡No puede ser! —Los otros jugadores se acercaron patinando.

—¡Amigo, eras un fenómeno! Hemos visto las grabaciones.

Hice una mueca al oír aquello de «eras». Allí, entre aquellos tres inmensos jugadores de hockey, me sentí muy pequeña, pero salté en defensa de Josh.

—Sigue siendo un fenómeno.

Josh me llevó atrás y asintió en dirección a los jugadores.

—Gracias de nuevo por la pista.

—¿Aún sigues jugando? —preguntó Cedar, que nos siguió mientras Josh me conducía hacia la salida.

—Sí, en el UCCS —respondió.

—¡Amigo, si el entrenador hubiera sabido que te habías recuperado te habría llamado! Siempre te ha admirado. ¿Cómo dejó que te escaparas a Boulder?

¿Recuperado? ¿Había estado mal en algún momento? Nunca supe que se hubiera lesionado en un partido, pero lo cierto es que había dejado Boulder el año anterior a que llegara yo. Me sujetó las manos con más fuerza, como si quisiera retenerme.

Y se echó a reír. Me pregunté si alguien más se daba cuenta de que no era una risa auténtica, o solo yo, porque estaba sintonizada con él.

—Me ofrecieron una beca completa. Yo no me podía permitir su universidad, y ustedes estaban completos en mi primer año. Los astros no se alinearon.

Cedar sacudió la cabeza.

—Qué no habríamos dado por contar contigo, amigo. ¿Cuándo regresaste a jugar?

—Este año.

—Lástima lo de la pierna. Pero gracias, oye. Para nosotros eres un héroe.

Josh aceptó la mano que le tendía y se la estrechó.

—No hay nada que agradecer. Solo hice lo que debía.

Había bajado tanto la voz que tuve que esforzarme para poder oírlo.

—Pero sigue siendo increíble.

Caray, aquellos tipos sufrían un caso grave de adoración al ídolo del hockey.

—¡Cedar! —lo llamó otro jugador.

—¡Voy! —Se giró de nuevo hacia Josh—. Oye, si alguna vez vienes a un partido, dímelo.

Josh sonrió con los labios apretados.

—Claro. No los entretenemos más. Este año las cosas pintan bien para ustedes.

Se estrecharon la mano otra vez, me sacó del hielo y fui hacia las gradas dando pasos torpes, pesados. Los patines no me aportaban ni un gramo de elegancia.

Justo acababa de desabrocharme los patines cuando Josh se arrodilló delante de mí. Irradiaba tensión. Me apartó las manos con más delicadeza de la que me esperaba y me quitó los patines antes de que me diera tiempo a parpadear. Estaba tan concentrado en la tarea que no me molesté en decirle que yo era perfectamente capaz de ponerme los zapatos sola. Me los puso y me ayudó a levantarme.

—¿Ya estás? —pregunté.

—Sí. —Eché un vistazo al equipo negro y dorado que estaba calentando—. Caray, qué buenos son.

No se molestó en mirar mientras salíamos del estadio.

—Son los mejores.

Algo le pasaba, y no era bueno. Aceleré el paso para acompasarlo al suyo y me pegué a él. Me apretó con fuerza.

Una vez fuera, el aire frío me azotó la cara y respiré hondo. Josh me abrió la puerta y me ayudó a subir al jeep. Lo rodeó para ir a su puerta, pero en vez de subir se apoyó contra el coche y se pasó los dedos por el pelo. Todo el cuerpo me pedía a gritos que saliera para estar con él, pero su lenguaje corporal me decía que me quedara dentro.

Vi a través de la ventanilla que alzaba la cabeza, que erguía la espalda. Al final, tras respirar hondo y tranquilizarse, abrió la puerta, se sentó y me sonrió.

—¿Qué tal como primera cita? ¿Bien?

—No hagas eso. —Me lanzó una mirada de advertencia, que esquivé hábilmente—. No me trates como si fuera otra persona. No te escondas de mí.

Dejó escapar una carcajada que también era un suspiro.

—Me lo tengo bien merecido.

Señalé hacia el estadio.

—Eso era lo que querías.

—Sí. —Apretó las manos contra la suave piel del volante—. Tú no eras la única que tenía planes.

Apoyé la mano en su muslo. Necesitaba tocarlo. Cerró los ojos y contrajo el rostro como si algo le causara dolor.

Cuando volvió a abrirlos, puso la radio, arrancó y nos alejamos del estadio. Me sujetaba la mano cuando no tenía que cambiar de velocidad, pero no dijo nada en todo el viaje de vuelta. Dios, qué centrada en mí misma había estado. Sí, había perdido a mi padre, mis planes, pero había estado tan inmersa en mi familia y en mi vida que no me había parado a pensar que había otras tragedias aparte de la mía. Todo el mundo perdía algún sueño.

Detuvo el jeep en su lugar de estacionamiento y fue a abrirme la puerta. Los dos sabíamos que no hacía falta, pero me ayudó a saltar al suelo con sumo cuidado, como si fuera un objeto valioso.

—¿Te habría gustado ser un Tiger? —le pregunté. Quería que me hablara de ello. No podía ser la única que confesara sus secretos. Quería saberlo todo sobre él, en especial aquello que con tanto cuidado ocultaba a los demás.

Abrió la puerta del edificio y esperó a que estuviéramos dentro antes de responder.

—Sí. El día que me aceptaron en el Colorado College fue uno de los más felices de mi vida. Pero no podíamos pagarlo, y la Universidad de Colorado me ofrecía una beca completa, así que fui a Boulder.

—¿Y tuviste una lesión? No me enteré.

Apretó el botón del ascensor.

—No fue jugando, y no fue noticia.

—¿Y entonces fue cuando volviste a casa? —Mierda. No sabía casi nada sobre Josh Walker.

Negó con la cabeza.

—Mi mamá me dijo que tenía cáncer de mama el día antes de los exámenes finales del segundo curso. No tenemos más familia, así que nadie más podía cuidar de ella. Por eso me cambié a la UCCS.

—Y dices que yo no pienso en mí misma. —Había tenido suerte de que la UCCS le siguiera renovando la beca, sobre todo cuando su equipo no estaba al mismo nivel.

¡Ding! El ascensor llegó a la planta baja y entramos.

—Y por eso no te dije nada cuando te trasladaste aquí. Sé lo que es que tu familia dependa de ti.

Entrelazó los dedos con los míos y me dio un beso en el dorso de la mano.

—¿Y tu mamá...?

—Está muy bien. Es una campeona. Cuando entró en remisión, volvió a Arizona para estar con mis abuelos, y yo me quedé aquí.

—Pero luego tuviste una lesión.

Josh era como un rompecabezas con todas las piezas en negro. No sabía dónde iba cada una.

Volvió a apretar los dientes. ¿Se daría cuenta de que sabía cuándo mentía?

—Sí, más o menos cuando los análisis de mi madre nos dieron las buenas noticias. No me pudieron admitir en el equipo en mi segundo año, ya que había llegado al final de la temporada, pero el penúltimo año de preparatoria se me dio muy bien, y el Colorado College me habló de una beca. Unos meses después me lesioné, y el resto...

¡Ding! Estábamos en nuestro piso. Salimos al vestíbulo y nos detuvimos entre las dos puertas, todavía tomados de la mano.

—¿Tardaste un año en recuperarte?

—Tardé un año en volver al hockey, pero nunca seré tan bueno como era. —Me miró a los ojos—. Así son las cosas. Los planes cambian, ajustamos el rumbo y vamos a donde tenemos que ir. No voy a jugar para CC, pero eso no quiere decir que no vaya a hacer algo increíble.

—Pero aún te duele.

—Sí, aunque cada vez un poquito menos. Me escuece cuando me lo refriegan por la cara, pero no puedo cambiar el pasado ni lo que sucedió.

Estaba hablando de él mismo, y no lo hacía para darme una lección, pero sus palabras me llegaron a lo más hondo, me desnudaron el alma. No podía cambiar lo que había pasado en los últimos meses. No podía recuperar a papá y no iba a volver con Riley. Pero podía seguir adelante.

—¿Me contarás algún día lo que te pasó?

Tardó un momento en responder, y al final asintió.

—Sí. Pero todavía no estoy preparado.

Su sinceridad me tranquilizó más que conocer los detalles de la lesión.

—Gracias por esta noche.

Me acarició la mejilla, tomó mi rostro entre sus manos, y al instante noté una descarga eléctrica descendiendo por mi cuello.

—Lo siento si se me fue la mano. Igual fue un poco fuerte para una primera cita.

—Fue perfecto. Pero, claro, llevaba soñando con salir contigo desde mi primer año en la preparatoria, y aunque hubiera sido atroz también me habría parecido perfecto. Nunca te disculpes por mostrarte tal como eres.

—Había otro motivo para que me alegrara de que te cambiaras de universidad —reconoció.

—¿Sí?

—Soy egoísta, pero te quería cerca.

—Josh...

—No, escucha un momento. Te quería tener cerca, y sigo queriéndolo; te voy a dar una cosa y luego tú decides lo que haces. Espera. —Entró en su departamento y tardó menos de un minuto en volver con un sobre de color manila. Lo acarició, nervioso—. Esto es porque sé de lo que eres capaz, aunque ni tú misma lo sepas.

Me lo entregó, lo abrí muy despacio y me quedé sin respiración.

—¿Un formulario de ingreso en Vanderbilt?

Sonrió.

—Hay sueños que no mueren, solo están adormecidos. Quiero que sepas que tienes todas las opciones en la mano, y que no debes tener miedo. Por encima incluso de querer tenerte cerca de mí, deseo que seas feliz.

Aquel fue el momento exacto en que me enamoré de Josh Walker.

Todo encajó en su lugar, recompuso los trozos rotos de mi alma lo suficiente como para respirar sin presión, para poder empaparme de él, de lo hermoso que era tenerlo conmigo.

Se inclinó hacia delante sin apartar la mano de mi cara y me dio un beso en los labios. Me arqueé, en busca de más. Quería todo lo que sabía que podía darme. Era lo malo de besar a Josh: sus habilidades «besatorias» eran adictivas. Me dio otro beso en los labios y se apartó.

—¡Es nuestra primera cita!

Me quedé boquiabierta.

—¿En serio? ¿Con todo lo que hemos…?

Josh era como una colegiala, me obligaba a retroceder hasta el principio al comienzo de cada cita. Se fingió escandalizado.

—¡Cómo te atreves! ¡December Howard! ¿Qué pensarías de mí si permito que me arrebates la virtud en la primera cita?

—Claro, como eres tan virginal…

El chico rezumaba sexo en estado puro, un sexo que yo sabía que podía ser un poco sucio, incluso demasiado para mí.

—Contigo, todo es nuevo para mí. —Retiró las manos de mi rostro y me encaminó hacia la puerta de mi departamento—. Entra antes de que cambie de opinión, Ember.

—Oooh, ¿te estoy tentando, Josh?

Me abrió la puerta y me empujó al interior con delicadeza.

—Más de lo que te imaginas. Ahora, sé buena y vete a la cama.

—Son las nueve.

—No me importa. Acuéstate. Vestida. O ponte a estudiar. O lo que sea.

Me di la vuelta y lo vi apoyado en el dintel, con las manos a ambos lados del marco. No podía estar más atractivo.

—¿Nos planteamos una segunda cita?

Su sonrisa me pareció arrebatadora.

—No te quepa duda.

—Pues dame un beso de buenas noches que valga la pena.

Tardó una milésima de segundo en estrecharme contra él. El corazón me saltó del pecho y sentí un cosquilleo en los labios, anticipando lo que iba a pasar. Sentí que si no pegaba su boca a la mía, acabaría enloqueciendo.

Me sostuvo el rostro sin prisas, me apartó unos mechones rojizos que se habían soltado. Examinó cada curva, cada línea de mi cara, recorrió mis pómulos con la mirada, hizo una pausa en los ojos, se detuvo en mis labios.

Y me devoró la boca, tal como yo necesitaba.

Movió los labios de aquella manera tan exquisita que me dejaba lista para él al instante. Me inclinó la cabeza para disfrutar de un mejor acceso, y tuve que concentrarme para no perder el equilibrio. No apartó las manos de mi rostro, aunque yo las necesitaba en cada centímetro de mi piel. Cuando las rodillas empezaban a fallarme, él se apartó. Si no hubiera visto aquellas llamaradas de deseo agitándose en sus ojos oscuros, habría pensado que aquello no lo había afectado lo más mínimo.

—¿Me permite que la llame para volver a salir, señorita Howard?

—Será un placer, señor Walker.

Mi respiración sonaba como si acabara de sacarme de su dormitorio. Y ojalá hubiera sido así.

—Esta velada sí que fue un placer.

Me dio un beso en la mano, retrocedió, cerró la puerta, y yo me quedé apoyada en la pared.

Carajo. Dios. Carajo. Madre mía. Cada fibra de mi cuerpo lo estaba llamando a gritos, y ahora iba a tener que dormir sabiendo que se encontraba al otro lado de la pared. Habría gritado de frustración. Pero lo que hice fue agarrar el bolso y la solicitud, que por lo visto había dejado caer al suelo, y recorrer el pasillo en dirección a la sala.

April estaba acurrucada en el sofá con los ojos enrojecidos e hinchados.

—Llegó hace una hora —me explicó Sam, vestida para salir de fiesta—. No ha querido explicarme lo que le pasa, y no me he atrevido a dejarla sola.

—Yo me encargo, Sam. Vete.

Me dio un abrazo rápido, miró compasiva a April y salió por la puerta, siguiendo la llamada del viernes por la noche.

Dejé mis cosas en la mesita auxiliar, me senté junto a mi hermana y la abracé.

—¿April?

—Me dejó. Brett se enteró de lo de los otros chicos y me dijo que terminamos. —Su cuerpecito menudo se agitaba entre sollozos.

La abracé, la mecí. Le prometí que todo se arreglaría, y recé a Dios para que no me dejara por mentirosa.

—¿Qué voy a hacer? —Sus lágrimas cálidas me empaparon el cuello—. ¡Estoy enamorada de él, Ember!

Tomé su rostro entre mis manos y la aparté para verle la cara. Las lágrimas eran muy reales.

—¿De verdad lo quieres?

April asintió con la cabeza y se mordió el labio mientras las lágrimas seguían surcando sus mejillas.

—Pues pídele perdón. Sin argumentos y sin excusas. Lo que hiciste estuvo mal, te digas lo que te digas a ti misma, y tienes que asumirlo.

No había ninguna necesidad de juzgarla, pero tenía que decirle la verdad.

—Okey. Le diré que lo siento, que hice mal. Pero es que…

—No, April, sin excusas. Ni siquiera ante ti misma. Y pedir perdón no es solo decir que lo sientes, también es no volver a hacerlo. Y si no estás lista para eso, no te acerques a Brett.

Irguió los hombros, y en ese instante vi crecer un poco a mi hermana pequeña.

Capítulo diecinueve

Mierda. Eran las seis y media. El partido de hockey empezaba en cuarenta y dos minutos y yo estaba a veinte en coche. Salté en un pie para intentar quitarme las botas negras y ponerme las cafés, que combinaban mejor con el suéter color crema. Tras dar un fuerte tirón, conseguí sacarme la izquierda, caí de sentón y me di con la cabeza contra la estantería.

—¡Aaay! —grité.

La estantería se balanceó con el impacto, y alcé los brazos para protegerme la cabeza de la avalancha que sin duda se me venía encima. Al cabo de un instante cayó un sobre. Puede que mi reacción fuera algo excesiva.

La carta de papá me devolvió la mirada desde mi regazo. Recorrí mi nombre, aquella caligrafía tan conocida, con el dedo, como si eso me acercara más a él.

Jugué con el sobre por centésima vez, tentada de abrirlo y escuchar su voz. Pero ¿qué me diría él si supiera todo lo que había pasado? ¿Que me había cambiado de universidad? ¿Que todos mis planes, tan meticulosamente organizados, eran un montón de cenizas a la espera de que alguien las barriera?

¿Qué se podía haber guardado que no me hubiera dicho ya en persona? ¿Y qué se lo había impedido? Di vueltas al sobre entre las manos, decidida a no dejar nada sin decir en la vida. Nunca iba a tener motivos para escribir una carta.

Josh iba a saber que lo quería. Aquella misma noche. Sin más esperas. Sin arrepentimientos, sin miedo a las consecuencias, sin plantearme si había pasado suficiente tiempo desde la muerte de mi padre y podía seguir adelante con mi vida.

Me levanté y volví a poner el sobre en el estante más alto.

Me calcé las botas cafés.

—¡Sam! ¡Tenemos que salir ya!

—¡Un momento! —me gritó desde el baño—. ¡No se le puede meter prisas a la perfección! Además, voy a la caza del hombre.

—¿Dónde rayos están mis llaves? ¿Por qué no dejas las cosas en su lugar? —Me puse la chamarra y empecé a buscar entre el caos que reinaba en la mesita de Sam.

—No te pongas así, mujer, no todos tenemos TOC.

—¡No me estás ayudando nada, Sam!

Se echó a reír y siguió maquillándose.

Cuatro minutos, tres palabrotas y unas llaves más tarde, salimos del departamento.

El tráfico no fue demasiado denso hasta que llegamos al estadio. Si a ello sumamos los cinco minutos que tardamos en estacionarnos, estábamos al borde de perdernos el comienzo del partido.

Corrimos por el estadio y nos abrimos paso a empujones hasta llegar a la zona de nuestras localidades. Una mirada rápida a la pista de hielo me confirmó que no había empezado. Ocupamos los asientos de primera fila justo en el momento en que salía el equipo. Perfecto.

Identifiqué a Josh en cuanto salió, como si tuviera un superradar solo para él. Me afloró una sonrisa cuando oí los aplausos que daban la bienvenida al equipo. No podía apartar la vista de él.

—Carajo, chica, eres un caso perdido.

Sonreí con más ganas, acogiendo de buen grado toda aquella oleada de emociones que sentía en ese momento.

—No tienes ni idea. —Estaba enamorada de él. Y estaba orgullosa en mayor medida, no solo del jugador que veía en la pista, sino del hombre en el que se había convertido—. ¿Sabías que tuvo una lesión?

Asintió.

—Sí, el año pasado, pero la verdad es que no hablé con él. Quiero decir que lo veía en el campus y en las fiestas, pero no frecuentábamos los mismos círculos, aunque viviéramos puerta con puerta. ¿Te contó lo que le pasó?

Negué con la cabeza.

—Se rumorea que ese otoño le dispararon, pero debe de haber diez mil versiones diferentes de lo que pasó.

Un disparo. Mierda. Un disparo.

—¿Cuál es la más popular?

—He oído de todo, desde que impidió un robo hasta que fue una novia furiosa.

Tweedledee y Tweedledum se sentaron detrás de nosotras de nuevo. Vaya por Dios, qué coincidencia tan rara. Eran los asientos que nos había reservado... Josh. Miré a las rubias y les sonreí.

—Encantada de verlas.

Tweedledee me lanzó una mirada asesina.

—Sí, claro. Oye, ¿qué hay entre Walker y tú?

Le dediqué mi mejor sonrisa en plan «vete a la mierda».

—Es mi «loquesea». Disfruten del partido.

Me di la vuelta sin hacer caso de sus comentarios sobre lo bueno que estaba Josh. La verdad, no podía criticarlas por estar loquitas por él, cuando yo misma me había pasado el primer año de preparatoria babeando cada vez que lo veía. Cuando presionaba al ataque, era como sentirlo empotrándome contra la pared, sin duda su movimiento estrella. Cuando lo veía patinar en reversa recordaba cómo me jaló en el hielo, con tanta delicadeza. Cuando lanzaba a puerta, lo veía dándole un puñetazo en la cara a Riley, dispuesto a destrozarlo por haberme hecho daño. Y cuando corregía la posición de las manos en el palo, juro que sentía esas mismas manos sobre mi cuerpo. En el estadio, la temperatura exigía llevar chamarra, pero yo estaba en llamas.

Marcó un tanto, alzó los brazos en señal de victoria, me miró y me dedicó una sonrisa exultante, justo antes de que sus compañeros de equipo le saltaran encima. Me había buscado a mí.

No podía ni quería negarlo más. Estaba enamorada de él.

Cuando terminó el tercer tiempo, me dio vergüenza reconocer que no me importaba que hubieran ganado, o que Josh hubiera marcado dos de los cinco goles y hubiera dado la asistencia para otro. Quería verlo a solas. El pitido anunció el final del partido y el estadio estalló en aplausos.

—Oye, ¿te importa llevarte mi coche a casa? —le pregunté a Sam mientras esperábamos a que los escalones de cemento se despejaran de gente.

—¿Qué pasa, prefieres ir con cierto jugador? —inquirió guiñándome un ojo.

—Algo me dice que me va a llevar a casa. —Me eché a reír, y me sentó bien. Podía hacerlo, podía ser feliz, si es que aquel maravilloso sentimiento burbujeante era de felicidad.

Ni siquiera me di cuenta de cómo rodeaba el estadio hasta la entrada de los jugadores. Tenía que decírselo. Josh tenía que saberlo. No me importaba si me correspondía o no. Bueno, no, mentira. Claro que me importaba, pero el descubrimiento de que podía sentirme así era la verdadera epifanía, aquello que no quería ocultar. No se trataba tanto de lo que él sintiera como de lo que yo era capaz de sentir por él.

El pasillo estaba abarrotado, pero localicé una zona libre en la pared donde poder apoyarme mientras las gemelas Tweedlee, que estaban cerca de la entrada, me miraban como si quisieran matarme. Entendía que estuvieran encaprichadas, pero no lo conocían. Nadie lo conocía como yo. Para ellas era un jugador de hockey guapo, un chico al que tirarse. Para mí... lo era todo.

La expectación hizo que la espera me pareciera eterna, pero al final los jugadores empezaron a salir, estrechando manos y chocando los cinco con la gente que esperaba afuera. No tuve que aguardar mucho.

Josh salió de los vestidores y el pasillo entero estalló en gritos y aclamaciones. Exhibió su habitual sonrisa arrogante, la que hacía que las chicas se le echaran encima, pero pasó sin más entre ellas.

Recorrió el pasillo con la mirada hasta dar conmigo. Y de pronto su sonrisa ya no era altanera, sino la amable y sensual sonrisa que me reservaba a mí. Me dieron ganas de arrancarle la ropa allí mismo, y a cada paso que daba en mi dirección, me hacía sentir más osada.

Le tomé la mano. Se llevó la mía a los labios y besó el dorso.

—Gracias por venir.

—No me lo habría perdido por nada del mundo.

Tweedledee y Tweedledum interrumpieron nuestro momento.

—Oye, Josh, ¿nos llevas a la fiesta de después del partido?

Se pegaron a él, una a cada lado, haciendo lo posible por apartarme. ¿Cómo podían ser tan agresivas esas dos chicas? Josh maniobró como un experto para seguir manteniéndome a su lado.

—¿Qué dices, Ember? ¿Quieres ir a la fiesta?

Negué con la cabeza. Estaba a punto de estallar con todo lo que necesitaba decirle. Si me seguía conteniendo empezaría a soltarlo como una muñeca parlante averiada.

Asintió.

—¿Prefieres dejarlo por esta noche? Te llevo a casa, nena.

—¡Walker! ¿Preparado para ir por el trofeo de la división? —gritó alguien entre la gente.

—¡Ya tengo el trofeo que quería! —respondió con una sonrisa que me paró el corazón. Me agarró por las caderas y me levantó por encima de las cabezas de los que estaban allí—. Voy a ponerte en la vitrina —bromeó.

Otros jugadores se abrieron paso a través del corredor y el nivel de ruido se hizo insoportable. Me acerqué todo lo que pude a él y le dije al oído:

—Prefiero que me lleves a casa contigo.

Se apartó. Me miró boquiabierto y puso unos ojos como platos.

—¿December?

Mi sonrisa era tan luminosa que parecía de otra persona.

—Estoy enamorada de ti, Josh Walker. Llévame a casa.

Su mirada de asombro duró dos segundos enteros antes de que se lanzara sobre mi boca. Por su manera de besarme habría parecido que estábamos solos. Fue salvaje, implacable, me lo exigió todo. Deslicé los dedos entre su pelo mientras me devoraba la boca.

—Pero ¡Josh! ¡La fiesta! —gritó una de las chicas.

—Mi fiesta es Ember —respondió antes de volver a besarme.

Y sin despegar sus labios de los míos, me sacó del edificio, con la enorme bolsa del equipamiento a cuestas.

Sentí el metal helado del jeep a través de la chamarra cuando me apretó contra el coche para seguir besándome hasta dejarme sin aliento en medio del gélido aire nocturno. Se detuvo lo justo para abrirme la puerta, y volvió a besarme mientras me sentaba. ¿Cómo podía tener aquel control tan absoluto? Yo estaba dispuesta a tirármelo en el suelo del estacionamiento si era necesario.

Un clic y ya me había puesto el cinturón de seguridad. Jadeé contra su cuello, desesperada por hundirme en su piel.

—Me vas a tener que soltar —gimió pegado a mi boca.

—No. —Por fin me había concedido a mí misma permiso para sentir, y no iba a dar marcha atrás.

Le pasé la mano por la chamarra, le bajé el cierre, introduje la mano por debajo de la camisa para seguir las líneas de sus abdominales. Me sabía sus músculos de memoria, y esa noche iba a recorrer con la lengua cada uno de ellos.

—Me muero por poner la boca aquí —exhalé, presionándole la piel.

—December. —Jadeó mi nombre como si fuera una plegaria—. Suéltame. Ahora mismo. —Me apartó las manos, pero sus ojos me dijeron que eso era lo último que quería que hiciera—. Suéltame o te voy a coger aquí mismo, en el coche, en medio del estacionamiento.

—A lo mejor es lo que quiero.

Serviría cualquier superficie plana. No, borra eso. Cualquier superficie.

Se mordió el labio de esa manera que me volvía loca y respiró hondo.

—En mi cama. Era el trato. Te lo recuerdo.

Lo recordé.

—Dios, sí. Me acuerdo de todo lo de aquella noche. Cómo me tocaste, cómo me hiciste perder la cabeza. —Me arqueé, atraje su boca hacia la mía—. ¿Me quieres en tu cama, Josh?

Tenía los ojos tan oscuros que casi no se le veían contra el cielo negro.

—Sí —consiguió decir—. Nunca he querido nada tanto en toda mi vida.

—Pues conduce deprisa.

Sorteó el tráfico como un profesional y llegamos a casa en quince minutos contados. Impresionante, considerando el tráfico que encontramos al salir del estadio. Y fue más impresionante aún considerando que yo estuve aprovechando el tiempo para reconocer a fondo la piel de su cuello. Dejó escapar unos gemidos deliciosos cuando le mordisqueé el lóbulo de la oreja. Me moría por volver a oír aquel sonido.

El jeep se detuvo de golpe en su lugar de estacionamiento, y no le di tiempo a llegar a mi lado del coche, pues esta vez fui yo quien abrió la puerta. Me arrojé en sus brazos y me atrapó al vuelo con facilidad.

Me perdí en un cúmulo de sensaciones, en la textura de su boca. Sabía a fresas y a Josh. Pasé a ser la agresora cuando entramos a tropezones en el portal, le pasé la lengua por la línea de los dientes, deseaba cada centímetro de él.

Oí un «ding» y me encontré contra la pared. Eché la cabeza a un lado y Josh me mordisqueó el cuello. Un escalofrío me recorrió todo el cuerpo, seguido de una serie de descargas de calor que confluían directas en mis muslos.

Otro «ding» y me cargó en brazos. Josh tenía el aliento entrecortado, pero caminó sin dejar de besarme. No era mi peso lo que lo hacía jadear. Estaba tan dominado por el deseo como yo. La sola idea me puso caliente hasta lo inimaginable. Iba a estallar en llamas de un momento a otro.

Aparté los labios de su boca cuando llegamos a la puerta, pero solo para concentrarme en la piel salada de su cuello. No sabía qué perfume se ponía aquel hombre, pero era comestible. Oí un clic y volvimos a movernos. Palpó hasta dar con el interruptor y encendió la luz.

—Puedes dejarme en el suelo —le sugerí.

—No hasta que estés en mi cama. —Me besó el cuello—. Dios, December, no te imaginas cuánto tiempo llevo soñando con meterte en mi cama.

Aquellas palabras hicieron que se ganara otro beso arrasador. O que me lo ganara yo, más bien. Los dos salíamos ganando.

Capítulo veinte

Atravesamos la sala y entramos en el dormitorio de Josh. Encendió la lamparita, que bañó la habitación con una luz suave. Si algo me hubiera importado en aquel momento, habría mirado a mi alrededor, pero solo podía pensar en la forma más rápida de quitarle la ropa.

Me posó encima de la cama con delicadeza, y me faltó poco para lanzar un grito de victoria. Me apretujó con todo su peso contra las mantas suaves y me vi envuelta en su cuerpo, en su olor. Deslicé las piernas a ambos lados de su espalda y quedó entre mis muslos, encima de mí. Aquello era el cielo.

—Más despacio. Tengo que ir más despacio —murmuró casi para sí mismo sin poder dejar de mirarme.

Me quitó las botas y me acarició los muslos. Me estrechó la cintura entre sus manos mientras volvía a devorarme la boca con un beso embriagador. Sentí su pelo, que era como la seda, entre los dedos. Separó sus labios de los míos para recorrerme con ellos el cuello, y sentí una sucesión de escalofríos por toda la columna, que me hicieron arquearme para facilitarle el acceso mientras yo le clavaba los dedos en el cuero cabelludo.

—Josh —gemí cuando recorrió con la lengua la zona más sensible cercana a la clavícula.

—Sabes de maravilla —susurró de nuevo contra mi piel.

Se deslizó por mi cuerpo creando una fricción deliciosa, me pasó la lengua por el ombligo mientras me subía el suéter muy despacio. Me miró intrigado, como si esperara mi aprobación antes de quitármelo, aprovechando para besarme cuando pasó cerca de mi boca.

Luego volvió a concentrarse en mi vientre, provocándome, acariciando cada pliegue del abdomen. Me hizo sentir hermosa, deseada. Ahora tenía la cabeza colgando fuera de la cama. Alcé las caderas para que estuvieran a la altura de las suyas y me metió las manos debajo de la ropa para desabrocharme el sostén. Me bajó los tirantes casi con reverencia, y se quedó sin aliento cuando me vio los pechos desnudos.

—Nunca había visto a una mujer más perfecta.

Yo pensaba que no podría estar más caliente, pero aquellas palabras fueron como echar gasolina al fuego. Conseguí sentarme mientras él se arrodillaba entre mis muslos, le agarré la camisa por la cintura y la jalé para quitársela por encima de la cabeza. Su cuerpo era aún más hermoso de lo que recordaba. Le pasé las yemas de los dedos por los tersos músculos del vientre, por las líneas que los demarcaban, y bajé hacia los jeans. No lo pude evitar: introduje los dedos bajo el elástico y lo atraje hacia mi boca. No tenía ni un solo punto blando, ni un gramo de grasa.

Acaricié con la lengua aquellos músculos tan bien definidos y al instante ya estaba enganchada al sabor de Josh Walker. Apretó los dientes para contener un gemido, y cuando alcé la vista tenía los ojos clavados en mí. Deslizó los dedos por entre mi pelo y me atrajo hacia sí, pero sin presionarme, abriendo y cerrando los puños todo el tiempo, como si no fuera capaz de controlar sus movimientos.

Ese era el efecto que le provocaba. Le hacía perder el control, y eso me parecía maravilloso. Tardé apenas unos segundos en desabrocharle los pantalones y bajárselos hasta las rodillas, dejando al descubierto aquel trasero perfecto.

—Ember —jadeó a modo de advertencia.

Los hombres con un trasero así deberían tener prohibido el acceso a lugares con población femenina. Acaricié el elástico de los bóxers, pero no me decidí a bajárselos, pese a lo mucho que necesitaba tocarlo, verlo.

Lo miré a los ojos y casi se me olvidó lo que estaba haciendo. La intensidad que irradiaba su mirada me provocó una descarga eléctrica en el vientre, y supe que estaba lista para él sin necesidad de más juegos previos. Nunca en mi vida había deseado algo con tanta intensidad.

Le acaricié los muslos sin apenas rozarle los bóxers. Me encantaba la textura de su piel, el vello erizado, su olor maravilloso, a lluvia, a sándalo y… a Josh. Palpé una zona de piel dura, y subí la pernera de sus bóxers para ver la cicatriz que tenía en la pierna izquierda.

—¿Aquí fue donde te dispararon? —pregunté.

No trató de negarlo ni me preguntó cómo lo sabía.

—Sí.

Lo dijo con la voz ronca, y crucé los dedos para que fuera a causa del deseo.

—¿Me contarás lo que te pasó?

No era el mejor momento para preguntarlo, pero no lo pude evitar. Estaba a punto de entregarle mi cuerpo, me merecía algo a cambio.

Me acarició el pelo con su mano cálida, se deslizó hasta la altura de mi mejilla y me hundí en sus ojos.

—Estuve en un mal lugar y en un mal momento, nena. Pero eso al final me condujo a ti, así que en realidad fue un buen lugar y un buen momento.

No sabía que fuera posible, pero en aquel momento me enamoré aún más, y decidí dejar de pensar en que aún no sabía qué le había pasado. Me incliné hacia delante para besarle la cicatriz, aunque detestaba lo que esta significaba, el fin de sus sueños, pero con la esperanza de ayudarlo a construir otros nuevos. Metí las manos por detrás de su espalda y lo agarré del trasero.

—Para, por Dios, December, o voy a estallar. Quiero ir despacio, lo hago por ti —dijo con voz ronca, tratando de apartarse.

Junté todo el valor que pude reunir y le agarré la mano, la aparté de mi mejilla, la pegué a mi piel y la hice descender entre mis pechos, por el vientre, hasta que finalmente la introduje en mis pantalones. Él ahogó una exclamación, y yo contuve el aliento mientras lo guiaba por el interior de mis pantaletas, para que sintiera los pliegues cálidos, húmedos. Me rozó el clítoris y arqueé la espalda.

—Quiero que estalles de una vez, Josh. Estoy loca por ti. No necesito que vayas despacio. Quiero saber cómo es tenerte dentro.

Tardó un segundo en librarse de los pantalones y en bajar el cierre de los míos. Levanté las caderas para que me los quitara. El ansia que sentía entre los muslos se convirtió en una tortura cuando me miró como si fuera una ofrenda.

—Perfecta. Cada centímetro de ti es pura perfección.

Sin darme tiempo a decir nada, introdujo la cabeza entre mis muslos. Percibí su aliento a través de la fina seda de las pantaletas. Ni siquiera me dio vergüenza que estuvieran tan mojadas, solo podía pensar en cuánto lo necesitaba. Mis caderas se desplazaron hacia su boca como si tuvieran voluntad propia. Mi cuerpo sabía mejor que yo dónde tenía que estar.

—Josh…

Volvió a respirar directamente en mis labios, y una nueva oleada de placer me hizo sentir una vez más hasta qué punto lo necesitaba.

—Dime qué quieres, nena.

—A ti. —Moví las caderas contra su boca.

—¿A mí? —dijo, esbozando una sonrisa de lo más seductora. Sabía cómo derretir a una chica, eso sin duda.

Me incorporé apoyándome sobre los codos.

—Joshua Walker, te doy dos segundos para ponerme las manos encima o te juro que me voy por esa puerta.

No iba a tolerar que me siguiera provocando. Tenía que estar tan desesperado como yo.

Antes de que me diera tiempo a contar hasta dos, me bajó las pantaletas… con los dientes. Solo de verlo se me escapó un quejido.

Las tiró a un lado, abandonándolas en aquel infinito que era el dormitorio de Josh, y al instante ya estaba de nuevo encima de mí, recorriendo mi piel, volviendo a aprenderse cada curva, cada línea.

—Dios, December, cuando estoy contigo casi no me puedo controlar. Eres tan…, rayos, tan…

Dejó sin terminar la frase y me puso las manos en los pechos, tiró suavemente de mis pezones y los hizo girar entre sus dedos, hasta que logró arrancarme un gemido.

—Tan... ¿qué? —conseguí decir.

Pensé que me dedicaría una de esas sonrisas suyas, pausada, sexy, que tanto me gustaban, pero en lugar de eso me miró con tal ferocidad que, si no lo conociera tan bien, me habría dado miedo.

—Mía —dijo con voz ronca. Tomó mi rostro entre las manos—. Eres tan mía...

Me besó con una intensidad salvaje, y casi me pareció oír una explosión cuando perdió el control. Lo agarré de las caderas con pinzas de hierro mientras él se pegaba cada vez más a mí; Josh presionaba con su erección justo donde yo más lo necesitaba, pero no tanto como para llevarme al extremo. No pude hacer otra cosa que gemir y aceptar su voluntad mientras me dominaba, llenándome la boca con su lengua al mismo ritmo con que me embestía. Pero yo necesitaba más, quería su piel contra la mía, sin barreras.

La desesperación me llevó a hacer lo que jamás hubiera imaginado que haría: bajarle los bóxers.

Gimió sin apartar su boca de la mía y terminó de quitárselos con la otra mano. Estaba en la cama con un hombre desnudo por primera vez en mi vida, y era glorioso. Me moví encima de él, consciente de que, si se desplazaba un centímetro, estaría dentro de mí. Y Dios, qué falta me hacía. Necesitaba que saciara aquella ansia, que aplacara aquel ardor.

—Josh... —Giré las caderas y las alineé con las suyas—. Por favor.

Con la respiración entrecortada, despegó su boca de la mía y sacó un envoltorio de papel metalizado de la mesita de noche.

De pronto me vi sumergida en un baño de realidad. Tenía condones en la mesita de noche. ¿A cuántas chicas había llevado a esta cama? ¿Cuántas veces había bajado unas bragas con los dientes? ¿Cuántas chicas habían estado antes donde yo estaba? Y, peor aún, ¿qué decía de mí el hecho de que eso no cambiara lo que había decidido hacer?

—¿Ember? —murmuró, erguido encima de mí.

Sacudí la cabeza e imposté una sonrisa.

—Nada, es que me alegro de que estés preparado.

Un destello casi intangible le pasó por la mirada, y esbozó una sonrisa que suavizó la expresión de deseo que reflejaba su rostro.

—Eres la primera chica que he traído a esta cama, December Howard.

—Pero todas esas chicas que te...

Negó con la cabeza.

—Aquí, nunca. Nunca en esta cama. Eres la única a la que he traído aquí. Este espacio es mío, y tú eres parte de mí. Aquí no ha estado nadie más.

Era la primera mujer que estaba en su cama. Una sonrisa ávida me iluminó la cara; le quité el envoltorio de la mano, lo abrí y me le quedé mirando. Muy bien lo de abrirlo, sin problema..., pero ahora, lo de ponérselo...

Me lo quitó y se lo puso en el miembro para protegernos a ambos. Y a continuación volvió a besarme los pechos mientras me acariciaba los pliegues del sexo con los dedos, avivando el fuego que me estaba devorando. Sabía dónde tocar, dónde presionar, dónde rozar apenas. Me lamió los pezones, los mordisqueó, y yo sacudí la cabeza. Mi cuerpo buscaba sus dedos mientras los deslizaba poco a poco dentro de mí. Aquella presión me envolvió, creció, se tensó en mi interior, hasta que ya no pude más.

—¡Josh! —grité, y me vine arqueando la espalda sobre la cama.

Mientras descendía de las alturas, se inclinó sobre mí y se apoyó en los codos.

—Eres maravillosa, Ember. Haría que te vinieras cada hora de cada día con tal de verte esa cara.

Alcé los brazos por encima de la cabeza. Me sentía caldeada, como un motor ronroneante. Le acaricié los músculos de la espalda con los dedos y seguí bajando, le agarré el trasero con ambas manos y lo apreté contra mí.

Dejó escapar el aliento cuando me acarició con su erección, pero no se movió. Siguió mirándome a los ojos como si esperara que me retirara, que impidiera aquello.

—Josh... —Moví las caderas hasta que tuve su sexo en la entrada del mío. Sentí un ingenuo temor al percibir su tamaño, pero apenas me duró un segundo, al instante recordé que él nunca me haría daño.

Todos los músculos de su cuerpo estaban rígidos por el esfuerzo de controlarse, pero siguió inmóvil. Yo, en cambio, moví el cuerpo, aunque apenas logré que entrara un par de centímetros en mí.

Cerró los ojos con fuerza y, cuando volvió a abrirlos, los tenía tan oscuros que no se distinguía el iris de la pupila.

—Eres mía.

Yo seguía jadeando, desesperada por sentirlo dentro de mí.

—Sí —le prometí.

Apretó los dientes.

—Dime que lo quieres, dime que mañana no te arrepentirás. Si no estás segura, no te voy a quitar la virginidad.

—Por favor, Josh. Soy tuya. He sido tuya desde que tenía quince años. Deseo esto, te deseo a ti. Te quiero. —Le hice inclinar el cuello e introduje la lengua en su boca al tiempo que él se introducía en mí. Aspiró todo mi jadeo.

Apoyó su frente en la mía y una fina película de sudor le cubrió la piel, haciéndola brillar. Sentí un dolor apenas perceptible, que se disolvió a los pocos segundos, y empecé a mover las caderas.

—No te muevas. Dios, December. Eres como un guante. Perfecta.

Le mordí el labio inferior con delicadeza.

—Porque estás hecho para mí.

—Te quiero —susurró, como si le hubiera arrancado una confesión.

Gracias, Dios. Mi mundo entero se reorganizó de manera exquisita.

—Y yo te quiero a ti —respondí.

Algo se liberó en su interior, dejó escapar un sonido primitivo y empezó a moverse, acarició mi cuerpo frotándolo con el suyo en forma de precisas embestidas. Acomodó mis caderas para rozarme justo donde yo lo necesitaba. Aquello era increíble. El placer empezó a irradiarme desde dentro y apreté mi cuerpo contra el suyo, yendo a su encuentro una y otra vez.

Me besó, apoderándose de mi boca igual que se estaba apoderando del resto de mi ser: de forma total, por completo, sin reserva alguna. No había parte de mí que no le perteneciera. Me pregunté si siempre había sido así de suya.

Deslizó una mano entre mi cuerpo y el suyo y me acarició hasta que perdí la razón. En pocos segundos acabó con el poco control que me quedaba.

—¡Más! ¡Sí! —le exigí con una voz que no reconocí como mía. Me sujetó por las caderas y entró más profundamente en mí, con más fuerza, embistiéndome sin control.

El orgasmo me estremeció, me hizo saltar en pedazos, me destruyó y me volvió a recomponer durante un glorioso instante de alivio. Grité su nombre y abrí los ojos para ver cómo se contorsionaba su rostro al alcanzar el clímax.

—December —susurró ahogando un grito.

Y entonces se derrumbó sobre mí. Sentir su peso encima de mi cuerpo era una sensación exquisita. Casi no podía respirar. Aunque tampoco me habría hecho falta.

Alzó la cabeza y me besó con ternura.

—¿Estás bien? —inquirió frunciendo el ceño—. No pretendía perder el control de este modo.

—Eres increíble.

Su sonrisa hizo que el corazón me saltara en el pecho.

—Somos increíbles juntos. Nunca me había sentido así. Me limpias el alma.

Le alisé las arrugas de la frente con el pulgar.

—No tengo nada con qué comparar, así que, no sé, diría que no estuvo mal —broneé—. La primera vez nunca es nada del otro mundo, ¿verdad? —añadí, esbozando una sonrisa traviesa—. Además, seguro que lo harás mejor en el segundo asalto.

Arqueó las cejas y se abalanzó sobre mi boca.

—¡Listilla! ¡Pues entérate de que sí habrá un segundo asalto!

Dejé de sonreír cuando su boca pasó de largo por encima de mi vientre. Perfecto.

Capítulo veintiuno

La luz del sol ya entraba por las ventanas cuando conseguí abrir los ojos. A mi lado, la cama estaba vacía. Sobre la almohada de Josh había un lirio con una nota apoyada en el tallo. Sonreí, me desperecé y disfruté con la deliciosa sensación de tener el cuerpo magullado.

Así que aquello era lo que todo el mundo comentaba y de lo que no paraban de hablar. ¿Por qué había esperado veinte años? El olor de Josh seguía presente en las sábanas, y respondió a mi pregunta. Porque lo estaba esperando a él.

A Josh, que me quería.

La felicidad me corrió por las venas. Agarré el lirio y me lo llevé a la nariz. Nada de rosas ni de margaritas. Josh nunca hacía lo típico. Desdoblé la nota.

> Buenos días, mi maravillosa December:
> Me habría gustado estar aquí para despertarte igual que te dormí, pero parecías tan tranquila que preferí no hacerlo. Tuve que salir de la ciudad, pero te veré en cuanto vuelva, mañana por la noche. Duerme todo lo que quieras. Me encanta saber que estás en mi cama. Gracias por la mejor noche de mi vida.
>
> Te quiero,
>
> JOSH

También había sido la mejor noche de mi vida. Por primera vez en años me sentía libre, poderosa, como si hubiera tomado las decisiones por mí misma y por los motivos correctos. Rodé sobre su almohada, subí aquellas sábanas tan suaves hasta la altura de mi cara e inhalé su olor. No lo iba a ver hasta mañana por la noche. No era exactamente el día después que había soñado, pero debía de tratarse de algo importante para que se fuera con tanta prisa.

Localicé el sostén, los pantalones y la camiseta, y encontré las pantaletas rosas colgando de una esquina de la cómoda, como si hubiera ganado un *¿Dónde está Wally?* Solo de recordar cómo me las había quitado, todo mi cuerpo se inflamó de nuevo. Hice la cama y metí la ropa que había dejado tirada a ambos lados de la cama en el cesto, junto a la puerta.

Y a continuación, sin el menor reparo, curioseé las fotos que tenía colgadas en la pared, frente a la cama. Había una de su moto, enmarcada como si fuera una obra de arte. La mayoría era de hockey, empezando por una en la que no parecía tener edad ni para andar, con una mujer que me imaginé que sería su madre, hasta la foto de equipo de aquel año. Había estado jugando hockey toda su vida.

No había permitido que el disparo lo detuviera, aunque aún no estuviera preparado para hablar del tema. Una bala no iba a poder con él. Tal vez matara su sueño, pero Josh había encontrado otra forma de vivirlo. Sonreí al ver una foto del equipo de Gus, en la que Josh aparecía como orgulloso entrenador. No se había quedado lamiéndose las heridas, no había seguido adelante con desgana, sino que había encontrado la manera de participar, de contribuir a formar a la siguiente generación, aunque él no pudiera ser la estrella de la suya.

Había una foto de él sentado al borde de una cama de hospital, abrazado a una mujer delicada, hermosa, de rasgos armónicos, muy parecidos a algunos de los suyos. Debía de ser su madre. El rostro de Josh irradiaba amor. Tenía la cabeza rapada, igual que la mujer. Tragué saliva y se me hizo un nudo en la garganta. Se debía de haber afeitado la cabeza cuando ella perdió el pelo debido al tratamiento. Aquel chico no podía ser más perfecto. Se cambió de universidad para estar con su madre. Por eso entendía lo que significaba mi familia para mí, lo que estaba dispuesta a hacer por ella: porque a él le pasaba lo mismo con la suya.

Se me fueron los ojos hacia las fotos de los años de preparatoria, y casi me atraganté al ver que yo había tenido la misma foto clavada en la pared del dormitorio, una que había salido en la primera página de la sección de deportes de un periódico. Descolgué el marco sin poder reprimir una sonrisa. Era la de la celebración que se hizo en la prepa cuando ganaron la final estatal. Recordaba todo lo relacionado con aquella foto, desde el ruido ensordecedor en el gimnasio al rostro de felicidad absoluta de Josh al alzar el trofeo.

La foto captaba el momento a la perfección, desde el burdeos intenso del uniforme al gesto feliz de Josh de perfil. Era guapo, peligroso, joven; tal como yo lo recordaba. Pero, por guapo que estuviera en esa foto, el Josh de la preparatoria no era nada en comparación con el que yo amaba ahora. La madurez había atemperado su atractivo, su peligro, y eso lo hacía aún más espectacular.

Examiné las líneas de su rostro, la alegría y el orgullo que transmitían. Había examinado aquella foto mil veces y siempre encontraba algo que no había visto antes. Me encantaba que no pareciera solo feliz, sino que en su gesto hubiera algo más profundo, un anhelo. Me encantaba que los dos tuviéramos la misma foto en la pared. Me encantaba él.

Pero aquella no era la foto del periódico. Por lo visto, la del periódico estaba cortada. Me fijé en los detalles que se apreciaban a su espalda, los que no aparecían en mi versión. En la suya se veía a los estudiantes con mucho detalle. Siempre me había preguntado qué estaba mirando, qué anhelaba. Pasé un dedo por el cristal para seguir la dirección de sus ojos.

Era yo.

Estaba sentada al lado de Sam, riéndome de algo que mi amiga me había dicho, y Josh tenía los ojos clavados en mí. Se me derritió todo por dentro. Se había fijado en mí, y la noche anterior había descubierto el significado de aquella mirada: me quería. Yo tenía quince años, era larguirucha y torpe, pero Josh Walker se había fijado en mí. Sacudí la cabeza y sonreí para mis adentros mientras volvía a colgar la foto. Iba a tener que localizar aquella versión de la foto.

Cerré con sigilo la puerta de Josh y suspiré aliviada al ver mi bolso junto a los gabinetes de la cocina. Lo agarré de la barra y casi logré llegar a la puerta.

—¿El paseíto de la vergüenza? —bromeó Jagger desde su dormitorio.

Me puse roja, pero lo saludé con toda naturalidad.

—Hola, Jagger.

Se echó a reír con despreocupación. Sí, estaba claro por qué las chicas estaban locas por él. Su rostro proclamaba a gritos que era peligroso. Y esos gritos no los oía solo yo.

—No tienes nada de qué avergonzarte, Ember. Josh está loco por ti.

La alegría se impuso al bochorno.

—Yo también estoy loca por él. ¿Adónde tuvo que irse?

El rostro de Jagger cambió. Fue solo un instante, pero lo detecté antes de que recuperara la sonrisa.

—Es algo de la beca.

—¿Algo de la beca? ¿Qué quieres decir?

Bajó la vista, y a mí se me cayó el alma a los pies.

—Nada, algo que tiene que hacer relacionado con eso. Volverá mañana.

¿Qué podía estar haciendo Josh que Jagger tuviera que ocultarme?

—Claro —comenté distraída. Me dirigí hacia la puerta, y por poco no tropecé con la bolsa de hockey. Estuve a punto de caerme de bruces al suelo, pero por suerte recuperé el equilibrio. La bolsa de hockey—. Un momento. ¿No tenían partido esta noche?

Se agachó para recogerla y la apartó de mi camino.

—¿Y Josh se va a perder un partido? Eso no es propio de él. ¿Por qué?

Jagger carraspeó para aclararse la garganta.

—El entrenador le dio permiso. Ya sabe cómo va lo de la beca de Josh.

—Pero si tiene una beca de hockey, ¿cómo va a perderse un partido?

Aquello no tenía lógica, y el hecho de que Jagger esquivara mis preguntas lo empeoraba todo.

Adoptó una expresión impenetrable, retrocedió y estiró el cuello para relajar los músculos.

—Bueno, el caso es que Josh volverá mañana por la noche. Y sé que se morirá por verte. Eres muy importante para él, Ember. Nunca lo había visto así con una chica.

Me derretí. ¿De verdad iba a permitir que lo que fuera que pasaba con la beca de Josh me echara a perder la mañana del día después? Al diablo. Si pasara algo malo, me lo habría dicho. «Espero que no sea una lesión». Josh no aceptaría que lo apartaran del hielo por ningún otro motivo. ¿Acaso la pierna le dolía más de lo que dejaba entrever? Se lo preguntaría cuando volviera a verlo.

—Gracias por no hacer que esto resulte incómodo, Jagger.

Me sonrió y se despidió con un gesto. Le correspondí, salí del departamento y me dispuse a entrar en el mío. Introduje la mano en el bolso para sacar las llaves. Mierda. Sam había traído mi coche a casa la noche anterior. Claro. Llamé a la puerta y tardó unos minutos en abrir.

—Caray. Vaya pinta...

No había manera de describir la apariencia de Sam. Ni su olor.

—Ni se te ocurra. Te fuiste con el maldito Josh Walker, así que, cuando llegué a casa, decidí volver para pasarla bien yo también. Nada de reprimendas, tomé un taxi.

Caminó como un pingüino por la sala de estar a oscuras. Le sonreí y corrí las persianas.

—¿Medicación e hidratación? —comenté mientras dejaba el bolso sobre la encimera.

Alzó la botella de agua que llevaba en la mano y me señaló el frasco de analgésicos.

—Además, yo tendré la pinta que tenga, pero no llevo la misma ropa con la que salí anoche. —Subió y bajó las cejas—.

Genial. En caso de que hayas pasado la noche en la cama de Josh, quiero detalles.

Le mostré el dedo corazón y entré en el dormitorio, eché al cesto de la ropa sucia la que había llevado puesta el día anterior y me puse una camiseta cómoda y un pantalón de piyama. A juzgar por el aspecto de Sam, el plan para aquel día consistía en quedarnos en casa.

Me dejé caer en el sillón con todo mi peso y colgué las piernas del reposabrazos.

—Sí. Pasé la noche con Josh.

Sam lanzó un gritito e hizo una mueca, antes de llevarse los dedos a la sien.

—Maldito tequila. ¿Es tan apetitoso en la cama como parece?

Una sonrisa me iluminó el rostro por propia iniciativa. No habría podido disimularla, aunque hubiera querido.

—Es perfecto. Maravilloso.

—¡Me muero de celos!

Me eché a reír.

—No puedo creer que lo haya hecho, en serio. ¡Quiero decir, es Josh! Hace que me olvide de todo. Con él no necesito horarios ni planes, y todo puede ser una locura, algo maravilloso, y descontrolado, porque sé que no va a dejar que me pase nada. —Las palabras se me escaparon casi sin querer, pero Sam las interpretó riéndose de pura alegría.

—¡Estás enamorada! —aplaudió, y su sonrisa iluminó toda la habitación—. Confías en él, y para variar no te estás adaptando a lo que quiere el chico.

El corazón se me volvió a llenar de una dulce sensación, como recordándome que yo era propiedad de Josh.

—Con él no tengo que ser diferente. Me quiere y lo quiero.

Saltó por encima de la mesita y tiró las revistas al suelo para darme un abrazo de oso.

—¡Estoy tan contenta por ti...!

—¡Yo también estoy contenta por mí!

Nos derrumbamos sobre los cojines en un ataque de risa. Al final, Sam hizo una mueca.

—Ay. Mi cabeza. Vamos a hablar de tu nueva vida amorosa en voz muy baja durante lo que queda del día. Quiero saberlo todo sobre ese cuerpo perfecto.

Sentía el cuello rígido cuando alguien llamó a la puerta. Dejé caer el libro de Historia sobre la mesa. Genial la intención de estudiar, pero me había quedado dormida con el libro sobre el regazo. Según el reloj, eran las 4:45, y Sam estaba en el sofá con un antifaz de diva para dormir, tratando de superar la resaca. Si no se recuperaba antes de mañana por la mañana, la iba a pasar fatal. Los chicos a los que daba clases de Matemáticas el domingo por la mañana eran unos animales, incluso cuando no tenía la cabeza hecha polvo.

Espié por la mirilla y retrocedí un paso. ¿Qué demonios hacía mi madre allí? Abrí la puerta y Gus salió corriendo de detrás de ella para envolverme en un abrazo pegajoso.

—¿Helado? —Me eché a reír.

—Me comí el tuyo.

Le acaricié los rizos.

—Te lo regalo.

Mi madre me miró de arriba abajo.

—¿Hubo fiesta anoche?

Arqueé una ceja.

—Cuando estaba en Boulder no me controlabas.

Inclinó la cabeza y sonrió.

—*Touché*.

Le hice un gesto para que entrara. Iba bien vestida, bien peinada y maquillada. Estaba mejor.

—Qué bonito —dijo, examinando el departamento.

—Gracias, mamá.

—Hola, señora Howard —murmuró Sam al tiempo que se incorporaba.

—Ahí tienes la fiesta de anoche —le susurré a mi madre, que dejó escapar una risita.

—Su mamá no lo aprobaría, seguro.

—Te tienes que atener a las normas, mamá. —Fui al refrigerador, saqué un refresco y se lo di a Gus—. Si te plantas aquí en pleno fin de semana, tienes que guardar los secretos.

—Trato hecho —convino, jugueteando con el teléfono—. Tengo una cita para tu hermana. ¿Te importa si Gus se queda contigo un par de horas?

—¿Una cita en sábado?

—Decidimos que tiene que seguir un tratamiento. Sobre todo ahora que encontré las facturas de la tarjeta de crédito que pagaste cuando yo estaba tan mal.

Me encogí.

—No sabía cómo decírtelo.

—Hiciste bien. Todo lo hiciste bien, mejor de lo que me habría atrevido a soñar. Le confisqué todo lo que se compró, y me lo irá pagando poco a poco, mientras va al psicólogo. Ese es el trato. A ti tampoco te caería mal, por cierto.

Me sonrió como si no acabara de recomendarme que fuera a terapia.

Hice caso omiso de la sugerencia tan ostentosamente como pude y volteé a ver a Gus, que estaba mirando el antifaz de Sam, con todas aquellas lentejuelas.

—¿Qué te parece quedarte un rato conmigo, Gus?

—¡Bien!

—Hecho, mamá. Sam, no vale la pena que intentes dormir, Gus va a empezar a hurgarte con un palo de un momento a otro.

—¡Grrrrr! —le gruñó a mi hermano. Lo agarró y lo atrajo hacia sí mientras Gus forcejeaba sin dejar de reírse.

—Gracias, Ember.

—Tranquila. Para eso volví, mamá, para ayudar.

Me acarició la cara con su mano fría, como si yo tuviera cinco años. La luz arrancó destellos del diamante del anillo de bodas.

—También quiero que vivas tu vida.

Pensé en Josh, en su manera de adorar mi cuerpo la noche anterior. Mamá se moriría si lo supiera.

—No te preocupes por mí, estoy en ello.

—Nunca tengo que preocuparme por ti. Eres más sensata y estable que nadie. ¡Gus, volveré dentro de dos horas! Así que pórtate bien.

—¡Hasta luego! —consiguió responder entre risas.

Mi mamá me dio un abrazo y salió por la puerta. Arranqué a Gus de encima de Sam.

—Sam, si quieres pelearte con mi hermano pequeño, más vale que huelas mejor. Vete a bañar ahora mismo. No quiero tener que dar explicaciones a los servicios sociales de atención al menor.

Me enseñó el dedo corazón y se metió en el baño mientras Gus entraba en mi cuarto.

—¿Podemos ver esta? —Agarró de la estantería un DVD de una película de terror de lo más sangrienta.

—No.

Vio el sobre que había en la parte superior y frunció los labios.

—¿Aún no has leído la carta de papá?

Negué con la cabeza.

—Todavía no estoy preparada. Ya lo haré.

Asintió.

—Cada uno hace las cosas a su ritmo.

Mi hermano, el sabio.

—¿Te gustó tu carta?

Asintió, concentrado en mi colección de DVD.

—Decía que me quería, pero eso ya lo sabía. Y que me había mandado un casi ángel guardián soldado. Así lo llama él. ¿Es genial, ¿no?

A veces, el idioma de un niño de siete años me resultaba incomprensible.

—Es genial, peque.

—¿*Iron Man*?

—Gran plan.

Introdujimos el DVD en el reproductor y lo senté en mi regazo para respirar el olor a sol de su pelo, que era una inyección de alegría en estado puro. Sonreí y me dejé llenar por esa energía.

Sam salió del baño, fresca y animada, con el pelo envuelto en una toalla a modo de turbante.

—Te sentó de maravilla.

—Bueno, tendremos que prepararnos para el partido de hockey, ¿no?

Gus bebió un trago de refresco dando un sorbo estrepitoso, pero no me molesté en corregirlo. Para eso estaban las madres. Las hermanas mayores estaban para las películas y los refrescos de contrabando.

—No, esta noche no voy.

—¿Qué? —Sam me miró, boquiabierta—. ¿Eres la chica del mejor jugador y no vas a ir? ¿Qué va a pensar? Te lo diré, va a pensar que es un desastre en la ca…

Le lancé una almohada para evitar que terminara la frase.

—Tuvo que ir a no sé dónde para hacer algo relativo a la beca y no volverá hasta mañana.

—Qué rollo. ¿Qué está haciendo?

—Ni idea. —Negué con la cabeza, y al hacerlo le revolví el pelo a Gus con la barbilla. Se recostó más en mí, concentrado en Tony Stark y en el refresco más que en otra cosa—. Espero que no tenga nada que ver con la pierna. No sé qué hará si le quitan la beca.

—¿Sales con el entrenador Walker? Qué bien. Bueno, qué asco, pero qué bien. ¿Sabías que le pegaron un tiro? —anunció Gus.

Me dolió ver que Gus había estado expuesto ya a una parte tan grande de lo feo que podía llegar a ser el mundo.

—Sí, peque, pero ya está bien.

—Casi lo mató, pero tuvo mucha suerte.

Sentí un ramalazo de aprensión.

—¿Te lo contó él?

Josh era muy reservado en lo relativo a la herida. Tanto que no me había contado la historia completa.

—Me lo contó papá.

Le hice darse la vuelta para mirarlo a los ojos.

—¿Qué?

—No pongas esa cara, Ember, que no estoy loco. —Estiró el cuello, pero no lo dejé darse la vuelta hacia la película—. Papá me llevaba al hockey, así que conocía al entrenador Walker. Me habló de él.

«Seré idiota...». No, mi hermano no estaba hablando con una persona muerta.

—Claro, peque. Lo entiendo.

Volvió a abstraerse en la película.

Sam se sentó a nuestro lado, en el sofá.

—¿Qué crees que le pasa? ¿Se volvió a lesionar?

—Tiene simulacros —aportó Gus, dándole otro estrepitoso sorbo al refresco.

El corazón me dio un vuelco, y se me abrió un agujero que debía llenar con algo que tuviera cierta lógica.

—¿Simulacros, Gus? ¿Como en un juego?

Me miró y me lanzó una mirada que quería decir «mi hermana es tonta».

—No, un simulacro, ya sabes, del Ejército. Por eso le caía tan bien a papá. Josh es soldado, como él. —Se volvió a concentrar en la película como si acabara de decir algo evidente.

—¿Simulacros? ¿Soldado? —No. No. No.

Gus suspiró y se puso en pie.

—Si sigues hablando, tendrás que echar para atrás el DVD, Ember, que nos estamos perdiendo lo mejor de la peli.

Sam agarró el control remoto y puso la película en pausa.

—¿Quieres decir que está en el Ejército, Gus? —preguntó con voz tranquila.

—Claro. Por eso pasó lo del disparo.

En el lugar donde antes tenía el corazón, ahora sentía un peso gigantesco, como si todo implosionara dentro de mí, como si se me hubiera abierto un agujero negro en el alma. Una vez al mes. Todos los meses desaparecía un fin de semana. Simulacros.

—Está en la Guardia Nacional —susurré.

—Sí. ¡Es el sargento Walker! —Gus se dejó caer y se sentó en el suelo, delante de la tele.

Sam volvió a poner en marcha la película. Me llevó a mi dormitorio y cerró la puerta.

—Habla. Di algo.

De pronto todo encajaba. «Mal lugar, mal momento». Solo se le había olvidado mencionar que el mal lugar estaba a medio mundo de distancia, y que él iba de uniforme. Me había estado mintiendo desde el primer momento.

Dios santo. Me había enamorado de un soldado. No podía enamorarme de un soldado. Había jurado que no pondría mi corazón en manos de alguien que fuera a perder la vida en un país extranjero, luchando por gente que ni siquiera sabía que estaba allí, de alguien que se ausentaría durante meses.

No podía amar a un soldado. No podía quedarme en casa esperando, preguntándome si volvería algún día. No abriría la puerta cuando llamaran unos desconocidos. No me derrumbaría. No colgaría una estrella dorada de la ventana.

No sería mi madre.

—Di algo, Ember.

Volví a concentrarme en Sam.

—Se equivoca. ¡Se equivoca! Josh me lo habría dicho. Sabe lo que pienso del Ejército. ¡Me lo habría contado!

Antes de darme cuenta de que iba a levantarme, ya estaba en pie. Tenía que saberlo.

—¡Gus, quédate con Sam!

Salí por la puerta sin molestarme en cerrar y aporreé la puerta de Josh.

—¡Ya voy, ya voy, carajo! —gritó Jagger, y abrió de golpe—. ¿Qué caraj...? Ah, Ember. ¿Se te olvidó algo?

Negué con la cabeza, pasé por delante de él y me metí en el departamento como si estuviera borracha, loca. Puede que lo estuviera.

—¿Ember? —inquirió mientras me seguía a la habitación de Josh.

—No puede ser verdad. Lo que dice Gus no es verdad. —Empecé a abrir los cajones de Josh—. No es más que un niño. Qué sabrá él.

—¿Qué estás buscando? ¿Qué no puede ser verdad? Josh no sale con otra, si es lo que te preocupa. Si ni siquiera ha mirado a otra chica desde que apareciste en diciembre.

Cerró los cajones de golpe cuando terminé de hurgar entre los bóxers, los jeans, las camisas, los calcetines, en busca de algo que demostrara que Gus se equivocaba.

—Es Gus, me dijo que...

Se me fueron los ojos hacia las fotos. No había ninguna de él con otros soldados, de misión ni de uniforme. De uniforme.

«¿Dónde están tus defectos, Josh Walker?».

«Los guardo en el clóset».

Claro. Pasé junto a Jagger, abrí la puerta del clóset y encendí la luz interior.

—¡No, Ember! —gritó Jagger.

Era demasiado tarde.

Pasé por alto los uniformes de hockey y la escasa ropa de vestir, y de inmediato encontré los uniformes. Un paso adelante, una mano extendida, y los palpé. El tejido me resultaba desconocido y familiar al mismo tiempo. Era el telón de fondo de mi vida entera.

—No, no, no —susurré, y recé por que estuviera equivocada.

El uniforme se cayó de la percha y lo sostuve entre mis manos. En el hombro izquierdo estaba la insignia de la Guardia Nacional de Colorado, y en el derecho, una idéntica que indicaba que había sido destinado en una misión. En el pecho estaban las barras del rango de sargento, y al otro lado del US Army, leí una palabra que me heló el amor y la esperanza en el corazón.

—Walker.

Mi propio susurro me dejó rota. Estrujé la tela con los puños. Habría deseado tener la fuerza suficiente para desgarrarla, para hacer jirones el futuro que aquello acarreaba. Un futuro del que me negaba a ser parte.

—Josh te lo quería contar —dijo Jagger en voz baja—. Pero… no pudo. No quería perderte.

—Lárgate.

Suspiró y salió de la habitación.

Todo me daba vueltas, o tal vez era que el corazón se me había acelerado. ¿Cómo podía estar condenado algo tan perfecto, tan exquisito? Esto no debería haber sucedido nunca. Yo no iba a vivir así.

Un grito de angustia me desgarró la garganta. Tiré de las perchas los otros dos uniformes, incapaz de seguir mirándolos, y me dejé caer dentro del clóset. El dolor me hizo pedazos, destruyó todo rastro de la alegría que había sentido hacía apenas una hora, para dar paso a una desesperación abrumadora. Tal vez así era como acababa siempre el amor, aplastado por el peso de algo más oscuro, más poderoso.

Tal vez las lágrimas no tardarían en llegar, me aliviarían, me demostrarían que estaba procesando lo que acababa de descubrir. Pero no. Había llorado tanto los tres últimos meses que tal vez ya no me quedaran lágrimas. Estaba hueca, vacía por dentro.

Me arrodillé entre los uniformes, y entonces rocé con la mano un objeto duro, al fondo del clóset. La luz iluminó un estuche verde oscuro. Era como los que había visto tantas veces. Una condecoración.

Lo saqué de entre el montón de carpetas olvidadas y lo abrí. «Orden del Corazón Púrpura otorgada al soldado de primera Joshua A. Walker por las heridas recibidas en combate en Kandahar, Afganistán».

Justo donde había muerto mi padre. Mal lugar. Mal momento.

Igual que yo en aquel preciso instante.

Lo cargué todo en mis brazos y lo puse sobre la cama.

Saqué los uniformes y puse encima la condecoración. Él había recibido la herida, pero el golpe mortal en el alma lo sufría yo.

La foto del campeonato estatal se burló de mí desde la pared, así que la descolgué y la puse junto al premio. No habíamos estado predestinados desde que yo tenía quince años. Habíamos estado condenados.

Capítulo veintidós

Un «ping» del teléfono anunció la llegada de otro mensaje de texto. Veintinueve segundos más tarde, sonaría cuatro veces antes de que saltara el buzón de voz. Y a los diez minutos todo volvería a empezar.

—¿No vas a contestar? —me preguntó Sam al tiempo que me pasaba un plato de espaguetis por encima de la barra de la cocina.

Le di vueltas a la pasta con el tenedor, pero no conseguí comer nada.

—No.

Dejó escapar un ruidoso suspiro.

—Ember...

—No, en serio. Ni se te ocurra, porque no puedo. —Enrosqué los espaguetis en el tenedor y lo dejé en el plato.

Sam se sentó junto a mí en el otro taburete y me miró pensativa mientras masticaba.

—No has comido nada desde ayer. No estás llorando. No quieres hablar. ¿Qué puedo hacer?

Me sentía entumecida, helada desde el centro del alma. No sentía dolor porque no sentía nada. Si me arrancaran el brazo y lo tiraran al suelo chorreando sangre no me habría dado cuenta.

Mi mundo entero había perdido el color, y también la capacidad de hacerme sentir... nada.

Di vueltas a la comida en el plato mientras veía cómo cambiaban los números en el reloj digital del horno. Seis minutos más. Cinco minutos más. Cuatro. En cualquier momento volvería a llamarme, y seguía sin saber qué decir. No, me estaba engañando. No había nada que decir.

Un puño golpeó la puerta de entrada tres veces. Me encogí.

—¡December! —Su voz sonaba ronca, estrangulada.

Sam me miró con las cejas arqueadas, pero no podía. No podía. Negué con la cabeza sin apartar la vista de los dibujos rojos del plato. Qué bien, hacían juego con la salsa de los espaguetis. Me dedicó otro suspiro y se levantó del taburete, arrastrando las patas por el suelo.

La oí abrir la puerta.

—No quiere verte, Josh.

Tenía la voz triste, como si se estuviera poniendo del lado del tipo que me había roto el corazón.

—Por favor, Sam. Tengo que hablar con ella.

Cerré los ojos para protegerme del dolor que destilaba su voz. Si me permitía escucharlo, me volvería loca.

—No puedo. —La puerta se cerró con un clic y dejé escapar el aire antes de darme cuenta de que lo había estado conteniendo.

—¡December! —gritó. El sonido me llegó amortiguado a través de la puerta cerrada—. ¡Tengo que hablar contigo! ¡Voy a seguir aporreando la puerta y gritando tu nombre hasta que salgas o vengan a detenerme!

Sam volvió y se metió el tenedor con espaguetis en la boca. Josh siguió gritando mientras ella masticaba y yo le daba vueltas a la pasta. La angustia que había en su voz me encogió el corazón, pero le di un portazo a aquel sentimiento. Si me permitía albergarlo, todos los demás llegarían detrás y me abrumarían, y no estaba preparada para eso.

—¡December!

—¡Carajo, amiga! —Sam me tomó la mano y me la apretó—. Acabará viniendo la policía.

No podía permitir que se metiera en un lío, y menos por algo tan trivial como esto mío. Me bajé del taburete con la misma camiseta y el pantalón de piyama que llevaba puestos desde el día anterior y fui hacia la puerta.

—No voy a abrir —dije, hablando a través del marco de madera.

—Por Dios, December. Tenemos que hablar.

Negué con la cabeza como si Josh pudiera verme.

—No hay nada de que hablar.

—¡Hay mucho de que hablar!

Estaba furioso. Bien. Al menos a uno de los dos le quedaban emociones.

—Una pregunta.

—Lo que quieras.

Algo golpeó contra la puerta y, por la posición y el sonido, supuse que había apoyado la frente contra la madera.

—¿Estás en el Ejército?

Puse la mano en la puerta, donde sabía que estaba su cabeza, al otro lado.

Transcurrió un largo instante que me reveló la verdad, más que ningún uniforme.

—Sí. En la Guardia Nacional —respondió con la voz rota, apenas audible.

Hasta ese momento no había sabido cuánto deseaba que lo negara.

—Entonces no hay más que hablar, Josh. No hay nada que puedas decirme. Terminamos.

—¡December, por favor!

—Vete. No tenemos la menor posibilidad. —Conseguí mantener un tono de voz neutro, sin emociones.

Esperé varios segundos y algo se deslizó a lo largo de la puerta. ¿Una mano?

—Te quiero.

—Buenas noches, Josh.

La puerta de su departamento se abrió y se cerró. Me apoyé en la del nuestro durante un segundo y me deslicé de espaldas hasta el suelo. Una vez sentada, doblé las rodillas contra el pecho. No hubo lágrimas ni ira, solo una sensación abrumadora de agotamiento.

Solo quería una cosa: a Joshua Walker.

Pero no lo iba a hacer. No me iba a convertir en mi madre. No iba a estar con un hombre cuyo amor podía destruirme.

La mañana del lunes no fue más fácil. ¿No se suponía que tenía que ser más fácil? Aquello dolía más que la pérdida de Riley, aunque tal vez había estado tan hundida por lo de mi padre que no me había dado cuenta. Pero no, no era verdad. Lo de Riley me había dolido, pero no lo había querido como quería a Josh.

—Buenos días, señorita Howard —me saludó el profesor Careving cuando entró en el aula justo delante de mí. A tiempo.

Miré por un momento el lugar donde solía sentarme, vi uno vacío en la parte trasera del aula y me dirigí hasta allí, sin levantar la vista de las baldosas del suelo ni de las mochilas tiradas.

Un Misisipi.

Dos Misisipis.

Tres Misisip...

—Ember.

Mi cuerpo reaccionó físicamente a su voz. Un escalofrío me recorrió los brazos y sentí un nudo en la garganta. Negué con la cabeza y me dispuse a sacar la libreta.

Josh se me adelantó, sacó el cuaderno púrpura de espiral de mi bolso, que había dejado bajo el escritorio. Antes de que me diera tiempo a decir nada, puso al lado un lápiz y un bolígrafo, justo como me gustaba.

—Tenemos que hablar. Deja que te lo explique.

Todas las cabezas se giraron hacia nosotros. El único chisme más jugoso que salir juntos era aquella evidente ruptura. Yo no podía hablar. Qué demonios, con aquella presión en el pecho tenía suerte de poder respirar.

—Ember, por favor...

—Señor Walker —me salvó el profesor Carving—. ¿Le importa sentarse?

Josh dejó escapar un suspiro.

—Esto no ha terminado, Ember.

Pero nosotros, sí.

Tomé notas meticulosas, como siempre. Aparte del inmenso agujero que tenía en el alma, en el exterior todo era tan normal como siempre. El reloj me dijo que quedaban diez minutos de clase. Tenía que llegar a la puerta antes que Josh y correr al coche para salir de allí antes de que tuviera oportunidad de enfrentarse a mí. Sí. Si recogía mis cosas de inmediato, conseguiría escapar antes de que los demás se levantaran.

El profesor Carving terminó la conferencia y empezó a hablar de lo que teníamos que hacer para el miércoles. Yo metí la libreta, el lápiz y el bolígrafo en el bolso, y me lo puse sobre el regazo. Ya me estaba levantando cuando dio la clase por concluida.

Pasé de largo ante los demás estudiantes de mi fila tan deprisa como pude sin parecer una loca, llegué a la puerta y la abrí.

—¡Ember! ¡Espera!

No me detuve, no aguardé, sino que salí volando. Bueno, caminando muy deprisa.

Los pasillos estaban llenos de estudiantes y tuve que esquivarlos. Conseguiría llegar al coche. No tendría que verlo de nuevo, no tendría que enfrentarme a lo que no podía ser mío. Podía resistir un día más sin desmoronarme. El sol de principios de marzo me acarició la cara y respiré hondo. Había salido.

—¡Ember! ¿Qué piensas hacer? ¿Pasarte la vida huyendo? —me gritó Josh.

La mitad de los estudiantes voltearon y se nos quedaron mirando asombrados. Toda la sangre se me acumuló en la cara, y las mejillas se me pusieron al rojo vivo, pero seguí caminando, abriéndome paso por las calles, entre los edificios académicos. «No te derrumbes. Atente al plan».

En el momento en que me tocó el brazo supe que no iba a poder hacerlo. Me detuve, respiré profundamente tres veces seguidas y me concentré en cualquier cosa que no fuera él. La nieve se había derretido, la hierba lucía parda, desnuda. Era ese momento tan feo antes de la primavera, cuando el blanco prístino ya no existía, pero la tierra aún no había vuelto a la vida. Todo era frío y sordo.

—Ember. —Su voz sonaba suplicante, apenas audible.

—No. —Fue lo único que pude decir.

Se puso delante de mí, pero me negué a mirarlo a los ojos.

—Por favor. No quería ocultártelo. Es que no sabía cómo decírtelo.

Una parte de mí empezó a agrietarse, y cada palabra de Josh no hacía más que ensanchar esa grieta. El bendito entumecimiento que había impedido que me desmoronara empezó a derretirse, me dejó desnuda. Tragué saliva para no mirarlo, para no extender las manos y tocarlo.

—Tienes que hablar conmigo. No te voy a perder por culpa de mi trabajo.

Me rompí, salté en pedazos, perdí todo rastro de lógica o razón.

—¿Por tu trabajo? —Retrocedí. Necesitaba mantener la distancia. Por fin, alcé la vista hacia él, pero la tristeza que se reflejaba en su rostro no bastó para acabar con la rabia que sentía. Parecía hecho polvo. Bien, porque así era como me sentía yo—. ¡No es tu trabajo! ¡Y me lo ocultaste! ¡Y sabías lo que pensaba!

—Cuando te vi quemar las cosas de West Point, sabía que no lo aceptarías, que me rechazarías en cuanto lo supieras, pero no podía perderte.

—¡Cabrón egoísta!

Palideció.

—Sí. Pero tenía que estar cerca de ti.

—¿Por qué? ¿Y por qué demonios estás en la Guardia? ¡Tenías una beca completa! ¿Para qué tuviste que alistarte y casi dejar que te mataran? —La mera idea, aquellas simples palabras, hicieron que se me revolviera el estómago. Josh de uniforme. Josh en una fría caja cubierta por una bandera. No.

—Mi mamá se enfermó. Me cambié a esta universidad para estar cerca de ella. Pero el equipo de hockey de la UCCS es modesto, no disponían de fondos para ofrecerme una beca completa a mitad de temporada. Algunos no tenemos una familia rica ni un padre médico, Ember. Hice lo único que se me ocurrió para seguir en la universidad. Un fin de semana al mes no era un precio tan alto por estar cerca de mi mamá. Y no me arrepiento, de nada, ¡ni de lo nuestro!

Bajé la vista hacia donde sabía que tenía la cicatriz en la pierna.

—¿No te arrepientes de haber perdido lo que más amabas? ¡Dios! ¡Te hirieron! ¡Te pegaron un tiro! Casi te mataron, ¿y aun así seguiste? ¿Qué pasa, carajo, tienes complejo de héroe o qué? ¡Pues te informo de que los héroes mueren, Josh! —Se me entrecortó la voz—. Los héroes mueren.

—No he perdido lo que más amaba, Ember. Sigues aquí, estás delante de mí, y voy a luchar por ti.

—No. No me pienso quedar para ver cómo te matan igual que a mi papá. No me importa que casi hayas terminado los estudios. No hay nada que merezca esa espera, ese dolor.

—Tu papá creía en su misión. Salvó muchas vidas. Lo conocía, Ember. Estaba orgulloso de lo que hacía, ¡y estaba orgulloso de mí!

Sentí la hiriente punzada de los celos. Josh había sido amigo de mi padre, lo había conocido por Gus. Había hablado con él de cosas que no podía hablar conmigo, sobre el futuro que había elegido. Josh conocía a mi padre de una manera que estaba fuera de mi alcance porque yo había estado demasiado asustada, demasiado enojada con las decisiones de mi padre como para comprenderlo.

—Y mira de lo que le sirvió. Era médico en un hospital, no soldado en el frente, ¡y está muerto! No intentes racionalizar la guerra.

El silencio nos envolvió y ambos nos dimos cuenta al mismo tiempo de que todo el mundo nos miraba al pasar. Agarró mi bolso por la correa y me condujo con delicadeza hacia un árbol cercano para que dejáramos de ser el centro de atención.

—Por favor, Ember, lucha por lo nuestro. Vale la pena. Te quiero. Eso no se lo he dicho nunca a una chica. Te quiero más que al hockey, más que al aire que respiro. Y sé que tú también me quieres.

Fue como si me diera una bofetada.

—¿Estás intentando utilizar mi amor para esto? —Al final se me saltaron las lágrimas, y empezaron a correrme por la cara—. ¡Si lo hubiera sabido, no me habría acercado a ti! Detesto lo que haces. Detesto que me hayas mentido. Pero, sobre todo, detesto que hayas dejado que me enamorara de ti, cuando lo sabías muy bien. ¡Y detesto amarte, así que no, no lo utilices para tus fines!

Las lágrimas se llevaron por delante mi furia y me dejaron hundida en la tristeza.

En los ojos de Josh también había mucho dolor.

—Yo te quiero lo suficiente por los dos. No puedo arrepentirme de nada de lo que nos ha unido.

Sus ojos, sus palabras, todo se mezcló para hacer mella en mi determinación.

—Tendrías que habérmelo dicho.

Dio un paso hacia mí, vacilante, y me pasó el dorso de los dedos por la cara.

—Tendría que haberte dado la opción de elegir, tendría que habértelo dicho, pero no fui capaz. Eres un milagro, eres algo que nunca pensé que fuera digno de tocar, y ya no digamos de poseer. Te he querido desde que tenía dieciocho años, pero no estaba a la altura de alguien como tú.

—¿Porque mi padre era médico? —le repliqué, arrojándole a la cara sus propias palabras para aferrarme a los últimos restos de ira. La ira me mantendría con vida, mientras que Josh podía hacerme pedazos.

—No, porque eras buena, lista, y no parecías nada interesada en mí. Sí, ibas a verme. Me daba cuenta, vaya si me daba cuenta, pero tenías demasiada autoestima para echarte en los brazos de nadie, y yo te respetaba demasiado como para perseguirte. En aquellos tiempos te habría destrozado.

—Me estás destrozando ahora —le respondí con un hilo de voz.

Sabía por la foto que se había fijado en mí cuando yo tenía quince años, pero oírlo de su boca, con tanta añoranza, me acercó un paso más al abismo de la locura. Porque tenía que estar loca para plantearme siquiera la idea de seguir con él.

—Te quiero. Lo eres todo para mí y no voy a perderte por culpa de un uniforme. —Me sujetó por la cintura, me estrechó contra su cuerpo. Las terminaciones nerviosas me traicionaron, porque sabían demasiado bien lo que era estar entre sus brazos—. Permíteme que te quiera, December, porque, en cualquier caso, tampoco puedes hacer nada para evitarlo. He estado a tu merced desde que tenía dieciocho años.

Perdí todas las fuerzas para luchar y me fundí con él. Sus ojos castaños brillaron bajo la luz que se colaba entre las ramas. A la larga, no tenía importancia. Solo le faltaban unos pocos meses para la graduación. Eché cuentas.

—Te alistaste para los tres años de rigor, y ya se cumplen pronto, ¿no?

—Técnicamente, sí.

Él apretó los dientes y yo entrecerré los ojos.

—Aquí no hay técnicas que valgan. Ni se te ocurra ocultarme nada más.

Miró a su alrededor un momento, como si buscara las respuestas en los árboles, en los edificios.

—Terminaré el alistamiento el día que me gradúe.

Se me escapó un suspiro de alivio.

—Tres meses. Puedo soportar tres meses.

Me apretó más la cintura, desesperado.

—Terminaré el alistamiento. Y unos minutos más tarde haré juramento. Desde que me hirieron, he estado en el Cuerpo de Capacitación de Oficiales de la Reserva. Ellos pagaron la beca para la universidad, y la Guardia me paga el alquiler.

¿Qué había sido del entumecimiento, de esa sensación gélida que me había mantenido al margen de todo? En su lugar, un dolor desgarrador, abismal, se abrió paso hasta lo más hondo y se apoderó de mí.

—Vas a ser oficial de carrera. —Veinte años.

Los veinte mejores años de su vida dedicados al servicio, poniendo su vida en peligro.

Sus ojos me decían que habría querido mentirme, pero no lo hizo.

—Sí. Ese es el plan.

Asentí y sonreí, y tragué saliva para aliviar el nudo que me atenazaba la garganta. Antes de que pudiera decir nada más, me puse de puntitas, le eché los brazos al cuello y uní mi boca a la suya. Lo besé apasionadamente, con todo mi amor, mi pena, mi desesperación.

Él me correspondió, apretando mi cuerpo contra el árbol y entrelazando su lengua con la mía. Me liberó la cintura para sostener mi cara entre sus manos como si fuera algo exquisito, y me besó, visiblemente aliviado. Todo mi cuerpo lo llamaba a gritos, y al fin cedí: me contoneé para encajar mi cuerpo en el suyo, y disfruté de la sensación de estar tan perfectamente compenetrada con esa otra persona.

Con Josh todo era perfecto. E imposible.

Le di otro beso, esta vez más delicado, y retuve su labio inferior todo el tiempo que pude para saborearlo, para sentirlo entre mis labios.

—Te quiero —le susurré sin apartarme de su boca—. Gracias por ayudarme a superar la pérdida de mi padre. Gracias por proteger a April y por querer a Gus. Gracias por ser exactamente lo que me imaginaba que debía de ser el amor.

Sonrió, pero se apartó de pronto al ver que volvían a correr lágrimas por mis mejillas.

—December, no llores…

Negué con la cabeza y me liberé de su abrazo. El aire frío se llevó de inmediato aquella dulce calidez.

—Te quiero —susurré una vez más.

Me miró, como si se negara a admitirlo.

—No. No hagas esto.

Tomé su atractivo rostro entre mis manos y sonreí mientras seguían cayéndome las lágrimas.

—Adiós, Joshua Walker.

Agarré el bolso y me alejé. Necesitaba asirme a algo, a lo que fuera, para sentirme aferrada a la realidad. La gravedad había desaparecido. Acababa de perder a la única persona que me anclaba a la tierra.

Capítulo veintitrés

El reloj me ponía nerviosa. Quedaban dos minutos de tiempo añadido en la prórroga de desempate, y los Mountain Lions estaban igualados en el marcador y con un jugador menos. Jagger era incapaz de controlar su mal genio. Desde nuestros asientos, Sam y yo lo veíamos con toda claridad al otro lado de la pista de hielo, y tenía una furia monumental.

—Está aún más bueno cuando se enoja —comentó mi amiga chasqueando la lengua.

—¿De verdad? —Me eché a reír.

—¡Defensa! ¡Defensa! —gritó la multitud cuando el equipo de la Western State corrió hacia la portería.

Me clavé los dedos en el chaleco cuando tiraron a puerta y fallaron. Los defensores salieron desde atrás.

—Vamos, Josh —susurré, temerosa de decir su nombre demasiado alto.

Cada vez que lo había oído durante las tres últimas semanas había estado a punto de perder el terreno ganado.

Me dolía todo. Al respirar, sentía cómo se desplazaba el nudo que tenía en la garganta. Dormir pared con pared con él significaba no dormir. Pensar en él me dejaba dolorida durante horas.

Y suerte del dolor. Porque eso quería decir que lo estaba procesando, aunque fuera despacio. Que no me había hundido en el aturdimiento. Hice el dolor a un lado y actué con toda la normalidad posible cuando se tiene el corazón destrozado. Tras el primer día de clase, durante el cual me limité a sonreírle con educación y a concentrarme en el profesor Carving, Josh dejó de intentar hablar conmigo.

Se lo agradecí. Pero estaba devastada.

Sabía que no debía ir al partido aquella noche, pero no pude resistirme. Era consciente de lo importante que era para él: el último partido de su vida universitaria.

Josh voló hacia la portería de la Western State, y esquivó a los demás defensores hasta que estuvo frente a frente con el portero. Todo mi cuerpo se puso en tensión. Lo iba a hacer, iba a ganar la liga para su equipo. Estaba tan segura de ello como de que lo echaba de menos.

Finta. Amago. El corazón se me detuvo. Lanzó… ¡y marcó!

El estadio entero se puso en pie de un salto y gritó su nombre. ¡Walker! ¡Walker! Lo había logrado, era el capitán del equipo ganador del campeonato, había marcado el gol definitivo. No pude evitar sonreír, igual que no podía evitar el deseo de reclamarlo como mío, de decir que aquel hombre maravilloso me pertenecía. Se me llenó el corazón de orgullo ante su logro.

El equipo se levantó de la banca e invadió la pista de hielo. Él esquivó la melé y patinó hacia donde estaba yo, al otro lado del cristal. Su rostro no exhibía una sonrisa victoriosa, solo esa mirada intensa por debajo del casco. Se quitó el guante y plantó la palma de la mano en el cristal, donde estaba yo. Sin poder evitarlo, extendí la mía y la puse al otro lado. Oí un relámpago, como si algo se rompiera, pero no me importó. Le estaba mostrando todo lo que habría querido decirle, incluidos el orgullo y la alegría que sentía por él.

Aún estaba enamorada. Ambos lo sabíamos.

Esbozó una sonrisa, pero no llegó a iluminarle los ojos. Había tristeza y resignación en su mirada.

Retrocedió alejándose del cristal, pero, antes de dejar que su equipo lo rodeara, volvió a mirarme. Me señaló y se llevó la mano al corazón. Finalmente desapareció entre sus compañeros, y le pedí a Sam que me llevara a casa.

—¿Segura que quieres perderte la fiesta? —me preguntó mientras nos estacionábamos delante del edificio—. Será increíble en la casa.

Negué con la cabeza y salí del coche.

—Esta noche, no. No puedo. —Me sentía demasiado débil. Cinco minutos a solas en la casa con Josh y acabaría en sus brazos.

—Okey, nena. Duerme un poco.

—Y tú ve con cuidado.

Esperó hasta que introdujera la llave en la entrada antes de arrancar de nuevo para ir a la fiesta.

Me puse la piyama, me metí en la cama y apagué la luz. Envuelta en la oscuridad, pasé los dedos por la pantalla del teléfono e hice una tontería.

> **Ember:** Por favor, no respondas. Solo quería decirte lo orgullosa que estoy de ti esta noche.

¿Qué fue lo que me callé? Que lo amaba, que llevaba tres semanas rota sin él, que aquello me consumía la mente como una droga, que estaba atravesando un síndrome de abstinencia insoportable.

> **Josh:** No dejé de pensar en ti en todo el partido.
> Te llevo en el corazón cada minuto que estoy despierto.
> Te quiero, December Howard.

Volví a sentir el maldito nudo en la garganta y las lágrimas me humedecieron los ojos. Tendría que haber dejado el teléfono. Tendría que haberlo soltado en la mesita. Pero no lo hice, aunque lo viera todo borroso.

> **Ember:** Lo sé, y tú sabes que te quiero, Joshua Walker.

> **Josh:** Ojalá bastara con eso para hacerte cambiar de opinión.

> **Ember:** Ojalá. Buenas noches, Josh.

> **Josh:** Buenas noches, Ember.

Me tragué el dolor y me negué a dejar que volvieran a brotar las lágrimas. No podía pasarme la vida entera llorando, en algún momento tenía que parar. Me acurruqué con el teléfono en la almohada y me adormilé.

Unos golpes rítmicos en la pared me despertaron. Consulté el reloj: las 2:57 de la madrugada. ¿Qué demonios...? El sonido siguió, sacudió la pared. ¿Qué podía estar haciendo? Al otro lado de aquella pared no había nada, solo...

Carajo. Su cama.

Se me rompió el corazón en un millón de pedazos, que a su vez se rompieron en otros tantos fragmentos. No es que me estuviera engañando, claro. Lo había rechazado, había roto con él, le había hecho daño. Acababa de ganar el campeonato de liga, ¿qué esperaba de un donjuán como Josh Walker? Lo raro era que hubiera esperado tanto tiempo.

Pero eso no quería decir que yo tuviera que oírlo.

Agarré la almohada y el edredón y me fui al sofá. Una vez que me acosté, ya no me molesté en contener las lágrimas. Dejé que me consumieran.

Lunes por la mañana. Ocupé mi asiento en clase de Historia y saqué la libreta sin mirar a Josh. No podía mirarlo. Ya me lo había imaginado en la cama con otra chica, no me hacía falta vérselo en la cara.

—¡Qué buen partido, Josh!

Mindy pasó junto a él y le rozó el hombro con la mano al ocupar su lugar. A lo mejor había sido con ella.

Me mordí el labio y clavé los ojos en la hoja en blanco.

—Todo el mundo en su lugar. —El profesor Carving dispuso sus notas en el atril—. Ah, Walker, felicidades. Qué gol.

—Estaba muy inspirado.

Casi me atraganté con el café.

—Era obvio —asintió el profesor Carving—. Bueno, hemos llegado al final de la batalla de Gettysburg. Voy a dar por hecho que leyeron los textos que les mandé.

Hubo un coro de asentimientos.

—¿O no? Vamos, examen sorpresa. —Se oyó un gemido colectivo de protesta—. No se preocupen, que va a ser fácil. Solo tienen que escribir su nombre en la parte superior y a continuación, de memoria, lo más literalmente que puedan, su frase favorita del discurso.

Garabateé mi nombre en la parte superior de la página y cité sin dudar una parte que no se me podría olvidar nunca.

Esperó unos minutos a que termináramos todos.

—Bien. Ahora, pásenle el papel a quien tengan a la derecha.

Se lo di a Josh sin mirarlo. Me rozó el dorso de la mano con los dedos, lo cual me produjo una sensación abrasadora y volvió a hundirme de nuevo.

Tomé el papel que me pasó Patrick, a mi izquierda. Era un chico tranquilo, nada llamativo y, por desgracia para su vida sexual, víctima del acné. Pero buen muchacho.

—¿Quién quiere leer la frase? ¿Mindy?

Mindy carraspeó como una actriz porno.

—«Hace ochenta y siete años, nuestros padres...».

—Vaya, veo que hay quien optó por lo fácil. ¿Alguien tiene otra cosa?

—Yo —se ofreció Josh.

No. No quería escuchar su voz. Pero no podía taparme las orejas y mecerme adelante y atrás, así que iba a tener que escuchar.

—Muy bien, señor Walker. Adelante.

Josh habló alto, con energía.

—«Que de estos muertos a los que honramos, se extraiga un mayor fervor hacia la causa por la que ellos entregaron la mayor muestra de devoción; que resolvamos firmemente que estos muertos no dieron su vida en vano».

El profesor Carving se apoyó en el atril.

—¿Señorita Howard? ¿Por qué destacó esa frase?

Abrí la boca para decir algo, pero no me salió la voz. No podía decir nada sin derrumbarme delante de toda la clase, y eso no lo iba a permitir.

—¿Señorita Howard?

Negué con la cabeza, cerré los ojos y deseé que me tragara la tierra para escapar de allí. Ni siquiera podía hacer algo tan sencillo como hablar.

—El papá de Ember murió en Afganistán hace unos meses —dijo Josh procurando que su voz sonara amable; extendió el brazo y dejó el papel en mi mesa.

Abrí los ojos y me encontré con la mirada perpleja del profesor Carving.

—Entiendo que ese párrafo le haya afectado.

Asentí con la cabeza, pese a que no me había entendido.

El resto de la clase transcurrió en medio de una bruma. Cuando el profesor la dio por terminada, recogí mis cosas, y Josh hizo lo mismo.

—Ember...

Me armé de valor y me giré hacia él. Aún me seguía afectando lo increíblemente guapo que era, pero su atractivo no estaba a la altura de su generosidad, de su calidez. Cualquier chica de la universidad habría dado lo que fuera por una oportunidad con Josh, y ya no digamos por tener su corazón en bandeja.

—Dime.

Alzó la mano como si fuera a tocarme, pero volvió a bajarla muy despacio.

—Tu papá... no dio su vida en vano.

Saqué el papel del bolso, lo doblé por la mitad y se lo di.

—¿Por qué estás tan seguro de que estaba pensando en mi papá? Eres tú quien tomó una decisión en firme. ¿Cuál es tu mayor devoción?

Di media vuelta y me alejé para no tener que escuchar la respuesta.

Capítulo veinticuatro

Marzo pasó tras sufrir otro temporal de nieve, y con abril llegaron más tormentas que se descargaron sobre la hierba cada vez más verde. Y por fin, la belleza, en mayo.

Me puse unos pantalones piratas negros y una blusa azul claro para la cena del domingo. No me había dado cuenta de hasta qué punto me gustaba la rutina de nuestra casa hasta que la perdí. Ahora todo parecía otra vez en su lugar. Solo nos faltaba papá.

Empecé a darle vueltas a la carta entre mis manos, una vez más. Había acariciado tantas veces la tinta del sobre que era un milagro que no se hubiera borrado. Pero las líneas estaban un poco más difusas. Habían pasado cuatro meses y medio, y cada vez que sostenía aquella carta era como si volviera a encontrarme ante la puerta de casa, abriéndola para dejar entrar la catástrofe. Volví a dejarla en la estantería y salí.

El cementerio ya estaba lleno de flores. Los cuidadores estaban sacándole partido a la primavera. Pasé todo el tiempo que pude con papá, procurando no acabar hecha polvo, y luego fui a casa, siguiendo mi rutina. La vida había vuelto a ser pura rutina.

Solo una cosa podía cambiarlo todo, y aún no había recibido respuesta de Vanderbilt.

Gus salió corriendo de casa antes de que me diera tiempo a detener el coche. Se me echó encima.

—¡Ember! ¡Te extrañé! ¡Ven a ver mi experimento de Ciencias! ¡Es total!

—¿Total total? —Le alboroté el pelo y me dejé embargar por el olor a pavo asado que salía de la casa.

—Estaba superpreocupado porque todos los planos los tenía papá, y llevábamos siglos hablando de esto.

Me agaché para ponerme a su altura.

—Pero los encontraste, ¿no?

—Sí, los tenía en el buzón del correo electrónico.

Lo agarré muy fuerte de la camisa sin darme cuenta.

—¿Puedes entrar en su buzón?

Asintió.

—Sí. Solo en el personal. La pregunta de seguridad fue superfácil porque mamá me dijo que nunca cambiaba la contraseña.

Salió corriendo y me dejó aturdida en el vestíbulo.

Mamá atravesó el comedor, encarnando la viva imagen de un ama de casa de los años cincuenta. Tras un abrazo y un saludo apresurados, volvió corriendo en dirección a donde sonaba el teléfono. Gus me mostró su gigantesco puente de espaguetis, que ocupaba buena parte de la mesa de la cocina.

—¡Bien hecho, peque!

—¡Es genial! Me muero por ver cuánto peso aguanta sin romperse. —Tenía los ojos resplandecientes.

Mamá hizo ese gesto universal que significaba «cállense, que estoy hablando por teléfono», aunque le salió más bien como si estuviera dirigiendo una maniobra de ataque. Gus y yo disimulamos una sonrisa y obedecimos.

—Claro, Chloe, sin problema. Tenemos pavo. ¿Por qué no vienes con los niños y cenan con nosotros? —Una pausa mientras mamá escuchaba—. ¿Qué más da lo que lleves puesto? Agarren el coche y vengan. —Se inclinó hacia delante para consultar el reloj de la cocina—. Los espero en quince minutos. Nada de excusas. —Colgó el teléfono, sonriente—. ¡Tres cubiertos más en la mesa, Gus!

—¿Viene la señora Rose? —pregunté mientras sacaba los platos del gabinete más alto para dárselos a Gus.

Mamá se alisó el delantal, lo cual solía hacer cuando tenía algo en la cabeza y no lo estaba contando.

—Me pareció que no estaba bien.

Cruzó la cocina distraída, removió la salsa y sacó el pavo para dejarlo reposar.

Fui a ayudar a Gus.

—¿Quién es la señora Rose? —me preguntó.

Puse un tenedor en el lado correcto del plato y lo centré.

—Seguro que la conoces. Su marido estaba con papá.

Se le iluminaron los ojos.

—¡Ah! ¡La mamá de Carson y Lewis!

—Esa misma.

April entró en la cocina mientras poníamos los platos en la mesa. Gracias a Dios, no llevaba ropa nueva. Desde que empezó la terapia, había dejado de comprar de forma compulsiva.

—Me alegro de verte, Ember —me dijo con una sonrisa, y se sentó.

—Y yo me alegro de que hayas venido a ayudar, April —respondió mamá.

April se encogió de hombros y me miró.

—¿Cómo van las cosas?

Sabía a quién y a qué se refería.

—Sin novedad.

—Hay que ser idiota, dejar que se te escape un chico como...

—April. —La voz de mamá me sonó brusca incluso a mí—. No sigas.

—Alguien se lo tiene que decir. —Se pasó las manos por el pelo.

—Vaya, ha hablado la experta en relaciones. —Brett y ella habían vuelto a salir hacía apenas dos semanas. Aún me parecía increíble que no la hubiera mandado al diablo.

—Estás triste —me dijo mirándome a los ojos, decidida a dejármelo bien claro—. Y mereces ser feliz.

Mi voz y mi talante ya se habían suavizado cuando le respondí.

—No me hace falta un chico para ser feliz. No estaba sola desde que tenía diecisiete años. Estos últimos meses han sido un asco, sí, pero he aprendido mucho sobre mí misma. —Mi hermana arqueó una ceja, incrédula—. No, en serio. Soy capaz de reparar el triturador de la basura, de cambiar un neumático y de pasarme la noche del viernes sola o con mis amigas. Extraño a Josh. Todos los días. Pero tengo que estar bien conmigo misma en soledad, antes de estar con nadie más.

—Cómo me gusta ver que mis hijas se llevan tan bien. —Mamá nos lanzó una mirada escéptica y me pasó la cesta del pan.

—Ya nos conoces —respondió April; me guiñó un ojo, y los últimos restos de tensión se disiparon.

En aquel momento todo parecía de lo más normal y tranquilo. Pensé decirle a mamá lo de Vanderbilt. Lo tuve en la punta de la lengua durante casi diez minutos, mientras Gus hablaba sin parar de su proyecto de Ciencias y April sobre el baile de fin de curso. Cuando mi madre me preguntó cómo me iba en las clases, abrí la boca para responder.

Pero el timbre de la puerta sonó en aquel momento y Gus se levantó de un salto para ir a recibir a sus amigos. Abrió la puerta con todo el peso de su cuerpo.

—¡Gus! ¡Amigo! ¡Tenemos un Bakugan nuevo!

Los chicos se enfrascaron de inmediato en su conversación. Parecían... desaliñados, y eso que los niños de los Rose solían lucir como modelos de anuncio. Llevaban las camisetas sucias y las rodilleras de los jeans agujereadas. Tenían el pelo tan largo que les caía sobre los ojos.

—¿Chloe? —Mi madre se levantó, boquiabierta.

La señora Rose llevaba unos pants y una camiseta rota de los Colts. Tenía el pelo encrespado y recogido en un chongo, y el maquillaje corrido por toda la cara. Ver así a una mujer que por lo general parecía salida de un catálogo me dio miedo.

Entró y buscó a mamá con la mirada vacía.

—June.

Mi madre pasó junto a mí corriendo y la agarró por el brazo.

—¿Qué pasa?

—Dios, June. Es la semana que viene, ¡y él no vuelve a casa! —Se derrumbó. Mamá evitó que se cayera, y las dos se deslizaron poco a poco hasta el suelo. El comedor se llenó con sus sollozos, y al oírla se me abrió un agujero en esa parte de mi alma que aún no se había repuesto de la pérdida de papá—. He seguido adelante... sin darme cuenta de que... —Los hipidos salpicaban las frases mientras sollozaba en el regazo de mi madre—. La unidad vuelve a casa la semana que viene. Cuando los aviones aterricen, él no estará. ¡Él no estará! ¡Se ha terminado, pero no va a terminar nunca, porque él no va a volver a casa!

April se tapó la boca con la mano. Me estremecí, respiré hondo y me obligué a sonreír.

—¡Chicos, hoy comida especial en la sala! ¡Viendo *Los Vengadores* en la tele grande!

Carson y Lewis intercambiaron una mirada de preocupación que reconocí demasiado bien. Era la misma que acabábamos de dirigirnos April y yo, la mirada de dos hermanos que se comunican sin palabras. Eran muy pequeños, de la edad de Gus, y no tenían hermanos mayores que cuidaran de ellos.

Los ojos tristes de Gus se apartaron de mamá y Chloe, que seguía en el suelo, sollozando y dejando unas largas marcas húmedas y oscuras en el delantal con estampado de espigas de mamá.

—¡Genial! —exclamó Gus, fingiendo una sonrisa que esta vez no le iluminó los ojos, mientras se llevaba con él a los otros dos niños—. Mi favorito es Iron Man.

Se me escapó un suspiro. Gus era perfecto.

—¡Yo voy con el capitán América! —replicó Carson mientras entraban en la sala.

—¡Hulk! ¡Amigo, se arranca la ropa, es gigantesco! —oí decir a Lewis ya desde lejos.

Mamá llevó a Chloe al sofá y la estrechó contra su pecho mientras la mujer, más joven que ella, dejaba escapar unos sollozos que me volvieron a desgarrar el tejido apenas cicatrizado de mi propio dolor. Chloe había mantenido la serenidad, y yo sentí envidia de su entereza, mientras que mamá estaba catatónica. Pero en ese momento no había nada que envidiar.

April y yo recogimos los platos, preparamos sándwiches calientes de pavo en lugar de la cena tradicional que mamá había cocinado. Mi hermana se llevó a los niños mientras yo les cambiaba los vasos por jugos en tetrabrik. Mamá se pondría furiosa si le derramaban un vaso de jugo en la alfombra de la sala, con o sin otra viuda a la que consolar.

Sentamos a los chicos, les pusimos la película y los dejamos con sus héroes de Marvel antes de cerrar la puerta, y con ello cerrar su mundo. April se apoyó en la pared y se estremeció.

—Dios, Ember, esto no va a terminar nunca.

Yo también me apoyé junto a ella y la rodeé con un brazo.

—Creo que siempre dolerá. —Parpadeé para contener las lágrimas—. Pero cada vez se nos da mejor vivir con ello día a día.

—Justo cuando creo que empiezo a superarlo pasa algo que me lo arroja de nuevo a la cara y vuelvo a estar como el primer día.

—Ya lo sé. —Miré las fotos de familia colgadas en la pared que tenía enfrente, un mosaico de cursos escolares y acontecimientos que habían hecho de nuestra familia lo que era; y dolía, porque nunca volvería a ser así—. A mí también me supera, April. Te lo juro.

Los sollozos de Chloe resonaron por toda la casa para recordarnos que el dolor no tenía límites ni fecha de caducidad. Abracé a mi hermana mientras mamá abrazaba a Chloe, incapaz de dar un consejo o susurrar una palabra que amortiguara el golpe que habíamos recibido. Pese a los meses transcurridos, seguíamos avanzando a tropezones. Apoyé mi cabeza en la de April y di las gracias porque no estábamos solas, nos teníamos la una a la otra.

—Le dije a Chloe que podía dormir en tu cuarto, Ember. Espero que no te importe —dijo mamá al tiempo que echaba el delantal al cesto de ropa sucia.

—No, claro. —Puse el último plato en el lavavajillas mientras April pasaba un trapo por la barra—. Instalamos a Lewis y a Carson en el cuarto de Gus.

—Bien. Menos mal que se tienen el uno al otro.

No había mucho más que decir, así que terminamos de limpiar la cocina guardando un confortable y triste silencio.

—Me voy a la cama. ¿Tú vuelves a tu departamento esta noche, Ember? —preguntó April.

—Sí, mañana tengo clase a primera hora.

Me dio un abrazo.

—Gracias. Sé que no te lo digo lo suficiente, pero gracias. —Antes de que pudiera responderle, salió de la cocina y subió las escaleras.

—Ya está mejor —le dije a mi madre.

—Nosotras también. Las próximas semanas van a ser duras, pero lo superaremos. —Mamá arqueó una ceja al verme desinfectar la barra; April se había limitado a pasar el trapo y a poner recto el bloque de los cuchillos—. ¿Y tú cómo lo llevas? No te lo pregunto tanto como me gustaría.

Me apoyé en los gabinetes de la cocina.

—Voy avanzando. Tengo la sensación de estar atravesando una etapa de ajuste atrozmente larga, pero lo tengo más o menos controlado. —Como de costumbre, esperó a que siguiera hablando. Nunca me presionaba, sabía que no daba resultado. Con mi padre me había comunicado siempre bien, pero con mamá me costaba más. Tal vez porque éramos demasiado parecidas—. Saco buenas calificaciones y me encanta vivir con Sam.

—Me alegro de que hayas vuelto a conectar.

—Yo también. Cuando acabas la preparatoria, mientras todos firman los anuarios, crees que estás con los que serán tus amigos para toda la vida, pero al final solo te quedan uno o dos. El resto... se esfuman.

Mamá sacó dos tazas y me dio la espalda para preparar las infusiones.

—No se esfuman si haces un esfuerzo por conservarlos. —Se detuvo y respiró hondo—. Este año te han pasado muchas cosas, Ember, siento no haber estado ahí para ayudarte. —Se le escapó una risita—. Siento no haber estado ahí ni para ayudarme a mí misma. Si hubiera sabido lo que estaba pasando con Riley...

—No podrías haber hecho nada. Lo que hizo, lo hizo él, y los errores son solo suyos. Por lo menos así me di cuenta de hasta qué punto mi vida giraba en torno a él. Lo cambié todo por él, por el plan que diseñamos juntos y que a mí ni siquiera me gustaba.

Me dio una taza de chai latte y bebí un sorbo a modo de prueba. Delicioso, y con suficiente cafeína para permitirme hacer la tarea que me esperaba en el departamento.

—Me caía bien Riley —reconoció—. Me gustaba, encajaba con nuestra familia y los dos parecían tenerlo todo muy claro.

Si hubiera sabido lo que estaba haciendo, le habría cortado los huevos.

Escupí de la risa, y las gotas cayeron por toda la isla de la cocina. Las dos estallamos en una carcajada. Cuando mamá logró controlarse lo suficiente, limpió hasta la última superficie.

—No, en serio. Nunca te habría animado a estar con él.

—Ya lo sé. Sobre el papel era perfecto.

—¿Y Josh?

Lo metió en la conversación sin forzar la situación, pero aun así sentí una punzada de dolor.

—Josh está en el Ejército; bueno, en la Guardia. —Habían pasado dos meses y era la primera vez que se lo contaba a mi madre—. Si lo dejara, entonces puede que... pero cuando se gradúe entrará en la carrera militar. No puedo hacerlo, mamá. Y no voy a hacerlo.

Bebió un sorbo de café en silencio antes de responder.

—¿Estás enamorada de él?

Tragué saliva y traté de dar con las palabras adecuadas.

—Sí. Más de lo que pensaba que era posible. No puedo olvidarme de él, pero lo haré. Cuando se vaya, lo olvidaré. —No era tanto una información para mi madre como una promesa que me hacía a mí misma—. Además, él ya dejó atrás lo nuestro.

—¿Seguro que no lo puedes arreglar? —Percibí un fuego en sus ojos que no le había visto desde hacía meses. Por fin había algo que le importaba—. El amor no se rechaza sin más, como si tal cosa.

—No pienso llevar esta vida, mamá. Yo quiero estabilidad, raíces, una casa para los próximos veinte años en la que mis hijos vayan dejando una señal en el marco de la puerta a medida que crecen. Y eso no lo permite el Ejército.

Entrecerró los ojos, como si estuviera decidiendo si el tema estaba zanjado o no. Y tuvo la sensatez de pasar a otro.

—Estás sacrificando demasiado, December. —Desvió la vista hacia el refrigerador, la barra, el suelo. Y finalmente volvió a mirarme a los ojos. —Tengo que… —Pareció que se atragantaba y tuvo que carraspear—. Tengo que darte las gracias. Gracias por todo lo que hiciste. Gracias por estar aquí, por hacerte cargo de las cosas cuando yo no podía.

—No hay de qué, mamá. —La respuesta me surgió con facilidad, automática.

—Claro que lo hay. Renunciaste a tu universidad, a tu vida, a tus planes. Renunciaste a demasiadas cosas.

—Sí, y fue duro. Pero somos una familia y alguien tenía que hacerlo. Lo hice yo, no hay más que hablar. Cualquiera de ustedes habría hecho lo mismo.

—¡Esa es la cuestión, que no lo hicimos! —Me encogí cuando alzó la voz—. Te echaste la casa a cuestas. ¡Cargaste conmigo! Las hijas no tendrían que cargar con las madres. —Dejó caer la taza sobre la barra con un golpe.

Aquello tenía que terminar.

—¿Qué quieres, mamá? ¿Quieres que te diga que estaba enojada? ¿Que me dolió dejar Boulder? ¿Qué tengo que hacer para que te sientas mejor?

—¡Eso! ¡Decirme lo que sientes! ¡Porque nunca te pregunté lo que sentías! —Se le sonrojaron las mejillas—. ¡Quiero verte tan furiosa como yo!

Algo estalló dentro de mí.

—¡Muy bien! —Tiré la taza al fregadero; los restos del latte se fueron por el desagüe—. ¡Sí, estaba furiosa! ¡Tenía celos! ¡Chloe Rose se mantuvo firme por sus hijos, y tú, en cambio, no eras capaz de salir de la cama! Yo estaba perdida, confusa, ¡todo pasó del orden perfecto a este puto caos de… mierda! —Tenía la respiración acelerada, igual que el corazón. Dios santo, iba a vomitar—. Tú perdiste a tu marido, pero yo perdí a mi papá y a mi mamá. Perdí a mi novio, mis planes, mi hogar, y tú no te molestaste en hacer un esfuerzo por mí, por ninguno de nosotros.

—Ya lo sé —reconoció en voz baja, tranquila, pero yo estaba demasiado inmersa en mi perorata.

—¿Sabes por qué no puedo estar con Josh? ¡Porque no puedo volver a pasar por esto! —Metí la cabeza entre los brazos—. ¡No puedo convertirme en ti! ¡No puedo abrir esa puerta y verlos ahí de pie, dispuestos a terminar con todo lo que he conocido en mi vida! No puedo. —Las lágrimas que había estado intentando contener toda la noche, no, las lágrimas contra las que había estado luchando desde diciembre, empezaron a correrme por el rostro.

Mamá dio un paso hacia mí, pero la detuve con una mano.

—No. No entiendes lo peor. Todo lo que hice fue para intentar compensar lo que yo había hecho.

—Pero ¿qué crees que hiciste? —Amagó con dar otro paso en mi dirección.

—¡Dios, mamá, yo abrí la puerta! ¡Dijiste que no lo hiciera porque lo sabías, pero yo abrí y los dejé entrar! ¡Vinieron para acabar con nuestra familia y yo les abrí la puerta!

Salvó la distancia que nos separaba y me estrechó contra su pecho tan fuerte como cuando yo era una niña.

—No, Ember, no. No había nada que pudieras hacer para impedirlo. Nada. Yo debería haber abierto la puerta. Siento no haber sido más fuerte. Lo siento, lo siento.

Sollocé contra el hombro de mi madre hasta que se me acabaron las lágrimas. Las lágrimas por papá, por Riley, por los planes, por la universidad, también por Josh. Lloré hasta vaciarme. Hasta que, por fin, dejé de llorar.

Capítulo veinticinco

Aguardé casi una semana, hasta la mañana del sábado siguiente, antes de decidir que el precio de mi integridad era saber algo más de mi padre. Me senté ante la computadora y contemplé el cursor parpadeante de la cuenta de Gmail. Tecleé muy despacio: Justin.A.Howard@gmail.com

Contraseña. Okey. Eso iba a doler. Tecleé su fecha de nacimiento y el servidor la rechazó. Probé con el nombre de mamá. Error. Una ventanita apareció en el centro de la pantalla. «¿Necesitas un recordatorio?».

—Pues mira, sí —murmuré, e hice clic en el OK.

La página se recargó y apareció el recordatorio:

Glowing dim as an ember. Things my heart used to know.

Se me erizó el vello de los brazos y las piernas, como si mi padre estuviera a mi lado, cantando conmigo la canción de mi película favorita cuando era niña, *Anastasia*.

—Papá —susurré.

Volví a hacer clic en el botón de «entrar».

Contraseña: OnceUponADecember

El buzón de correo electrónico se abrió y el alivio me provocó un cosquilleo en todas las terminaciones nerviosas. Había recuperado una parte de él. La carta ya no era lo último que me quedaba. Aquellos mensajes no bastaban, pero tendría que conformarme. Eran sus cartas, sus palabras. Se apoderó de mí una necesidad primordial de meterme en la pantalla, de hundirme en lo que quedaba de él, de acurrucarme entre las palabras tecleadas en busca de mi padre.

Examiné el buzón de entrada y miré solo los mensajes que no se habían abierto. No me importaba lo que decían los demás, solo él. Había correos de la abuela, de mamá, de Gus, de April... y míos. Hice clic en el último que le había mandado, pocos días antes de que los hombres llamaran a nuestra puerta.

¡Hola, papá!
Todo va genial, deja de preocuparte por mí. Mañana vuelvo a Springs para pasar la Navidad con mamá, April y Gus. Tranquilo, que me acuerdo de dónde escondiste el regalo para mamá y no dejaré que se vaya a la cama antes de que llegue Santa. Ojalá estuvieras aquí, sin ti no es lo mismo.
Te quiero mucho,

December

Las últimas palabras que le había escrito eran de amor, sobre nuestra familia. Eso me dio paz. No me estaba doliendo tanto como me había imaginado. A mi padre le preocupaba que renunciara a todos mis sueños por Riley, sobre todo el segundo año, cuando renuncié a hacer el doble grado de Literatura e Historia, y en su lugar elegí Educación Infantil.

Pero no estaba allí, y no podía decirle que tenía razón.

Pasé al buzón de mensajes enviados y se me paró el corazón. Josh Walker.

Abrí el correo antes de que la conciencia me lo impidiera.

Hola, Josh:

Me alegro de que recibieras los archivos. Siento habértelos mandado escaneados, pero había prisa, y por correo tradicional a saber cuándo los habrías recibido. También me alegro de que vuelvas a jugar. Siempre has sido el mejor en la pista de hielo. Estoy orgulloso de lo que has logrado, y tú también deberías. En cuanto a las fechas de regreso, igual es forzarlo mucho, pero puede que llegue a tiempo para ponerte los galones. Me siento honrado de que me lo hayas pedido, y nada me gustará más que ver cómo te conviertes en oficial. Ah, y muchas gracias por grabarme el video del partido. Gus está creciendo demasiado deprisa.

Saludos cordiales,

Justin Howard

Me quedé atónita. No solo se conocían, habían sido amigos. Sabía que habían conversado durante los entrenamientos de hockey y todo eso, pero no me imaginaba que hubieran mantenido correspondencia. Ahora entendía por qué Josh estaba tan afectado en el funeral.

Volví al buzón del correo electrónico y me fijé en la palabra «archivos». ¿Qué le había mandado papá desde Afganistán que Josh no pudiera conseguir aquí? Dejé a un lado los escrúpulos, que en realidad no había llegado a sacar de la maleta, abrí el buzón de elementos enviados y puse un filtro para ver solo los que tenían la dirección de correo electrónico de Josh.

Aparecieron docenas de mensajes, a lo largo de... ¿casi dos años? ¿Llevaban dos años escribiéndose? El más viejo era muy sencillo, solo le pedía a Josh que se planteara la posibilidad de entrenar al equipo de Gus. Papá le decía que sería excelente para su lesión volver al hielo cuando estuviera preparado. Sentí un nudo en la boca del estómago, y un sabor dulzón, enfermizo, me invadió el paladar. Allí había algo más de lo que parecía a simple vista.

Contuve una exclamación al mirar el lado derecho de la pantalla en busca del clip que indicaba que el mensaje llevaba un archivo adjunto. Casi todos eran videos de Gus jugando hockey. Josh había tenido a papá al tanto del deporte que Gus y él compartían y amaban. Se me llenó el corazón de gratitud.

Abrí el mensaje que llevaba por título «Informes localizados», del mes de agosto.

Hola, Josh:
Aquí te mando los informes que teníamos nosotros. Diles a los de la Guardia que espabilen, a ver si hacen copias de seguridad, para variar. O mejor aún, pasa directamente al servicio activo y olvídate del tema. Estoy encantado de ayudarte a volver a un equipo, ahí es donde tienes que estar. Por aquí, todo igual. Muchas horas, muchas dificultades. Hazme un favor, pasa por mi casa y dile a June que vas a cortarle el césped. Esa mujer lleva demasiada carga. Ember volvió a la universidad con el imbécil de su novio. Ya me gustaría que la apartaras un poco de él. No estaría mal. No, en serio, si necesitas algo más, solo tienes que decirlo. El equipo de la UCCS tiene suerte de contar contigo.
Saludos cordiales,

Justin Howard

¿Había intentado emparejarme con Josh? Era broma, seguro. A mi padre le caía bien Riley, ¿no? ¿O solo lo había fingido porque pensaba que yo era feliz? Detuve la pregunta e hice clic sobre el documento. Los informes médicos de Josh aparecieron en pantalla. No era el historial completo, solo algunos documentos sueltos. El más antiguo era de julio de hacía dos años.

¿Por qué le pedía Josh los informes a mi padre si la Guardia los había extraviado?

Me aparté del escritorio. Eran demasiadas preguntas, y estaba harta de sentirme confusa, perdida. Me merecía obtener respuestas.

Y antes de que la parte sensata de mí me convenciera de no hacerlo, me dirigí hacia la puerta.

—¿A dónde vas con esas fachas? —Sam se echó a reír desde el sofá, donde estaba tirada, en piyama.

Yo llevaba el pelo recogido de cualquier manera. Le hice un gesto con la mano y salí del departamento con los jeans cortos y la camiseta de tirantes. Ni me molesté en ponerme los zapatos. Mientras llamaba a su puerta, me dije que era porque no me importaba lo que opinara él de mi aspecto.

—¡Ya voy! —La voz de Jagger me llegó amortiguada por el sonido de la televisión y las risitas. Por un momento pensé en huir, pero no podía hacerlo. Tenía que aclarar aquello. La puerta se abrió y Jagger arqueó las cejas al verme.

—¿Ey?

Sonreí con los labios apretados.

—Mmm… ¿Está Josh?

Jagger sonrió a pesar de la sorpresa.

—Claro, claro, pasa.

Lo seguí por el vestíbulo y el pasillo hasta la sala de aquel departamento que era la imagen especular del nuestro.

—Josh, no vas a creer quién...

—Carajo. —Josh se levantó de golpe, por desgracia para la chica que estaba sentada en el brazo del sofá, junto a él. La sujetó justo a tiempo para evitar que cayera al suelo y la dejó a un lado—. ¿Ember?

Me miró de arriba abajo y no se me escapó el brillo de deseo que iluminó sus ojos. Qué bien, aún podía atizar el fuego que consumía a... Hum, sí. Tweedledee y Tweedledum me lanzaron sendas miradas asesinas.

Jagger quitó el sonido a la televisión en la que estaban viendo una comedia, y todos nos quedamos en silencio. Durante un momento no pude decir nada. Estaba demasiado inmersa en él. En los últimos meses no me había permitido mirarlo a los ojos. Había estado sentada junto a él en clase, había sonreído en dirección a él cuando le decía algo divertido al profesor, pero, por lo demás, lo había esquivado como a la peste. Y ahora estaba claro el porqué.

No llevaba camisa. Jagger tampoco, pero nada me afectaba tanto como el torso desnudo de Josh. Tenía unos músculos de ensueño; a decir verdad, parecían aún más desarrollados, sobre todo las líneas que se hundían en los pantalones cortos de deporte. Y el tatuaje negro ya no era solo negro: tenía elementos de hielo y llamas que entraban y salían de las volutas tribales, todos partiendo de la zona del corazón. Traté de no tragarme la lengua ni de pensar en lo mucho que deseaba besarle todo el cuerpo.

—¿Tinta nueva?

Estábamos a tres metros de distancia, pero habría sido lo mismo si estuviéramos desnudos uno al lado del otro, o a quince mil kilómetros de distancia.

—Sí.

—¿Qué haces tú aquí? —Tweedledum cruzó los brazos por debajo de los pechos para que le asomaran más por el escote.

—Lo siento, no quería interrumpir su... —Hice un gesto envolvente—. Su cita. Tengo que hacerle una pregunta rápida a Josh.

—¿Y viniste hasta aquí para hacerle una pregunta? —replicó la chica.

Miré a Josh, pero estaba demasiado perplejo para responder. No me quitaba los ojos de encima. Me puse roja.

—Soy su vecina de al lado y...

—Y no te va a dar más explicaciones. —Josh volvió a la vida por fin—. ¿Qué pasa, Ember?

Su forma de decirlo, de desgranar cada palabra, hizo que me entraran ganas de saber más. Pero entonces me acordé de los golpes de su cama contra mi pared. Había pasado la página. Respiré hondo para controlarme y me puse las manos en la cintura.

—No me habías dicho lo unido que estabas a mi papá.

Apretó los dientes y palideció.

—Si ya sabes la respuesta, entonces no es una pregunta. —Se pasó la mano por entre el pelo corto, ahora sabía que lo llevaba así por la Guardia—. Pero sí, éramos amigos.

—¿Y los informes? ¿Por qué se los pediste a mi papá? ¿Por qué no fuiste aquí, al hospital Evans?

Tragó saliva.

—¿Los leíste?

Negué con la cabeza.

—No, son tuyos. Paré en cuanto vi la fecha.

Se dirigió a la puerta del dormitorio y me hizo una seña para que lo siguiera. Pero yo no estaba segura de poder entrar allí con él.

—Vamos, Ember, no me voy a aprovechar de ti.

Me dirigió una breve sonrisa que no aportó ninguna luz a sus ojos. Desapareció tan deprisa como había aparecido.

—¡Puedes aprovecharte de mí cuando quieras! —canturreó Tweedledum. Se inclinó hacia mí y me susurró al oído, para que solo yo la oyera—: Ese hombre tiene un cuerpo que…

La hice a un lado y seguí a Josh para no darle tiempo a terminar la frase. Si tenía que elegir entre la guarida del león y el nido de las víboras…, bueno, al menos al león ya lo conocía. Miré a mi alrededor. No había cambiado nada. Incluso había vuelto a colgar la foto del partido. Pensé en sentarme en la cama, pero al final opté por quedarme de pie mientras Josh buscaba algo en el clóset. Por fin sacó una carpeta gris muy manoseada.

Lo puso sobre la cama y lo abrió.

—La verdad, no pensaba que volvería a verte aquí, pero desde luego no me imaginaba que sería así.

Me concentré en el movimiento de sus dedos, en los músculos que se movían bajo la piel del brazo.

—¿Te importaría ponerte una camisa? Me estás distrayendo.

Mi voz sonó como un jadeo, hasta yo me di cuenta, pero no lograba que me bajaran las pulsaciones teniéndolo allí, a menos de un palmo.

Se echó a reír, lo cual, lejos de ayudar, solo sirvió para calentarme aún más.

—¿Podrías ponerte unos pantalones? Esas piernas kilométricas me recuerdan cómo te gustaba rodearme la cintura con ellas.

Me atraganté, y él sonrió. Sacó los informes de la carpeta y me los tendió.

—Tarde o temprano te ibas a enterar, así que más vale que te lo enseñe yo.

Le eché un vistazo al primero.

—¿Te hirieron en julio, hace dos años?

—Sí. Fui un idiota y le di a la Guardia la única copia en papel que tenía. Cuando actualizaron las computadoras, perdieron mi expediente de Afganistán. Lo necesitaba para que los médicos me dieran el visto bueno y así poder jugar en la UCCS. Tu papá estaba destinado allí y sabía que el hospital guardaría una copia. Tuve suerte de que tu papá supiera dónde buscarla.

—Okey, el mismo hospital, pero ¿cómo supo dónde estaban los informes? —Había algo que no encajaba, pero no sabía bien qué era.

—Sí, el mismo hospital. Me operaron de urgencia allí antes de mandarme a Landstuhl. —Noté su mirada clavada en mí.

Negué con la cabeza, mientras sacudía los papeles.

—¿Qué intentas decirme?

—Mira la fecha.

—Seis de julio.

—¿Qué estabas haciendo aquel verano?

Hice memoria.

—Mmm..., me acababa de graduar en la preparatoria. Después del Cuatro de Julio, mi mamá me llevó al campus de Boulder porque había decidido ir a la universidad con Riley. —En lugar de a Vanderbilt, que era donde quería estudiar; otra concesión que hice en aras de nuestro plan—. Me llevó mi mamá...

Empezaba a entenderlo.

—Porque tu papá ya estaba destinado.

Sentí un escalofrío que me empezó en el cuero cabelludo y me bajó por los brazos.

—Mira el informe, December. Esa caligrafía la conoces. —Su voz sonaba amable.

Volví a mirar el encabezamiento, el nombre del médico. El doctor J. A. Howard.

No sentí pánico, ni rabia, ni tampoco me sentí traicionada. Solo que el círculo se había completado.

—Fue tu médico.

—Me salvó la vida. —Josh se sentó en la cama y miró sin ver, con la vista perdida—. Estábamos registrando un edificio cuando me abatieron. Solo llevaba destinado allí un mes. Una bala me rozó el brazo. —Se señaló la cicatriz en el tatuaje, la misma que le acaricié la noche de la fiesta de la Gran Nevada—. Otra me dio en el muslo, en la femoral. Me llevaron de inmediato al hospital de campaña, no paraba de sangrar. Supe que iba a morir. Los médicos no serían capaces de detener la hemorragia a tiempo. Pero apareció tu papá, y me dijo que iba a volver a casa. Que se iba a asegurar de que volviera a casa. —Alzó la vista para mirarme y me sumergí en sus ojos—. Cuando me desperté de la anestesia, empezamos a hablar y supo quién era yo. Me había visto jugar cuando te llevó a un partido.

—En mi primer año, sí —susurré, recordando que no me dio ninguna vergüenza estar allí con mi padre—. ¿Por qué no me lo dijiste?

Me tomó de la mano y traté de ignorar la descarga eléctrica que me provocó el contacto con su piel.

—Estabas tan furiosa porque lo mandaron a Afganistán... No te podía decir que, si él no hubiera estado allí, yo habría muerto. No quería que me vieras como el motivo, que pensaras que el precio de mi vida era la de tu papá.

—¿Eso es lo que sientes tú? —Me acerqué a él y le puse una mano en la mejilla. Alzó la cara y me miró. Cuánto extrañaba su contacto.

—A veces. Pero no solo me salvó a mí, Ember. También salvó a otros, a muchísima gente. Era un cirujano increíble. Te lo quería decir, pero no soportaba pensar que pudieras dejarme. Me rechazaste durante mucho tiempo porque no querías tener la sensación de que nuestra relación empezó con su muerte. ¿Cómo podía decirte que si estoy aquí es solo gracias a él?

Sentí una oleada de aprensión.

—¿Por eso pasaste tanto tiempo conmigo? ¿Por eso fuiste mi «loquesea»? ¿Lo hacías por mi papá, para pagar lo que hizo por ti? —Se me encogió el corazón mientras aguardaba la respuesta. Necesitaba que todo fuera real entre nosotros. No soportaría ser una obra de caridad para él—. ¿Lo nuestro era real? Quiero decir que, en cuanto lo dejamos, volviste a ser... el de siempre.

Una expresión de dolor le atravesó la cara, aunque la disimuló al instante.

—Te he querido desde que tenía dieciocho años. —Señaló con un gesto la foto en la que se nos veía a los dos—. Pero entonces no estaba a tu altura. No, sigo sin estar a tu altura. Tú eres todo lo que no se me permite querer por las cosas que he hecho, y las cosas que aún puedo hacer. No tenía derecho a enamorarme de ti, pero no lo pude evitar. Tu padre no tiene nada que ver con eso.

Me atrajo hacia él y me relajé, incapaz de resistirme, porque quería estar allí, quería robar cualquier contacto que me hiciera sentir más cerca de Josh.

—Aquel día, cuando te vi en la tienda, estabas aún más guapa de lo que recordaba. Habían pasado cinco años, y la chica que tanto me gustaba en la preparatoria se había convertido en una mujer fuerte, asombrosa. Di las gracias al destino y le besé los pies por haberte puesto en mi camino. Pero cuando te oí decir que tu papá había muerto, supe por qué estaba allí, por qué había entrado en aquella tienda casi sin pensarlo.

—Porque estabas en deuda con mi padre por haberte salvado, así que me salvaste a mí. —Estábamos tan cerca que solo tuve que susurrar—. Lo bueno del caso es que ni siquiera me importa. No sabes cuánto has aportado a mi vida, Josh. Me has liberado de todo lo que me lastraba, me has enseñado lo que es ser amada de verdad. Si algo de eso tiene que ver con mi papá, no deja de ser otro motivo para estarle agradecida.

—¿No lo entiendes, December? No estaba contigo porque se lo debiera a tu papá. Fui detrás de ti pese a lo que le debía. Pero si no he intentado acercarme a ti estos meses, si no he echado abajo tu puerta a las dos de la madrugada, aunque me mate saber que solo nos separa un palmo de pared…, eso sí se lo debo a tu papá. Ya sé que no quieres esta vida que voy a llevar. Ya sé que, pese a lo que él decía, no soy lo que necesitas. Pero también sé que no hay nadie en el mundo que te vaya a querer como yo, y ojalá bastara con eso.

Le acaricié la mejilla, memoricé el tacto de su piel, el roce de la barba de un día. Le pasé el pulgar por los labios, la única concesión que me permití en lo relativo a su boca.

—No es cuestión de amor, Josh. Es cuestión de miedo, y no importa lo mucho que te quiera o lo desesperada que me sienta por estar contigo. No puedo vivir con miedo a que suene el timbre. No puedo volver a abrir esa puerta. Apenas he sobrevivido a la pérdida de mi papá, y solo ha sido porque tú me has sostenido. Si te perdiera a ti, moriría. Eso me aplastaría el alma, podría mantenerme en pie, caminar, pero estaría muerta. —Me temblaba el labio inferior. Me sumergí en sus ojos, en aquellas profundidades oscuras, en aquellas chispas doradas que hacían que Josh fuera Josh—. Eres un hombre maravilloso. Nunca digas que no eres lo suficientemente bueno, porque tú vales más que todo eso. —Señalé hacia la puerta, al otro lado de la cual lo esperaban las chicas—. Vales más que todas ellas. El miedo que siento no es porque no seas perfecto. Es porque me tengo que proteger. Dios…, lo que haría por ti.

—Aún me quieres.

—Con cada brizna de mi ser. La palabra «amor» no basta para definir lo que siento por ti, Josh Walker. Eso no va a cambiar en unos pocos meses ni por unos golpes con la cabecera de la cama.

—¿La cabecera de la cama?

Las mejillas se me pusieron tan rojas de vergüenza, que sin duda debían de hacer juego con mi pelo.

—La noche que ganaron… —Seguía pareciendo confundido—. Los golpes de la cabecera de la cama contra la pared. Mi pared.

Abrió mucho los ojos y tuvo el valor de sonreír con aquella sonrisa suya tan arrebatadora.

—Aquella noche no estuve aquí. Después del partido, lo único que quería era estar contigo y no era posible, así que conduje diez horas hasta la casa de mi mamá. No fui yo. Eres la única mujer que he traído a esta cama. Antes de acostarme aquí con otra, prefiero quemarla. Dios, desde que estuvimos juntos no he vuelto a tocar a otra chica. ¿Quién podría sustituir a algo tan perfecto?

De pronto desapareció el peso con el que había cargado desde aquella noche. Sonreí y utilicé sus propias palabras contra él.

—Aún me quieres.

—Cada segundo. Te querré el resto de mi vida, December Howard, tanto si estás a mi lado para verlo como si no. Crees que eres débil, pero no he conocido a una mujer tan fuerte como tú. —Hundió sus dedos en mi pelo mal recogido y me atrajo hacia su boca.

Me aparté para no perder la poca cordura que me quedaba.

—No puedo. Quererte es tan fácil... Y cuando me tocas, me derrito contigo. Pero no puedo ser lo que necesitas.

Abrió mucho los ojos, y en ellos vi desesperación. Aumentó la presión de sus dedos en mi piel.

—December, para mí eres más que eso, más que mi carrera, que el uniforme. Tengo que quedarme cuatro años, eso es inevitable, pero luego lo dejaré. Cuatro años y volveré contigo.

¡Dios, sí! La chica alegre y sin problemas que llevaba dentro quería lanzarse por aquella oportunidad, apoderarse de él. Podía esperar cuatro años, sobre todo por Josh. Pero, para él, cuatro años no eran suficientes.

—No seré yo la responsable de que le des la espalda a lo que quieres. Dijiste que ibas a ser oficial de carrera. No voy a ser yo quien te lastre.

Se le llenaron los ojos de lágrimas. Una se le derramó, le rodó por la mejilla y casi acabó con mi determinación.

—¿Cómo es posible que nos queramos tanto y no estemos juntos? ¿Que un amor como el nuestro nos haga tanto daño?

Le sequé la lágrima antes de ocuparme de las mías.

—Puede que un amor tan exquisito, tan poderoso, no esté hecho para durar eternamente. Puede que nuestro destino sea arder el uno por el otro, y que esa luz ilumine los caminos por los que discurriremos, porque un fuego así no se puede mantener avivado todo el tiempo.

Me puso la mano sobre su corazón, donde empezaba el fuego del tatuaje.

—Yo lo llevaré conmigo siempre, Ember. Te llevaré a ti. —Movió mi mano por las llamas—. Aquí. Siempre. Eres tú, hielo y fuego. Todo lo que hace que seas December. —Respiró hondo—. ¿Vendrás el jueves al juramento?

Respondí negativamente con la cabeza.

—La compañía de papá vuelve a casa ese día. Le prometí a mi mamá que iría.

Asintió, con la tristeza grabada en la curva desolada de sus labios, y con el brillo apagado de sus ojos.

—Puede que sea así. Dos días más tarde me iré a la academia de oficiales para el primer curso. Un corte limpio, ¿no? Entonces ¿por qué me siento como si me estuvieran partiendo por la mitad?

—Porque yo también me siento así. —Sonreí lo mejor que pude, sabiendo que si me quedaba un momento más allí acabaría cediendo, y luego pagaría las consecuencias—. Si juntan nuestras dos mitades, sale una persona entera.

Me abrazó con tanta fuerza que casi me hizo daño. Sentí una necesidad desesperada, frenética, de estar con él, de quedarme a su lado para siempre. Me desgarró por dentro. Pero si ya era dueño de una parte tan grande de mí, ¿qué no tendría en tres años? ¿Y en siete? ¿Y el día que llamaran a mi puerta para decirme que había muerto? No sobreviviría. No. Al menos, tal como estaba en aquel momento, tendría una vida, aunque fuera una vida de mierda, aunque tuviera que conformarme con un amor que no iba a ser ni la sombra del nuestro.

—Al menos tuvimos esto. La mayoría de las personas nunca vive un amor de verdad. Nosotros, sí. Nunca lamentaré lo que tuve contigo, Joshua Walker. Para mí has sido la mayor de las bendiciones.

Me incorporé de su regazo y me incliné hacia delante para besar su maravillosa piel, justo donde las llamas se juntaban con el hielo. Me aparté muy deprisa, demasiado, y a la vez demasiado tarde, dejando un trozo de mi alma incrustado en el tatuaje, tan cerca como pude de su corazón.

Nunca podría pasar la página de Josh Walker.

Capítulo veintiséis

El Centro de Bienvenida de Fort Carson habría podido iluminar el mundo entero con la cantidad de energía que emanaba de las familias allí presentes. La emoción se palpaba en el aire. Las sonrisas de los niños que agitaban banderitas estadounidenses me asombraron por su belleza. Era alegría en estado puro.

Nunca había asistido a una ceremonia de vuelta a casa. Mamá siempre fue sola. Quería estar con papá, y nosotros esperábamos en casa y preparábamos unas galletas espantosas que papá devoraba diciendo que eran las mejores que había comido en su vida. Era nuestra tradición.

Ya en las gradas, cambié de postura en mi asiento, y jalé el bajo del vestido veraniego para que me cubriera bien los muslos. La madera me estaba dejando el trasero entumecido. Jugueteé con el cierre del bolso que tenía en el regazo, sabiendo muy bien lo que llevaba dentro, sabiendo que había llegado la hora de abrir el sobre. Bueno, casi.

Una niña chiquitina, de poco más de un año, subió por las gradas de la mano de su madre y se sentó dos filas más abajo. Llevaba un tutú rojo, blanco y azul, a juego con el lazo del pelo, horrible y maravilloso a la vez. Su madre estaba nerviosa, no paraba de alisarse la blusa y de dar golpecitos en el suelo con el pie.

Conocía la sensación, lo que significaba aquella espera, sabiendo que muy pronto todo iba a ser perfecto. En el momento en que él apareciera por la puerta, la vida dejaría de existir a medias y se reanudaría en toda su plenitud. Pese a lo que había venido a hacer, sonreí y me dejé embargar por la alegría de aquella mujer.

Mamá me buscó con la mirada entre las gradas, me vio y vino hacia mí. Llevaba un sencillo vestido verde, recto, todo clase y dignidad.

Sonrió al sentarse a mi lado y me dio unas palmaditas en la rodilla.

—Vi que Sam también venía. Estás guapísima, Ember.

—Gracias, mamá.

Las dos nos dejamos llevar por los sonidos del lugar, incapaces de apartar la vista de la alegre expectación de las familias que aguardaban. Cinco minutos más.

—¿Estás preparada para esto? —me preguntó con los ojos llenos de preocupación.

Asentí. Las palabras se me escaparon antes de que pudiera contenerme.

—Siento haberme enojado contigo, mamá. No tenía derecho. Si a Josh…, si lo… No sé si podría seguir viviendo, y menos aún comportarme con normalidad, y eso que ni siquiera es mío. Papá y tú estuvieron juntos más de veinte años. Lo siento. Siento que lo perdieras.

Me atrajo hacia su hombro y apoyó la cabeza en mi frente.

—Tenías todo el derecho de estar furiosa conmigo. Y que quede claro, seguí adelante por ti. Por ti, por Gus, por April. Son los que hacen que todo valga la pena.

—Estoy loca por él, mamá. No sé cómo superar esto.

—Pues no lo superes. —Se apartó de mí y me levantó la barbilla con los dedos—. Si quieres a ese chico, no dejes que pase de largo. No hay nada tan valioso como el amor, Ember, y no aparece tan a menudo. Puede que nunca vuelvas a sentir lo que sientes por Josh. ¿Cómo vas a vivir toda la vida sabiendo que lo dejaste escapar?

—No soportaría estar con él y verlo morir. No puedo. —Negué con la cabeza y apreté los labios para contener toda aquella marejada de emociones—. No puedo empezar esto con miedo de saber dónde terminará.

—Nadie sabe dónde terminará. —Le temblaron los dedos un poco, lo justo para que me diera cuenta—. ¿Por qué crees que te pedí que vinieras hoy aquí?

Me encogí de hombros.

—¿Para que entienda que todo terminó?

Se echó a reír.

—Dios santo, no. Lo único que has visto de nuestra vida es la parte mala. Las despedidas, las mudanzas, la distancia. Me diste la mano cuando lo mandaban a una misión, cuidaste de tus hermanos cuando yo no pude. Has visto las banderas dobladas, viste cómo enterraban a tu padre. Pero nunca has visto el mejor momento, lo que suele pasar al final de una misión. Quiero que entiendas por qué vale la pena.

—No hay nada que valga la pena a ese precio, mamá.

Una sonrisa pícara le iluminó la cara.

—Dentro de un momento aceptaré con elegancia un «mamá, tenías razón».

El altavoz se activó como si las palabras de mi madre le hubieran dado la entrada. Era la hora. Las familias se pusieron de pie. El ruido era comparable al de cualquier partido de hockey de Josh, pero aún más apasionado.

Me levanté con mi madre, agarradas de la cintura, una isla de duelo en un mar de alegría sin freno. Y las olas nos pasaron por encima.

Las puertas se abrieron y entraron los soldados desfilando. Los gritos de júbilo llenaron el aire para recibir a los héroes como si fueran estrellas de rock. El alivio podía palparse en todas aquellas exclamaciones alborozadas. Las lágrimas que pugnaban por salir de mis ojos no eran de dolor, sino una necesidad abrumadora de dar rienda suelta a las emociones que ya no podía seguir conteniendo: tristeza, porque no era nuestro día; felicidad, de ver a la niña que aplaudía delante de mí; gratitud, porque los soldados y amigos de mi padre habían regresado con vida. Es lo que él habría querido. Si en ese momento hubiera podido estar en algún lugar, sería aquí y ahora.

Había dos lugares vacíos en la primera fila de la compañía. Mi madre sonrió y suspiró.

—Volvieron con ellos, en espíritu.

Contemplé aquel espacio vacío y me imaginé a mi padre allí, firme, estoico.

Tras un discurso que pareció durar mucho más de los treinta segundos que marcó el reloj, el general dio la orden más esperada.

—¡Rompan filas!

Las gradas se vaciaron como si acabara de sonar la bocina que marcaba la final del Super Bowl, y una estampida de amor bajó en tropel e invadió el suelo del gimnasio en una melé de besos y abrazos.

En mi vida había presenciado nada tan hermoso.

Mi madre me estrechó contra sí con más fuerza.

—Esto es lo que quería que vieras. No ha habido ni un momento en que haya lamentado haber amado a tu padre. Ni siquiera después de perderlo. Si pudiera volver atrás, lo elegiría de nuevo a él, y no tiene nada que ver con ustedes, con nuestros hijos. Aunque no los hubiéramos tenido, los años que pasé con él valen el precio de este dolor. —Señaló abajo, a la gente que se reencontraba—. Estos son los momentos a los que te aferras. Porque duele mucho cuando se va, pero no hay nada que pueda compararse con el momento en que regresa. Te hace que agradezcas más lo que tienes, que seas más consciente de lo valioso que es.

Se giró hacia mí y tomó mi cara, tan parecida a la suya, entre sus manos.

—No des por descontado el amor.

—¡June! —La madre de Sam, vestida de uniforme, estaba llamándola desde abajo.

—¡Sandra! —respondió mi madre.

Me apretó la mano antes de bajar por las gradas y dejarme sola, mientras todo el mundo sacaba fotos y se abrazaba.

Sam agitó la mano, pero se quedó abajo, sin duda percibiendo que necesitaba estar a solas. Se le daba muy bien.

Me senté, me puse el bolso sobre las rodillas, lo abrí y saqué el sobre manoseado con mi nombre. Lo abrí con sumo cuidado y extraje una hoja de cuaderno grande con la caligrafía de mi padre que tan bien conocía.

Sí. Si él hubiera podido estar en algún lugar, sería aquí. Y yo estaba preparada por fin para leer lo que había querido decirme.

Mi preciosa December:

Recuerdo cuando tu mamá eligió el nombre para ti, en aquella noche gélida. ¡Qué adecuado me pareció! Eras un bebé tranquilo, paciente, suave como la nieve. Pero no tardé en descubrir que tenías fuego por dentro y supe que para mí siempre serías Ember, mi pequeña brasa.

No sé lo que estarás sintiendo ahora mismo, pero si me echas de menos tanto como yo a ti, lo siento, cariño. Nunca quise dejarte así. No sé cómo pedirte perdón por todo lo que me voy a perder en tu vida. Pero tengo que decirte unas cuantas cosas.

Abraza a menudo a tu mamá. Lo va a necesitar.

No dediques tu vida a hacer felices a los demás, ni te vuelques solo en hacer todo aquello que crees que encajará en esos inmaculados planes tuyos. Arriésgate. Si no quieres hacerlo por ti, hazlo por mí. No naciste para confinarte en un mapa programado.

Vive, cariño. Ríe, grita, llora, ama. Sé consciente de que cada momento vale cada gota de sudor y cada lágrima que viertas.

Como por lo visto ya estoy muerto, puedo decirte lo que pienso: deja a ese idiota. Crees que estás enamorada de Riley, pero algún día conocerás el verdadero amor y te parecerá maravilloso. Pasa la página, busca a alguien que te merezca.

Recuerda siempre que te quiero, que te he querido desde que supe que ibas a nacer.

Y eso es todo, cariño. Siempre has sido una de mis mayores alegrías, Ember. Sé que no me ves, pero sigo aquí, a la espera de verte casada, graduada en la universidad, empezando tu vida. Ya estoy orgulloso de ti, y sé que estaré orgulloso de lo que decidas hacer en adelante. Eres tan tan fuerte…

Gracias por hacer que valiera la pena vivir mi vida.

Te quiero, December. Sé valiente.

PAPÁ

Me temblaban las manos, pero conseguí doblar el papel y volver a guardarlo en el sobre. Observé durante unos momentos la felicidad que irradiaban aquellas reuniones familiares, los rostros sonrientes, las risas.

El amor que llenaba aquel lugar era del que se ve en las películas, en las leyendas. Era el final feliz de todos los cuentos de hadas, el epílogo de toda historia épica de amor.

Las historias de amor épicas requerían amores épicos.

¿Quién abrazaría a Josh cuando lo destinaran? ¿Quién le daría un beso de despedida, quién sería la persona a la que él querría regresar? ¿A quién levantaría en sus brazos y estrecharía agradecido?

A mí.

Era suya, y él era mío. Y estaba harta de tener miedo. Bajé las gradas corriendo y consulté mi reloj. Las 10:45. Mierda.

—¡Sam! —grité mientras corría hacia ella.

—¡Eeeh! ¿Dónde es el incendio? —Se echó a reír—. ¿Te fijaste bien en algunos de esos soldados, chica? Hace tiempo que no ven a una mujer, y estoy dispuesta a darles…

—¡Sam! —la interrumpí, y la zarandeé por los hombros—. ¿Puedes llevarme al norte en quince minutos?

Se le dibujó una sonrisa en la cara.

—¿Se requiere tu presencia en otra ceremonia?

—Sí.

—¡Ya era hora, carajo!

Corrimos hacia el coche entre maletas y petates. Esquivamos a unas parejas que se besaban y pasamos entre los vehículos estacionados, listos para llevar a los soldados a casa. El coche de Sam estaba en el centro del estacionamiento, bloqueado por todos lados.

—¡Mierda! —grité, y al hacerlo sobresalté a la pareja más cercana.

—¡Toma el mío! —Mamá llegó corriendo detrás de nosotras, con las llaves en la mano, manteniéndose en perfecto equilibrio sobre sus altos tacones—. ¡Está allí! ¡Llévatelo!

Señaló en dirección a su Yukon, estacionada en la zona de delante. Solo había que cruzar la calle y saldríamos a la carretera. Me di la vuelta y la abracé.

—Gracias.

Me estrechó contra ella durante una milésima de segundo antes de apartarme y darme un empujón.

—¡Corre!

Sam y yo dejamos atrás tres hileras más de coches. Abrí las puertas con el control remoto sin dejar de correr.

—¡Yo conduzco más deprisa! —gritó mi amiga.

Le lancé las llaves y me senté en el asiento del pasajero. No me dio ni tiempo a cerrar la puerta antes de que arrancara y acelerara. Atravesamos la acera y la hierba, y salimos a la carretera.

Conseguí abrocharme el cinturón de seguridad.

—¡Más deprisa!

—Ya voy a más de veinte kilómetros por encima del límite. Conducir así en una instalación militar es un delito federal.

Mientras me aleccionaba, hizo un adelantamiento totalmente ilegal.

Cuando cruzamos la reja y salimos a la autopista, condujo como un demonio. La aguja del velocímetro llegó a niveles cuya existencia mi madre desconocía. No me dio tiempo de ponerme nerviosa por lo que iba a hacer, estaba demasiado ocupada controlando que no apareciera ningún poli y rezando por mi vida.

Siete minutos. Faltaban siete minutos, y yendo a una velocidad normal estábamos a más del doble de distancia. Pero, claro, Sam iba a saltar al hiperespacio en cualquier momento. Tomó la salida de la autopista tan deprisa que tuve que sujetarme de la agarradera y cerrar los ojos, convencida de que íbamos a volcarnos.

—¡Tranquila, sé lo que hago! —me aseguró en tono burlón antes de mezclarse con el tráfico.

—¡Sam, estaba en rojo! —Acababa de pasarse el semáforo que había en la falda de la colina donde se alzaba la universidad.

Arqueó las cejas al verme tan conmocionada.

—¿Y qué? Miré a los dos lados.

—Es increíble. ¡Vamos a morir sin haber llegado!

Giró a la izquierda bruscamente para atajar por el estacionamiento y llegar al edificio donde tenía lugar la ceremonia. Los frenos chirriaron y salí despedida hacia delante, pero por suerte el cinturón de seguridad me retuvo en el asiento.

—¡Sam! —grité.

—¡Las once y un minuto! ¡Corre, carajo!

Abrí la puerta y eché a correr.

—¡Gracias! —le grité antes de precipitarme hacia la gruesa puerta de cristal.

En el pasillo reinaba un silencio escalofriante.

—¿Vienes a lo del Cuerpo de Capacitación de Oficiales de la Reserva? —me preguntó un guardia.

Me pasé los dedos por el pelo y me acomodé el saco sobre los hombros.

—Sí.

Señaló el final del pasillo.

—Aula 114. Pero llegas tarde.

Asentí y salí corriendo. Menos mal que no me había puesto tacones. Frené en seco al llegar frente al aula, confirmé el número y entré, dispuesta a mezclarme con las familias a medida que ocupaban sus asientos.

Lo vi al instante. Nunca había querido imaginarme a Josh de uniforme, pero el azul lo volvía arrebatador. Estaba diferente, más austero, como si el hecho de ponerse el uniforme lo hubiera hecho madurar unos cuantos años. Dejé a un lado la aprensión y el instinto, que me decía a gritos que huyera de allí. «Sé valiente, Ember». Era capaz de hacerlo. Sería fuerte como mi padre y valiente como mi madre.

En la parte trasera del aula había unos ventanales que daban a las montañas Rocosas. La luz era perfecta a aquella hora del día. Ocupé un asiento al fondo, a unas siete filas, así que no me vio. Me gustaba el elemento sorpresa, aunque también a mí me agarró desprevenida ver a Jagger de uniforme, un poco más allá de Josh.

Los instructores reunieron a los dieciséis graduados y los alinearon con las Rocosas de fondo. Pidieron silencio en la sala y empezó la ceremonia. Estaba demasiado absorta en Josh como para escuchar los discursos. No sonrió ni una vez, no parecía feliz, al contrario que el resto de sus compañeros. Más bien parecía resignado, atrapado. Era culpa mía, yo le había robado aquel momento de felicidad porque pensaba que me había perdido.

Pero no iba a ser un lastre para él.

Empezó el juramento, y los graduados prometieron defender la Constitución de Estados Unidos contra todos los enemigos, dentro y fuera del país. Era un juramento muy hermoso, y me conmovía siempre que lo oía. En los rostros de todos se veía la generosidad del servicio al que se comprometían.

El maestro de ceremonias, un teniente coronel, explicó en qué consistiría la imposición de los galones, y que cada graduado había elegido a alguien especial para que le pusiera las barras amarillas. Las «mantequillas», como las llamaba papá. Josh era el tercero empezando por el final, y aguardé nerviosa mientras otros graduados las recibían. Mierda. No sabía lo bastante del tema. No podía recordar con exactitud dónde iba la insignia de cada rango. Dejé escapar un suspiro de alivio cuando comprobé que eran charreteras y se colocaban en el hombro.

Vi cómo iban pasando uno tras otro, y el nudo que sentía en el estómago se fue tensando cada vez más. ¿Me iba a poner en ridículo? ¿Estaría allí Tweedledum, esperando para ponerle los galones? Josh no tenía ninguna obligación de esperarme. ¿Me querría allí, después de haberle roto el corazón una vez más hacía solo una semana?

—Joshua Walker —anunció el maestro de ceremonias.

Josh dio un paso al frente y de nuevo me faltó el valor. A diferencia de los demás, que habían recibido los galones en silencio, él habló.

—El hombre que iba a ponerme los galones no puede estar hoy aquí. Hace dos años, me salvó la vida en Afganistán, pero cayó allí estas pasadas Navidades. Puedo afirmar con toda sinceridad que, sin él, sin su apoyo, yo no estaría aquí.

El maestro de ceremonias se adelantó para ponerle los galones.

Era ahora o nunca.

—Su hija lo hará en su lugar.

Me levanté muy despacio y salí al pasillo ante la mirada atónita de Josh. Caminé hacia él, consciente de que todos los ojos estaban puestos en mí. «No te vayas a caer de bruces». Cuando llegué a donde él estaba, me dio las charreteras.

—En nombre del teniente coronel Howard —susurré. Le puse la izquierda. En ese momento sí me habría gustado llevar tacones. Era tan alto que solo le llegaba a las clavículas—. Y en mi nombre —susurré de nuevo, y le puse la otra en el derecho.

Conocía la costumbre. Si yo hubiera sido un hombre, le habría estrechado la mano. Lo que hice fue darle un beso en la mejilla afeitada, y me demoré una fracción de segundo para empaparme de su delicioso olor.

—Felicidades, teniente Walker.

Me dedicó una sonrisa radiante, aunque se contuvo enseguida, pues eso era lo apropiado estando de uniforme. Me aparté, pero no pude dejar de sonreír mientras volvía a mi asiento. Le había dado a Josh Walker la sorpresa de su vida.

Capítulo veintisiete

Todos nos levantamos y aplaudimos a los nuevos tenientes. La ceremonia se había terminado, para dar paso a la vida real.

Los uniformes azules se mezclaron con la gente y las familias se abrazaron. Aparecieron las cámaras y empezaron las fotos, pero yo no podía moverme. El corazón se me aceleró tanto que podría haber emprendido el vuelo. Lo tenía en la garganta.

Josh se abrió paso hacia mí entre la gente. Su rostro reflejaba determinación, asombro y una cierta inquietud. La expectación me retorcía el estómago. Dios, qué guapo era aquel hombre. Tan guapo, tan mío. Solo tenía que ser lo bastante valiente como para no dejarlo escapar.

Se detuvo a un paso de mí sin saber si debía acercarse más.

—December.

—Hola. —No pude seguir hablando. Un cúmulo de emociones me impedía pensar con coherencia.

—No hagas esto a menos que…

Lo hice callar con la boca. Le eché los brazos al cuello y volqué todo lo que sentía en aquel beso. Durante unos segundos no me correspondió, y pensé que había cometido un error espantoso.

Le pasé la lengua por los labios cerrados y entonces cobró vida, me alzó en sus brazos y me devoró con un beso.

—¡Walker! —lo llamó Jagger.

Josh se giró apenas para que Jagger sacara una foto rápida, y a continuación me sacó del aula con un brazo bajo mis rodillas y el otro en mi espalda.

Me reí con ganas, aunque estaba casi sin aliento. Y me sentí colmada de felicidad por primera vez desde hacía mucho tiempo.

—Esto es muy *Oficial y caballero*.

—¿Y eso qué es?

Por el modo en que me miraba la boca supe que no estaba pensando en películas.

Sonreí de nuevo.

—No importa.

—¡Walker! —le gritó entre risas otro teniente desde el final del pasillo—. ¡Las muestras públicas de afecto están prohibidas de uniforme!

—¡Avísame cuando pierdas la virginidad, McAfee! —le replicó Josh, y abrió la puerta del auditorio de conferencias.

Entramos, cerró la puerta, bajó por los escalones espaciados y no se detuvo hasta depositarme en el escritorio del profesor.

Separé las rodillas, se acomodó entre mis piernas y me atrajo hacia él.

—Quiero saber qué significa esto, pero ahora mismo no tengo ganas de oírlo.

Me devoró la boca, gimió cuando nuestras lenguas se enredaron. Me sostuvo la cabeza entre las manos, la movió para que encajáramos a la perfección en un beso cada vez más profundo, hasta que ya no supe dónde acababa él y dónde empezaba yo. Cuánto había extrañado aquello.

—Maldita sea —murmuró contra mi boca. Se puso rígido y se apartó poco a poco, pero siguió con la frente pegada a la mía.

—Josh...

—No tengo ganas de oírlo, pero no puedo volver a pasar por esto. No puedo volver a tenerte entre mis brazos y luego ver cómo te alejas. Desde la última vez, me he estado muriendo por dentro. No lo soportaré de nuevo.

Puse las manos a ambos lados de su rostro y me aparté apenas para que me viera bien, pero tenía los ojos cerrados y no pude interpretar su expresión.

—Mírame.

Los abrió poco a poco. Frunció el ceño y tensó los labios.

—¿Qué estamos haciendo, December? Me voy dentro de dos días.

—¿Sabes adónde? —Detestaba aquel aspecto de la vida militar, pero era un pequeño precio por tener a Josh.

—A Fort Rucker, en Alabama. Ya sé que está en mitad de la nada y muy lejos de Colorado. —Me miró y apretó las manos en torno a mi cintura, como si se estuviera preparando para cuando yo estallara.

—Yo también sé dónde voy a estar.

Entrecerró los ojos.

—¿Sí?

Estaba a punto de soltar algo que podría suponer nuestro principio o nuestro fin.

—Ayer recibí una carta. Me aceptaron en Vanderbilt. Empiezo este otoño.

Se atragantó, soltó el aire de golpe y una amplia sonrisa iluminó su rostro.

—¡Es genial! Tu papá estaría muy orgulloso de ti.

—Sí. También estaría orgulloso de ti. —Le acaricié los pómulos con los pulgares—. De nosotros.

—¿Hay un «nosotros»? —Retrocedió, y una expresión tensa sustituyó su sonrisa—. Por ti iría al infierno si hiciera falta, pero tengo que saber que estamos juntos en esto.

Salvé la distancia que nos separaba y lo colmé de besos, hasta que sus labios, que seguían pegados a los míos, se distendieron.

—Estamos juntos en esto. Estoy contigo, si aún quieres. Aguantaré la lejanía y la espera.

—Creí que no era eso lo que querías, una vida de esperas, de preocupación.

—Es que no será vida si no te tengo a ti. Tanto si estamos juntos como si no, seguiré preocupándome por ti.

Apretó los labios de nuevo. «¿Me va a rechazar? ¿Después de todo lo que hemos pasado?».

Me miró a los ojos durante un largo instante. Y al final, sonrió.

—Esta vez esperaré yo. Irás a Vanderbilt y yo iré a donde me manden. Esperaré hasta que te gradúes. Conseguiremos sacar esto adelante. No me importa lo lejos que estés mientras sepa que eres mía, que yo soy tuyo.

—Podemos lograrlo. Estaremos juntos.

Decirlo en voz alta lo hacía real, posible.

—Lo vamos a lograr. No volveré a perderte, December.

Me besó con delicadeza, y retuvo mi labio inferior entre los dientes.

Alzó la cabeza, me miró a los ojos y las pupilas se le dilataron al mirarme la boca. Entreabrí los labios. Contuvo la respiración durante unos dolorosos segundos antes de lanzarse sobre mi boca con un beso devorador, deleitándome con esa ferocidad que tanto había extrañado los últimos meses.

Sí. Aquel era mi lugar. Josh era mi hogar. Me perdí en su sabor, en la sensación de su piel contra la mía, y me entregué sin reservas. Deslizó los dedos por entre mi pelo, me echó la cabeza atrás y descendió por mi cuello, me pasó la lengua y me mordisqueó con un ritmo perfecto que me hizo enloquecer.

—Eh —jadeé—. Las muestras públicas de afecto están prohibidas de uniforme, recuerda.

Sin separarse ni un milímetro de mi piel se quitó el saco, haciendo saltar los botones. Y a continuación, la camisa blanca almidonada. Lo agarré por la corbata y lo atraje hacia mí mientras me dejaba caer de espaldas sobre el escritorio. Me jaló para situarme en el canto y poder subirme el vestido hasta los muslos, mientras me presionaba con la cintura. Dejé escapar un suspiro. Me deseaba.

Jalé su camiseta blanca, se la saqué por la cabeza junto con la corbata previamente aflojada, y las dos prendas fueron a parar al montón del suelo. Un sencillo movimiento y ya no era el teniente Walker, era Josh, mi Josh, con sus tatuajes llameantes. Me besó la piel del hombro.

—Dios, December, ha pasado mucho tiempo.

Introdujo las manos por debajo del vestido, pero sin levantarme la prenda más allá de los muslos.

—Quítamelo —le supliqué, desesperada.

—No, no puedo arriesgarme a que te vean —se lamentó, gimiendo con la boca pegada a la tela que me cubría el pecho.

Todo mi cuerpo palpitaba ansioso. Había pasado tanto tiempo sin estar cerca de él, y mucho más sin tocarlo, sin que me tocara... Estaba hambrienta de Josh y no quería esperar un minuto más.

—Por favor. —Arqueé las caderas contra él y me recompensó con un quejido.

Subió las manos por debajo del vestido, me acarició los muslos y sumergió una de ellas entre mis piernas. Me apartó las pantaletas mojadas y me acarició justo donde más me latía el pulso. No pude contener un grito, que retumbó por todo el auditorio.

—Sí —dijo contra mi boca sin parar de mover la mano.

Se detuvo, apoyó la frente en la mía y respiró profundamente.

—Mierda. No traigo condones. Estoy limpio, acabo de pasar el examen médico para la Academia, pero...

—Tomo la píldora desde los diecisiete años —le confesé sin dejar de mover las caderas contra su mano, desesperada por aquella presión que sabía que me haría estallar—. Josh, si quieres que te lo suplique, lo haré.

Un destello de algo parecido a la ira brilló en aquel mar intenso, pardo y dorado de sus ojos cuando los clavó en los míos.

—¿No lo entiendes? No tienes que suplicarme. Ya soy tuyo.

Su beso me abrasó. Oí el sonido de algo desgarrándose y mis pantaletas cayeron al suelo. Gracias a Dios. Se desabrochó y se abrió el cierre lo justo para bajarse los pantalones y los bóxers antes de volver a pegarse a mí para que pudiera apreciar su exquisito atractivo.

El cuerpo entero me palpitaba, me latía de deseo.

—Por favor...

Interrumpió mi súplica con un beso y entró en mí de un solo golpe, abriéndome entera.

—Carajo, December. Nunca… había… sin… Es maravilloso. Eres perfecta. —Se apoyó sobre los codos y compartimos el aliento.

Pasé las manos por la piel sedosa de su espalda y levanté los talones para mantener el equilibrio al borde de la mesa. Así pude darme impulso, apretarme contra él y atraerlo aún más dentro de mí.

—No soy perfecta, pero soy tuya.

Hubo una corriente de gozo entre nosotros, el dulce sentimiento de dos corazones y una sola alma. Todo era… como debía ser. Roté la cintura, y los ojos se le oscurecieron de pasión. El momento de las palabras había pasado. Me agarró por las caderas y me atrajo hacia sí mientras se deslizaba dentro de mí y me besaba con desesperación.

Todo él me consumía, desde su boca en mi boca hasta su cuerpo en mi cuerpo. La tensión fue acumulándose, creció, se me enroscó, hasta que mis músculos se pusieron rígidos y me pareció que estaba paralizada. Interrumpió el beso y me miró a los ojos, tan jadeante como yo. Me embistió una y otra vez, sujetándome por las caderas para que no me cayera de la mesa.

—¡Josh! —grité, al borde del abismo—. Me… me…

Él siguió besándome sin parar de moverse.

—Chisss. Déjamelo a mí.

Sostuvo todo mi peso con una mano al tiempo que deslizaba la otra bajo el vestido. En cuanto me presionó el clítoris, dejé escapar un gemido. Siguió moviendo los dedos, y grité, me arqueé sobre el escritorio mientras el mundo entero estallaba conmigo. Ahogó mis gritos con su boca y alcanzó la cúspide conmigo en forma de intensas oleadas, entre estremecimientos.

Nos quedamos allí durante lo que pareció una eternidad y al mismo tiempo un instante, el uno en brazos del otro, empapándonos de lo que habíamos deseado tanto tiempo.

Josh me miró a los ojos.

—¿Eres mía?

—Sí. Le sonreí despacio, saciada.

—Dilo otra vez. —En sus ojos se adivinaba una ansiedad que yo no quería que volviera a sentir jamás.

—Te quiero, Josh. Estaré contigo si me quieres a tu lado.

Estaba expuesta ante él, con las emociones en carne viva.

Me dio un beso.

—Como si fuera a dejar que te me escaparas otra vez.

Me eché a reír.

—Más vale que me dejes escapar un poco antes de que alguien se asome por esa ventana y nos vea.

Se incorporó como un resorte, como si le hubiera dicho que el demonio en persona nos estaba espiando. Me bajó el vestido y se volvió a poner el uniforme. Una vez estuvo presentable, se irguió entre mis rodillas y se guardó las pantaletas rotas en el bolsillo con una sonrisa traviesa. Tardó unos minutos más en localizar todos los botones del uniforme.

Me besó de nuevo, pero esta vez sin prisas, sin desesperación. Me besó como si lo hubiera estado haciendo toda la vida y tuviera toda la vida para seguir haciéndolo.

—Tú y yo. —Fui al encuentro de sus labios una última vez mientras Josh me bajaba al suelo—. ¿Contra el mundo? —No pude evitar el lugar común.

Su sonrisa irradiaba alegría en estado puro.

—Siempre.

Epílogo

—¿Cuánta ropa trajiste? —preguntó Josh mientras subía jadeante por la escalera de mi departamento en un segundo piso, en Nashville.

Era una zona excelente, segura, muy cerca de Vanderbilt, y mi madre había tenido que depositar en mi cuenta una cantidad exorbitante de dinero para pagarlo. Se justificaba diciendo que era lo que habría querido papá.

—La suficiente —respondí con una sonrisa burlona mientras abría la puerta con el pie para que entrara.

El calor de mediados de agosto hacía que el sudor me corriera por la espalda, y el aire acondicionado me proporcionó un repentino alivio. Josh se dejó caer en el sofá y echó la cabeza atrás con un gesto teatral.

—Me muero. Me muero.

Lo tomé como una invitación y me puse a horcajadas sobre él.

—¿Mejor así?

Me acarició por encima de los pantalones cortos y me apretó los muslos en plan juguetón.

—No, llevas demasiada ropa. Me gustas más sin.

Ahogó mi risa con besos, mientras yo saboreaba las ventajas de vivir sola.

—¿Cuándo tienes que volver?

—Mañana por la noche.

«Demasiado pronto». Me esforcé para no hacer un puchero y, en vez de eso, lo besé. Podría vivir sin comer, alimentándome solo con los besos de Josh.

—Así que vas a estar aquí todo el fin de semana —le susurré, insinuante.

—Cierto —asintió. Me atrajo más hacia sí.

—Excelente. Quiero que me ordenes el clóset en función de las estaciones y según los colores del arcoíris. —Le di un sonoro beso en la mejilla y me levanté de su regazo para ir a la cocina a vaciar cajas.

Dejó escapar un gemido.

—¿No podemos pasarnos los dos días en la cama?

—Claro, en cuanto todo esté en su lugar… —Solté una carcajada cuando saltó por encima del respaldo del sofá y me atrapó en la cocina. Me cargó, me sentó en la barra y me hizo cosquillas de forma despiadada.

¿Siempre serían las cosas así con él, risas y química al rojo vivo, y una buena dosis de alma para derretirme el corazón? Fuera como fuera, sabía que siempre tendría más que suficiente. Josh era mi hogar, incluso a seis horas en coche de Fort Rucker.

En dos años, los dos habríamos terminado; él, la academia de vuelo; yo, la universidad. Y lo íbamos a conseguir, no por nuestro esfuerzo o nuestra determinación, sino porque no teníamos otra alternativa. Éramos lo que éramos.

Detuvo el ataque de cosquillas para besarme, y su boca me robó hasta el último rastro de pensamiento coherente.

—¿Qué te parece si disfrutamos del tiempo que tenemos?

Ese iba a ser el lema de nuestra vida, no me cabía la menor duda.

—No se me ocurre nada mejor.

—No hay nada mejor que tú, December.

Lo atraje hacia mí, embriagada solo de pensar que aquel hombre maravilloso era mío, y le robé un beso.

—No hay nada mejor que nosotros —susurré muy cerca de su boca.

Agradecimientos

Gracias, Señor, por esta hermosa vida, por tus dones y por todas esas bendiciones que no siempre merezco.

Gracias, Jason, por elegirme. Por doce años de matrimonio y por no haber dudado nunca de que llegaríamos hasta aquí, al momento de tener este libro entre las manos. Por doblar la ropa, preparar la cena, suministrar cafeína en mi cueva de correctora, por estar conmigo hasta cuando no puedes estar conmigo. A nuestros increíbles hijos: los quiero más que a mi vida. Han soportado cuatro misiones, cenas robadas en el último momento, han aguantado la frase «espera un momento» demasiadas veces durante este proceso, pero nunca me han negado un abrazo o un beso. Son lo más maravilloso del mundo.

Gracias también a mi agente superestrella, Jamie Bodnar Drowley, por estar a mi lado en todos los momentos de esta enloquecida vida militar que llevamos las dos. Por arriesgarse conmigo y hacer realidad los sueños. A Karen Grove y Nicole Steinhaus, mis excepcionales editoras, por su mirada perspicaz y los fabulosos comentarios que evitaron que utilizara la misma palabra 232 veces. Sus risas y su amabilidad me tienen siempre alerta. Al equipo de Entangled: no puedo ser más feliz con esta familia maravillosa que son, sobre todo Brittany y Sarah.

A LJ Anderson, por la increíble cubierta. A mis colegas de crítica y hermanas de agencia, Nola, Lizzy y Molly, por las conversaciones a medianoche y por los miles de palabras de aliento. Esta historia no habría sido igual sin sus aportaciones y ánimos. A Mindy, por dejarlo todo a un lado para leer. A los fabulosos Supervivientes de Backspace: Sean, Monika, Malia, Alicia, Lauren Michael y Ulana, gracias por obligarme a ir más allá, tanto en literatura como en comida coreana; pero, sobre todo, gracias por ser mis amigos. Tengo mucha suerte de contar con ustedes.

Gracias a todas las amigas que han tolerado mis cambios de humor y mis costumbres de ermitaña. Emily, gracias por estar a mi lado los diecisiete últimos años, viviera donde viviera, y por cargar conmigo cuando estaba más débil. Christina, tienes el don de la oportunidad, la generosidad y la comprensión. La mejor compañera de batalla que existe. Gracias a Tami por recordarme quién soy cuando las misiones me lo hacen olvidar. A Thea, por tus ánimos infinitos y tu amistad incondicional. A Kierstan, por ser siempre un refugio seguro. A mis fabulosas hermanas, esposas del Ejército, que me han llevado de la mano en estas cuatro misiones, que han estado a mi lado con cariño y lealtad inquebrantables. A las chicas de Drum, la tropa de Rucker, las muchachas de Alemania, las damas de Apache. Sé por lo que tienen que pasar y es para mí un honor contarme entre ustedes.

A mi increíble familia: mis padres, que nunca dejaron de empujarme para que fuera todo lo que ellos sabían que podía ser. A mamá, por Godzilla y por venir cuando te necesito; a papá, por tener la oficina en mi cuarto de jugar, por los viajes improvisados por carreteras alemanas, por ser siempre lo primero para ti. A mis hermanos, Chris, Matt y Doug: su entusiasmo me inspira. Y, siempre, a Kate, mi hermana, por ser también mi amiga, confidente y peluquera, mi roca durante nuestra niñez como hijas del Ejército. Te quiero, de verdad.

Y para terminar, gracias otra vez a Jason. Eres mi principio y mi fin. De Colorado a Capri, eres la inspiración detrás de cada héroe, porque siempre serás el mío. Te quiero, solo vivo por ti.

Esta obra se terminó de imprimir
en el mes de marzo de 2025,
en los talleres de Diversidad Gráfica S.A. de C.V.
Ciudad de México